中　国　当　代　作　家　长　篇　小　说　典

作者简介

　　陈村，作家，1954 年生于上海，回族，本名杨遗华。 曾务农、做工、当教员。 1979 年开始发表作品，迄今有《陈村文集》四卷，长篇小说《从前》《鲜花和》，中短篇小说集《走通大渡河》《屋顶上的脚步》《蓝旗》和散文集《今夜的孤独》《古典的人》《生之歌》《陈村碎语》等。 作品曾获全国少数民族文学奖、上海文艺作品奖、《上海文学》奖、《作家》文学奖等多种奖项。 曾兼任榕树下全球中文原创作品网站艺术总监，九久读书人网站艺术总监，论坛总版主。

中国当代作家长篇小说典藏

鲜花和

陈村 著

·郑州·河南文艺出版社

目录

鲜花和

鲜花和

5

鲜花和

鲜花和

鲜花和

第一章

风　　景

　　我的小说应该从风景描写开始。据说能不能对风景进行有效的描写，是识别一个小说家真伪的十分重要的标志。而我马上要写风景了。我从风景开始我的伪作，开始我对一类人的赞赏、思念、厌恶和矛盾心情，开始我的自省和自虐。所有看过读过听过闻到过的秀色可餐或惨不忍睹的风景在我脑袋里嗡嗡周转起来。我到过很多地方。地方处处是花园，风景无处不在。但是，困难在于，依我愚见，我所要描写的这个城市并没什么里格风景。巨大的障碍。我说的是自然风光。这个城市和自然无缘。它的风景在一百多年中慢慢灭绝了，死光光了。那些丑陋或美丽的建筑将应该有风景的地方占满了。它们相互贴得很近，房子咬着房子的耳朵仿佛拳击台上的世纪之咬。死不光的麻雀是唯一的飞鸟，灭不绝的老鼠是唯一的家畜。没有听说吗，人们将树砍了，却在墙上画树，大树。道听途说或初来乍到也许以为这里最有风景，眼花缭乱的，屁滚尿流的，一旦住长了，没风景。

　　没有风景。

　　可以看看的，人和房子。最好是没有人的房子和不在房子里的人。路边那些拆到一半的房子很值得停下脚步认真一看。许多是半个世纪前造的，那时的工艺水准较高，用点泥巴就将砖砌起来了。站在它的面前，看上半个时辰，你会恍然大悟，自己和邻居原来只隔着纸一样薄的一层壁，你会懊恼自己往日的坦然和放肆，还会记起往日隔墙听到的那些可疑的声响。那天我走过小时候居住的地方，发现再走过去几步就是一片光明正大的废墟。砖和瓦以及垃圾脏水坑。鲜亮的草还没来得及出生。视野一下子辽阔起来，辽阔得眼睛像从两边裂开。目光从废墟上潇洒地飞掠，直逼遥远的楼群。这是这个城市难得的放风。猥琐的目光获得可歌可泣的展望。

我小学的同学曾住在眼前的废墟之上，我常常绕上一点路到他们的家约了一起上学。我在门口大叫他们的绰号大象橄榄头矮子，总是先把他们的家长叫了出来。废墟了。滑头一点地说，所有的房子总有一天都要成为废墟的。不废不立，不是吗？但，有些房子就是有一种永远不会成为废墟的派头。你看着它就像看着孔子的坟墓，那块地皮你永远休想有别的指望了。这样的房子值得一看。另有些房子里没什么人，纪念馆一类的地方，挂着一块煞有介事的或堂堂正正的牌子，意思是说现在不住人了。那些地方也值得一看，买票或不必买票。我经常在这城市寻找这类以前住人现在不住人的房子，比如孙中山的故居，宋庆龄的故居。（他们的故居不是一个地方。）曾经住过的人在房子里留下他们独特的气味，经久不散，可以闻见，令人神往。如果你叫一声，会有人慢声答应。从来没住过活人的房子不值得一看。

但是，这些不是风景。

还有一些房子，过去住人，现在也住人。多少主人被它换了，它还在那里站着。它们永远不挂牌子，也是故居。

我的故居。

我的第一个故居没有了。（人家说，应该称旧居，人死了才是故居；那就当我死了吧,我爱故居这两个字。)我的那个故居早就被拆了,在我想到去参观拜谒之前就灭失了。那天我按照母亲的提示,经过一条又一条马路找去,走进弄堂,最终看见的只是空空的一堵围墙。围墙上贴着半张幼儿园招生的布告,布告下是隐约还看得出墨色的万岁二字。按理还应有个惊叹号的,可是没看见。按理紧贴着围墙的我的故居不见了,那一排汽车间消失得连印迹也不留。应该有我故居的那个空间的旁边造了一个垃圾箱,苍蝇在柔软地飞舞。我傻了,在空空的墙前站了一会儿,摸摸我的墙,拍一拍。我摆摆手将苍蝇赶开。带着照相机,但没法拍照。你不能拍一堵什么特征也没有的墙代替自己亲爱的故居。弄堂里很安静,偶尔走过一两个人,朝我看看,他们不明白这个男人傻站着干什么。他们对我的动机必有所猜测。先生们,本人就在这里出生啊,那所被拆的房子,关于我的出生,本市警方的户籍资料有所记载。先生们,我可是这里的人哪!

我无奈地看看陈旧的墙,它的砖缝里有着锈色。无聊地走出弄堂,仿佛一场期待已久为此勃起的约会偏偏没等到幽人。我边走边想,以后,要是我伟大起来怎么办是好,拿什么给我的崇拜者或我的研究者或我的死敌及死党参观呢?他们来了,会比我更失望吗?在这堵空空的墙边,他们彷徨,无奈,咒骂。我真是为他们难受。可是可是,只要我出了足够大的名,有人会重新造出一间我的故居的,摆几样又老又破的家什,挂一张我穿开裆裤的照片。我的那个好东西在开着的裆里栩栩如生自得其乐不骄不躁。他们说我出生在哪一间房里的哪张床上,坐哪个板凳上听慈祥的母亲曼声宣讲童话故事。我傻站着,痴痴望着在用钥匙开门的那个姑娘。我曾是你们的邻居啊,先后读一间学堂叫校友,先后住一条弄堂是否可称弄友?我的弄友,我的芳邻,我的乡亲,要是我真的出息起来,你们可要靠我发了。你们不必去上班了,只要在家门口摆摆小摊,出售我的纪念品足以谋生。你们创造一些我小时候喜欢吃的食物,喜欢玩的东西,以及我们家族的传闻和逸事,写一本书。你们要写点丑闻,人们会买。那时我多半死了,不会辟谣说,其实,我小时候只喜欢吃奶玩奶。你总不能弄一个奶的模型摆在小摊上弹着奶头大声叫卖。我死了不再揭穿你们,祝你们发财。这就拜托你们了,你们没能好好看住我的房子,你们应该好好看住我的墙。要是墙也不剩下,事情要麻烦得多。那时也可以随意指派一条弄堂作为我的诞生之地,那也没什么,没人在乎这些。但是,发财,与你们,我的芳邻们,我的弄友们,彻底无关了。多么严酷的事实!

我出生,哭,吃奶,拉屎撒尿,弹腿摇臂,在那所消失的房子里尽情作怪。我和别的孩子丝毫没有两样。后来,我被母亲摇晃着抱出门去。阳光想必很好,风也很小,轻轻地动情地吹拂。我本能地眯着眼睛,欢喜地打量我的四周。姆妈走出弄堂,我也走出了弄堂。我出了弄堂看见了街道,看见了走过来走过去的人和一动不动的房子。当时的我终于看见了汽车,汽车嘟嘟嘟,汽车。一个城市人没法不看见汽车。汽车愣头愣脑地走在马路的中间,城市人最先认识的路总是马路。马没有了。车走。人走。我长大了,自己走上马路。我长大,大了许多。今天,长大的我没精打采地走出弄堂,不拍照。真他妈的有什么好拍呢?路上的汽车增添了许多,它们都在我出生多年以后出生。人很多的,人走路时不光要用脚,还要用肩膀一撞一撞的。马路就像天上的银河一样拥挤。我停在路口,嘟嘟嘟的汽车和不嘟嘟嘟的人。好了好了,我不要故居了。我今天在这里做一个关于马路的梦,做一个城市的绝代风景。

我想。

我想,一定是在马路的当中,就是那个应该用黄色画一条道路中心线的地方,那个窨井盖子的旁边。我的梦想梦在路的中央。(许多发生在我们眼皮下的事,我们并不能立即发现。我们也没及时发现自己心底的梦。)你走。当你站在这个城市的路边,愁肠百结百无聊赖,忽然眼睛一怪,看到路的中央,一块完完整整的牛的粪,你会觉得惊诧吗?牛粪陈列在一个不恰当的地方,将百倍地引人注目。要是你在牛粪的中央,居然看到,开放着一朵鲜花!你会怀疑自己的眼睛吗?牛粪和花。花的美丽。牛粪和花都不是那种塑料或橡胶的,是真的,多汁的,有气味。这是我要通告你的城市风景。奇特的风景产生奇特的感觉。一辆接一辆的车子在它们的旁边大模大样地嘟或不嘟地驶过。人走过。人们看见了,啊呀呀,但装作没看见,走他们自己的路,让别人去说话。城市人就是这样看待风景的,所以这个城市绝没有风景。要么,他们扔下一点废纸或别的生物垃圾。他们就是这样对待风景的。而我,作为奇异风景的一员,坐在马路的中间,心里充满着焦灼和骄傲。本来也许我被淹没了,清扫了,但因为我头上的那朵鲜花,人们饶了我。他们没学会怎样对付我这一手,他们没有称手的工具。人们将啊呀呀恩赐给我,但饶了我,绕开我,走他们的路。

我想。

一个可爱的小男孩看着我们,我说的是鲜花和我。多奇怪啊,男孩吧嗒吧嗒径直走到马路的中间,蹲下,小眼圆圆的看着我们,他的紧凑的小鸡无邪地对着花蕊,他的太空水般的眼睛清澄明亮。他的母亲眼睛看着橱窗,要拉他的手,拉一个空,忽然发现儿子已经在马路的中间,在弯着身子看一个什么东西。母亲吓得挥舞双手发出怪叫奔了过去。男孩纤细如花的指头指着花瓣,回头招呼母亲,要母亲快点蹲下来。妈妈你看你看,好奇怪耶!母亲狠狠地匆匆地看了一眼,一愣,第一拉是拉下脸,第二拉,拉起孩子就走。这孩子本来已经伸出手去,想必是要采花的吧。一朵花要是被一个孩子采去也可算是善终。但是,母亲将他拉走了。母亲的本能是对的。当母亲的排斥那种牛粪上的鲜花,唯恐沾染上晦气。娘个起来!杀千刀的!她是过来人,明白,谁要是和牛粪有了瓜葛,这辈子必须完了。娘个起来!她死死地拽着男孩的手拖了就走就走,逃一样地走。走。吧嗒吧嗒。小男孩刚才真是惊险万分。

鲜花和。

（我喜欢这个词，鲜花和。它仿佛词牌名，浣溪沙，江城子，如梦令。）

开不败的牛粪和未曾开败的鲜花。在路的中央。

很好笑。

我的都市啊，你终于有了风景！

如果没有牛粪，鲜花怎么会那么鲜艳、妩媚、骄傲、夺目地招摇。它被离断，别了枝叶和根，掉落到城市的尘埃中，少不更事，天真地期待一个带水的花瓶或盛它的花篮。花瓶最好是水晶的呢，折射幻光，也可以是一个缺角的陶罐或旧咖啡瓶吧。鲜艳而脆弱的花呀。你是花是花你就有权做梦。你等啊。等到不耐烦的时候，花的小脑袋想，空空荡荡的，孤孤独独的，再等就要立牌坊了，都怎么啦，好可气呵，就是有块牛粪也好啊。思绪刚落，牛粪奇迹般地出现了，将花从尘土中轻轻托起，让她张扬自己的美丽与新鲜。真是美丽啊，令人过目不忘。真是新鲜啊，令人垂涎欲滴。鲜花鲜得没心没肺。鲜花和。我松了一口气。你们至少是相濡以沫的，相反相成，交相辉映，看起来甚至还有一点恩爱的意思哩。在这车水马龙的故居的大街上。

风景终于出现了！

没人愿意费神去想，如果没有鲜花，牛粪就是大路上的一个陷阱，很快就要落上脚印。那标致的螺旋线将被无情破坏。中了埋伏的人连连跺脚，骂声连天。恨死我啦！操你妈的牛粪！（城市人以为牛粪臭不可闻，其实牛粪从来不臭，至少比人类之粪芬芳多了。草食动物臭不到彻底。）牛粪就这样牺牲了还被误会了，牺牲得连一个梦也存不下。牛粪的妈。牛粪的梦是一个土筐。孩子和老头，看见了，屎耙子一钩捡回去，晾干，可以烧火，文火。

路的中央，造化出一道风景，展览着。一道关于什么是美丽的路标。我的独特的城市那独特的风景。我把我的城市命名为上海，在大海的边上，在大江的出海口。(当然,也可以把它改为别的名字,称之为上海只是为了通俗和方便。)上海,那儿的房子和人很多很多,然而说到风景,就是这一个了。

鲜花和

绿 叶 植 物

在家里。

我所记述的都是日常生活。我不知道还有别的生活。

我以此文,纪念我们的日常生活。

注定要发生什么事情的那个早上,我破例起得早了一些。当时阳光已经走到我的床边,我的一只拖鞋被彻头彻尾地照亮了。我舍不得穿它,就套上另一只阴暗的拖鞋,一跳跳到音响前,放送一张煽情的老唱片。昨晚我上厕所时一下子就想到了它,怀旧金曲,太晚了没敢放大声,早上可以放大声了。我在它的煽情声中穿衣穿袜子。只要不出门,我的衣服都是宽宽大大的,东倒西歪地没个样子。

深秋的弄堂。卖酒酿的又来了,每天都来,走几步就叫一声——甜酒酿小圆子糯米老白酒!我们弄堂很窄,他只要随随便便地叫一声,叫声就会沿着墙爬上楼来,进窗到床。每天各式各样的叫声和阳光一起爬上我的窗台,不时听到讨价还价的嘀咕。晴天有晴天的声音。这会儿就是酒酿,没有其他。除了啤酒,我喜欢那种叫作老白酒的米酒,酒酿没卖完就做酒,米汤一样浑浊的颜色,可以大碗大碗地喝,老子今天喝醉算了,可是不醉。

我在煽情的音乐加上含混的叫卖声中走到窗户前，开窗，探头探脑，想叫住小贩。左看右看，小贩已不见了。没酒喝了。正懊恼，雪上加霜地看到钢琴上的植物像是坏了。

钢琴上有个玻璃瓶，插着三枝不知道叫什么名儿的绿色植物。级级出国前买来的，三毛钱一枝，贱，随便找了个历史上是放酱菜的广口瓶，想插上几天，见见绿。等它死却不死。这一等等了八年。只要隔些天加点自来水，它就不死。死是不容易的。叶子黄了又长出新的鲜的绿叶，坚决不死。它像是长在钢琴上了，毛阿弹琴时，它很懂音乐的样子，摇头摆尾的，叶子一绿一绿。后来知道它的好处，想去添几枝，但买不到了，哪里都没有。这真是上帝单为我家创造的好东西。养着。这是我们家唯一的景致。来了客人，说话时间稍长，一走神就会注意到它。眼睛东张西望的，定住了，看着问，它是真的么？客人走过去亲手摸摸叶子。我说，是假的，你看这假造得多好，连黄叶也造了出来。是的，造得真好！客人将信将疑地又摸摸黄叶坐回沙发上继续做客。这会儿我一眼看过去发现好啊好啊，现在终于死掉一枝了，彻底死了黄了软了，腐烂了。我走过去带着恶意看着它的死样。原来我一直在等它死呢。我把瓶子拿到厨房的水池里，拔出来，换水，将死了的清除，将活着的冲洗一番。生离死别。你爱死不死吧。将不幸烂了的丢到垃圾袋里。你也是尘土，必归于尘土。阿门！事情很简单。我们怕就怕不死，怕它不死不活的，死了就好办。

我端着瓶子往回走时，还没顾得上想起级级郑重其事地说过的话，老爹，要是这花死了，我和你肯定完了！她把这点绿色叫花。我想起这话是在发生事情以后。瓶子被我放回钢琴上，要是不注意你不会发现少了一枝。要是注意了，就觉得空了，不好看，稀稀拉拉，分配不匀，剩下的那两枝的位置如同两只脚的凳子难以安放。它依旧很绿，绿得像假花一样，连黄叶也像是假的。连同水也像是假水。

鲜花和

歌　剧

你一个人去死吧！级级背着包拎起包大包小包朝房门走去。戏已进入高潮。我在她的后面不动声色地看着她走。感觉她的步态一颠一颠的。青春的步态呢。步态很重要。步态在骚动。这次她比较文明，没有骂人，没一滴眼泪，也没唰唰地留个纸条，我他妈的永远不回来了！她甚至也没摔门、跺地板。没有任何大幅度的夸张的动作。

我很想挽留她，但不知从何说起。我想说，还是由我出走比较好，但我走了毛阿怎么办？什么也没说。目送她的背影，心平气和地说了一声，级级，一路走好。

平心而论，这时候非常需要平心而论，她的背影十分的俏丽。她穿的是浅色的长裙，外面披着长长的黑外套，外套面子纯黑里子却是又深又亮的红色，帽子背在身后，露出红的里子。穿上这外套她是电影中的那个法国中尉的女人。头发也长长的，黑，柔顺光亮一丝不苟，和她自制的外套竞相呼应。级级总是那么优美啊。唯一欠缺的是那双皮鞋，牛屎黄的牛皮鞋。我只好想到一句重要的话：

鲜花——插——牛粪

这是级级通知我的。有天她笑吟吟地回来，我见她笑得奇怪，就凑趣地问亲爱的怎么啦怎么啦。她笑着说，十三点，人家说我，说我，嗨，鲜花……她笑得像要背过气去。人家说，鲜花插插在……我开始笑了。我说我明白啦，鲜花和牛粪。你看我多聪明，我一下子就明白了。牛粪。这确实好笑。我也陪她笑了一番，陪笑。人家说的这句话几乎是成语了，级级一再提起，听多了，似乎没什么可笑的。但你想一想，想想鲜花的姿态和插座的形状质感几何图形，以及嗅觉上的对比，你能不笑吗？

哎哎，人家把你老公说成牛的那个，你居然笑得出来！

她还是要笑。一会儿一笑，说一句，十三点！

那是一个可笑的图景，也是恶毒的离间。主要是对我的离间，逼着我想，你怎么能指望鲜花珍惜牛粪呢？鲜花笑吟吟地看着牛粪。在农村时，我见过野草从牛粪的覆盖下穿粪而出，并且立即开花。问题出在次序。没见过主动插上去的鲜花。后来我写了一篇文章，曲折地说道，其实，牛粪也不一定要等鲜花来插的。牛粪想必有牛粪的自尊、清高和矜持，牛粪有它的粪格。人们看了不知所云，痴人说梦，后的现代，新的状态，只有我自己知道是在形容什么。

我说了你老公，这也是夸张的说法。谢天谢地，如今我不是任何人的老公。老公这个词叫起来比较有感觉，就这么姑妄叫之。我和级级在一起过日子，过家庭中的最要害的那份日子。要害对着要害。两个人过日子比一个人单单独独地过起来容易一些。过一天算两天。没有人预言我们会一直过下去，人们等着我们分手的消息就像我在等那绿叶的死去。他们不知道，倘若两个人都正巧没别的什么日子可以过，就会一年年过下去。日子开始时，我也以为是临时的，她也以为。我们因为日子的临时而从来过得不太平，但从来不相安而无大事。后来级级走了，我以为完了，算命的也没算到她八个月后又回来了。过了三年,一愣,只说了一声真快又过了三年,往后日子就自动过下去了。我们把该死的日子一直过到今天。

日子过到这会儿像是要到头了。

我到楼梯口给级级开亮路灯,目送她的身影一级级低下去,消逝。孤帆远影任重道远纸船明烛。我回房间放唱片放的是《茶花女》,我和级级听过它一百遍了,她躺在自己的臂弯里听得泪水潇潇。但我想独自再听一遍。没料到一放唱片级级又回来了。她直接走到床边,从枕头下摸出她的手表和戒指,麻利地戴好后,将一份合同放进包里,从包里取出家的钥匙,拍在床上。床是软的没做出动静,她又拍了一次然后再次出走。她还是将戒指戴在无名指上,令我比较欣慰。我旁观,很想再说一句道别的话,表示我的心肠,但路灯开在楼梯上等她,再说一句走好似乎有些傻。她在门口说,你自己好好反省反省!好的,我反省,但你不要走。她朝我看一眼,不走?不走还被你杀了呢!你们这种人什么事情做不出来!我知道她指的是那场著名的杀妻事件,对此我没话说。我没什么可干的,就继续站在楼梯口目送她在音乐声中下楼。下楼的声音和上楼不一样。我那亭子间的门半开着,毛阿和保姆住亭子间,保姆的半个身子斜在外面,看。

她,自言自语,柔声曼语,明天,来拿我剩下的衣服。

茶花女在声嘶力竭地唱,这个女人在唱啊,爱我吧,阿尔弗雷德,像我爱你一样爱我!乐队固执地轰鸣轰鸣。爱我爱我爱我。转入低沉。

听到楼下的大门砰的一声,我心情顿时好起来。好了,干净了。

按照常规,级级还会回来的,继续过公共的日子。在家里。但世界上的事情实在变得很蹊跷,我就拿不准她是否还肯按照常规。要是她气哼哼地走,嘴里不干不净一副动手打人的腔调,我知道她一定回来。人不能气一辈子。但这次不同,她甚至有点微笑的意思,连纸条也不留一张,男人也不骂一句,眼泪也不流一滴。怪怪的。我拿不准她是否还会回来。两个人的结束和他们的开始同样容易轻于鸿毛。我在这时想起早上的植物。看看酱菜瓶子。级级说的,这叶子真好,真绿,千万不要死,要是死了,你我……今天是注定要生事的。养了八年不死就在今天早上暴死。也许早死了,偏偏就在今天被发现,像张爱玲的死被发现,这叫注定。

爱我吧,阿尔弗雷德!列奥薇拉在声嘶力竭地唱,声泪俱下,心在哭泣。乐队层层推进,炸响,如雷轰鸣。声泪俱下啊,我的天哪,已经没有女人会这样的绝唱了。大家就死了心吧!这样的女人都去世了。在上半个世纪就死得一个不见了。现在你可以安宁了,你行你素。一个女人,对着你这样唱,你的唯一的选择就是立即投降。无条件投降连天皇制也不保留。你还是男人所以不能拒绝这样的呼唤。——像我爱你一样爱我——像我爱你——这是你命中的难题。但是,她们为你解开了,她们不屑于这样唱了,再也不唱。你自由了。

我盘腿坐下,老老实实地享受着古时候的女人的唱。

城　　市

我爱上海。

（我请排字工人或打字小姐将上面四个字排成黑体。多谢了。）

从前的上海和夜里的上海。记忆中最好的下雪天呀积雪皑皑。雪天，白得多么简单，雪将一个城市遮蔽了。一早醒来明晃晃的，赤着脚跳起来急于推开窗，亮得眯起眼睛。我的雪啊，你怎么就不来了？只有夜，一夜夜地将城市遮蔽。城市本质上是一种夜行动物。城市的夜有一种幽深的女性的气息。我爱女性一样地爱着这个城市。我的城市。以前，小时候，人少车也少，知了、天牛和麻雀不少，谁走在路上，城市就是谁的。人多的地方在大饼店的门口，师傅的手在清水里蘸一蘸，扶着大饼状的生的面饼利索地贴向火红的炉膛的壁上。火烧去了师傅的汗毛。香气扑鼻。长长的队伍在等候热烘烘的大饼松软地出炉。等着的人愿意看一旁的油条在油锅里翻滚膨胀气壮如牛，那时我不懂这就是油条的勃起。下油锅就是这样，看上去不仅不危险简直还很舒坦。从前的上海路灯幽暗，树影下的灯光泛着黄，两棵大树夹着一个灯，温暖的含混的暧昧的光芒哟。那灯光从高高的灯柱发出，落到你的身上，似乎就有满腹的故事了。路灯下的车站。灯柱的上方那个简陋的铁皮灯罩,昆虫绕灯飞舞,击打出声音。也有蝙蝠,一折一折地飞,总是离灯不远不近不即不离。说是用一根竹竿,在空中来来回回地急速划动,蝙蝠折来折去地飞,超声波失效了,自己撞上来,可以抓住。但是抓住蝙蝠有什么用呢,蝙蝠不是蟋蟀。从前的上海的夜,一盏灯眺望着另一盏灯,圆形的光芒投下来,一个圆一个圆的,衔接不上。走在那段未被衔接的黑暗里,心情一变一变的。黑暗隐蔽了自己,眼睛贼亮贼亮,然而黑暗并不彻底,只消再走几步就走出它去。断断续续的光和断断续续的心情。有两个人在灯影之中说轻轻的话,有很温和的点到即止的动作。他们没有影子。记忆中的城市是没有色彩的素描。你站在街上,孤单单的,落落寡合的样子,站在空虚里,素描关系里,近大远小。

(也有现在的明亮的上海,也是夜晚,这后面再说。)

很少有人公然宣布自己热爱上海。凡是被人热爱的地方或东西,最好是个死角,外人走它不到,够它不着,可以一心一意地爱,神秘地心疼地爱。只有当事人和它有着关系。上海是一条巨大的走道,走过去呀走呀,眼花缭乱地走着,很容易就忽略走道边的住家。人们在上海走过,仿佛在展览会走过,迷宫一样的展览会,陈列着欲望和精致。没人去察看广告牌后面的东西。牌子上美女们东一个西一个地站着或坐着或半躺着或倒立着,千姿百态五光十色青春勃发。保安一样的美女,携带着她们代表的商品,做一个微笑或冷漠以及俏皮。多半是微笑。我爱上海。我在美女们的大腿和肩膀下走过,颜如玉啊,在商品下走过,看见了很多的广告词。心像蝴蝶一样地飘舞。橱窗是城市的外穿的内衣。我爱上海。我痛心疾首结结巴巴地爱着这个城市。我不是在走动中爱上它的,我也坐着或躺着但不倒立,在家里,不要广告词,喝它味道奇怪的水,呼吸它不洁的空气,然后爱它。她是我的黄脸婆我的糟糠我的贱内。你们看到她化妆后的脸,我见她耷拉的乳房和蛀洞的大牙。我为你心痛看你的脸子恨你的无情但

鲜花和

是一夜受用百夜恩的。你是外乡人犯不着去爱上海，走过去就完了，走道总是要走完的，用正步或用舞步走过，嫖了就忘了。上海人很大度地也装作不爱上海，其实他们走不过去。风筝飞不远去。狗离不得家门。困倦的上海人从各个角落走出来，一身光鲜，抹一把脸，一到街上大家就平等了，等级只滋生于室内。平等是多好啊。爱街上的平等于是也爱矗立在走道边的广告牌以及牌子上的任何图像和语句。走道上的人流和广告上的人流。外地的朋友夸上海的朋友说他不像上海人，真的一点也看不出来，特不像。这时候要拍一下肩膀。上海的朋友他妈的也真会笑嘻嘻地愧领，巴不得不像。这是多么费解啊。男人常常一面舍命地追一个女人一面轻狂地诽谤她，十三点女人骚货贱货垃圾老菜皮，这个男人和另外的男人一起随口恶攻。男人经常很不像话。我爱上海，我不装着不爱上海但离不开上海。我追过你得到你还是爱你。墙头上跑马还嫌低，面对面躺着还想你。上海是我的生身之地，是我父母和女儿的生身之地。我的祖辈定居在这个城市，他们生了父辈，又有了我，我的毛阿。我已经没有祖籍了，我只有这四代人的上海，我不能选择就选择了爱。

我的祖父说宁波话，父亲说带宁波腔的上海话，我说纯正的上海话，女儿说上海腔的普通话。她的孩子估计将说带上海腔或国语腔的外语。

五口通商的城市。一八四〇年。本来我没能体会到自己是爱它的。十七岁时终于出去了三年，二十岁时的回来是我自己的选择。再见吧广阔天地我他妈要回去啦，我一回去就再也不出来了，不仁不义也义无反顾。我满可以不回来的，人们巴不得我一去不回头，但我死乞白赖求爷爷告奶奶地还是回来了。我他妈的差点丢了一条命但我终于活着回来了，马革没裹到我的尸青山就只好继续青着。我是这个城市的混账儿子。在乡下的那些年间，我甚至苦苦想念上海的市骂，那多好的永恒的市骂——戳那！我被剥夺了那个城市居民的一切特征只是小心地收藏着一句戳那。我仗着这句戳那回到了上海，回来了才把它放下。回来以后我经常临时外出，去外面东张西望兴致勃勃。望久了就烦。一想到有个女性一样的上海在等着我，心里就安宁了。其实上海没有等我，上海不等任何人。无数伟人名人闻人来了又去去了又来，它顾影自怜绝情绝义不等任何人。我愿意想起马路边那些粗壮的梧桐，想起昏黄的路灯和更黄的黄叶，想黄浦江上的轮船和外滩的剪影，去想走不完看不尽的一代传一代的俏丽的姑娘。她们走自己的路，留给你一个无言的背影。脚跟小腿大腿臀部脊背和头颈，还有那黑色的头发。我爱头发的黑色。我不能接触但我能用目光抚摸。要是触碰了这个那个就走了，我观看的话一眼可以看许多个。我心情愉快地回到自己的房子，再听旧城区的累计一百五十年的嘈杂。啤酒黄酒包开西瓜！人在上海，住久了只好心烦，我烦它集市般的拥挤、杂乱、肮脏，以及莫名其妙的花里胡哨暴殄天物不伦不类。烦它没有地方可散步散心踢球和放松地接吻。这个城市的残絮败柳的天。拮据的土地和更拮据的心思。我烦它简直烦到烦死，但我心里爱它。（和我对级级一样。）这是一个可以怀旧也可以出新的地方，适合居住的地方。只有在上海的旧城区住过，才知道它的可居住性。它拥有那么多的被人诟病的地方依然适宜居住，这样的地方只此一家。它包容了那么多的色彩和性格。活得来劲的人，一贯潦倒的人，新派的人，遗老和遗少，真洋人和假洋鬼子的西崽相，灰暗的人，亮色的人，聪明绝顶的人，不长心眼的人，热爱政治的，热爱金钱的，热爱咖啡或茶道的，好色的人，暴发者，爱北方的京戏，爱江浙的评弹越剧，爱保龄球或高尔夫或健美，能工巧匠，名人闻人，颓废者，渣滓，各类人中的尖端分子都在它的地界上生存。在中国你找不到第二个地方，我对级级说。我对南京人级级说。

你这样说我就懂了，级级讪笑着说，你的上海嘛人尽可夫。她用的是轻蔑的口吻。我恨哪，住你的口，你这个混账小女人下流透了！我难得严肃一回抒情了半天，我求你了，你不能用下流话将我打发了。

19

鲜花和

我这只是在心里说。我不敢对她说。我经常在心里说。

上海算什么？我们南京做过国都的,级级又说。

她的国都。金陵王气黯然收,一片降幡出城头。国都,你不要笑我了。国都建在南京正如吃饭掉进了茅坑。我看看级级,她在收拾自己的脸,将什么植物的皮一点点地抹着鼻子,鼻子就此成了一个奇怪的疙瘩。

你是一个典型的上海小市民,小男人!级级说。

级级是南京人。当年我来往于上海和乡下之间时,必须经过南京。火车三百零五公里,慢车票价五元四角。在南京长江大桥上留影,拍下三面红旗。重车开过大桥,桥身怎么有些颤动,据说还走过许世友的坦克呢。桥的栏杆比较粗糙,那是省钱的结果。便宜没好货。南京有好吃又便宜的盐水鸭。板鸭太咸了,有一个笑话说,高邮咸蛋是南京板鸭生的。南京的树好极了,紫金山那一带好极了。中山陵。我来来回回那时没见过级级。那时的级级刚上小学,你不能对一个小学生刮目相看有什么非分之想。人只能对从前的小学生怀有非分之想。

你们南京是上海郊区。我是一个狭隘的上海主义者。上海人都是上海主义者。这个城市有它的无知、狂妄和忧伤。苏州是上海近郊,南京是远郊。级级说话时,南和兰是不分的,她把牛说成瘤。

你们上海过去是属于江苏的。级级不喜欢我诽谤南京。

问题在于现在她也是个上海人了。谁在上海住下谁就是上海人,这个城市只有现在时。级级是现在时的上海人。级级的父母正在南京。她大学毕业后留在上海。进入这个城市的最顺当的途径是毕业。级级毕业后就不能像过去那样诽谤上海了。在大学,诽谤上海是学生们的课余爱好,一串串刻毒的笑话。然而,愤懑的学生临到毕业时,多半图谋留在这个他妈的城市。这个城市就是这样,被人一边讨厌一边追逐着。

你要知道,级级对我说,人们选择这个城市,多半是因为还没找到更好的去处。一旦找到,将挥手而去。她做了个挥手的动作,并显示出文科学生的特征,加了一句,不带走一片云彩。

　　对一个南京人讲上海的道理是讲不通的。上海人活得很没道理。你不能将没有的道理去对别人讲。需要在这个城市住下来,慢慢地自己去体会无理状态。级级说她还是喜欢南京,看她吃起板鸭所生的咸蛋的样子,就知道这是真实的。我和她相距三百零五公里,中间隔着好些大站。这条线上富集了好些著名城市,就同人的脸上富集了五官。我和她是一个耳朵和另一个耳朵,是鼻梁和后脑勺上的反骨,是下巴和头顶的百会穴。

　　亲爱的级级,我是爱你们南京的,因为南京哺育了你。还因为……

　　还有因为了什么,级级问。

　　还因为,南京是上海的郊区呀。

　　你放屁!

　　我不喜欢这样。女人这样不雅。即便你是一个南京人,吃惯了盐水鸭板鸭,你也不要这样放肆好不好。你不能将躺着说的话站起来就说。你不能将躺着也不说的话不论姿势地说。对话对成了这样,叫人怎么再对下去呢?

　　我进入臆想。

　　我们抬杠。你们南京。我们上海。级级气势汹汹,我委曲求全。寻根,摆谱,摆城市的家谱族谱。这么说还是不对。我对这个城市的爱是不要理由的,我在此没有当官发财,级级,它是我的空气,我的盐,我爱它不要理由。我爱自己的容貌,胜过爱任何名模的脸。我这样说你就听懂了吧。我将走道一般的上海私人化了,回到了经常的热爱,回到骨头里的感觉。我凭什么不可以爱它?

　　级级疑惑地看我,老兄,你在做梦?

　　很难说这个城市有梦。肉体般的城市。肌肉会有什么梦想?我的上海无梦。无花果一样的城市。这个城市是别人的梦,所以它自己就无梦了。

级级将植物的皮顶在鼻尖上,回过头来。老爹,你还有乡下呢,你在书里好多次写过你的乡下呢,草屋稻田草垛和牛马狗,从前有个姑娘叫作小芳,乡下的额吉阿妈妮,写得肉麻兮兮的。说到得意处,级级把她植物化的脸端到我面前说。

我习惯地注意到她说的牛,南京人将牛说成瘤将南京说成蓝京。蓝京的瘤。我的乡下不是我的。我对我那乡下是想念,没有爱。我想念遗失在那里的青春和岁月,但我不爱那块土地。那不是我的土地。我不能爱它爱到占有,别人会不干的。想念是一种不要求反馈的发散,永不受孕。我爱上海。爱到总是输给它,巴结不上它。退到远处看它,它给我一个无言的背影。

谢谢你不要作诗了,级级说,诗歌的时代早就过去了。北岛的孙子也被Pass了,你的诗作得太晚了。她将植物的皮随手一丢。你还不明白,老兄,你是一个下岗职工。

(级级一般叫我老爹,对我不满时叫老兄。)

我委曲求全,将她丢到地上的皮扫了。我不明白人人可以夸夸他的家乡,我为什么不可以。而且,我是自己要在家里的,不是谁让我下的岗。我要自己别生气,我们也就是在磨牙罢了。我对南京没有恶意,我母亲的老家就在南京。磨牙是一个正常家庭必备的程序。

回 到 床 上

级级负气走后,我躺到凌乱的床上,肆无忌惮地展开自己的四肢。真好!我的床永远凌乱。左臂右臂左腿右腿。非常好,真他妈的舒服!(谢天谢地,毛阿上学去了。她在我不能说他妈的。我家有禁止脏话的约定。今天早上我一不留神说了一个,立即被毛阿抓住,罚了一元钱。我家可以说蛋、滚蛋什么的,不能说妈也不能说娘说操,一说就罚款。孩子她不懂,真正的下流话是没妈也没娘的。她不懂最好。)我已经一个星期没好好躺过自己的床了。我像贼一样等别人走了才躺到床上大模大样。自己的沙发不如自己的床。床很宽大,比沙发宽大多了。床是我们活着的时候的棺材。床边有我熟悉的台灯烟缸杯子电话以及零零碎碎,那是廉价的陪葬品。我试着朝两边滚了滚,前不见古人后不见来者,多好的床,仰面点起一支烟来。

身下的席梦思有年头了,它坐怀不乱。那是我和级级用一辆自行车从家具店推回来的。我扶着车把,她扶着床垫,床垫在脚蹬上一颤一颤的,可以用花枝招展来形容。要想在床上活动活动,有一张床垫比较愉快。床垫有一种迎合主人的秉性,有同谋的秉性。它想也不想就迎合上了对影成三人。被迎合总是愉

鲜花和

快的。但是,不要被蒙蔽了。所有想把女人弄到自己床上的男人必须注意,结果可能是你自己滚下床来。床是一种心怀不满的物件,小老婆一样。它暗中期待那种一对一的关系。这是不可抗拒的,唯一的诀窍是在买它之前先买上一个长沙发。

现在需要抽象。

我在反复咀嚼一个汉字。我喜欢研究汉字。

——滚。

(请用黑体。)

这个字一定是女人造出来的。先是流三滴清泪,右边有个老公,无礼地戴着帽子,模样不会好。下面是衣服。女人的出走一定是要带衣服的,这已经成了戏剧电影电视剧的经典场面。一个衣字被分成了两半,老公拦在衣服的中间,那么帽子就不要了。或者换一种解释,那是一些还没穿到人身上的衣服——也就是衣橱里的衣服——所以这个衣字没首。这个字造得非常准确、形象。

滚是一个动词。但滚的动作经常是被动的。有个力在推动,不推不滚。

当然,还有一种解释,新的解释,就是老公的滚。比如前几天,晚上我滚到了沙发上睡得倒很安稳。

我给我的死党打个拷机。不一会儿回电来了,我听见电话里传出嘈杂的声音,料想他在应酬就转了念头。你玩你的,再说吧一言难尽。他说好的再说了。电话刚挂上又响了。

一个和我有些暧昧情绪的女人,分分。我说的是情绪。按照心理学的说法,要是听任情绪发展,也许可以暧昧得混沌一些,但我们仅此而已。人与人之间有一点暧昧似乎有一个盼头。我们始终不远不近的。有一次,似乎要有什么故事发生了,不得不发生时,天哪,我要做了,真的要做了,不做不行了! 我刚伸出手,我的宝贝女儿从亭子间上来,说她的肚子疼死了。我顺势做了个摸头的动作,摸自己的头。毛阿你怎么啦?这孩子过于夸张,爱用极端的字眼。阿爹,我疼也疼死了!好吧,我让她睡到我的床上,摸摸她的肚子。肚子柔软不像有病,你该睡了毛阿,再疼我们就去打针。我不要打针。她看也不看那个阿姨,自己静悄悄地躺到了我的床上,将那个领导的位置给我留出,脸朝着墙,心满意足地睡着了。我朝我的暧昧的朋友看看,她正微笑着聚精会神地看着我的女儿。她轻声说,你的女儿长得越来越像你了,鼻子那儿还有眼皮那儿。是的,越来越像我,就是耳朵不像。我是她爹呀。你有一个女儿真好,现在的人喜欢女儿,城里人喜欢女儿喜欢成什么样子了。是的,真好,好得没样子了,幸亏是个女儿。我又摸了摸自己的头,纯粹是刚才那个动作的后遗症。她的脑袋就在我的面前,我不知它像谁,要是想摸可以伸出手去摸一摸。当然,还有别的出众的地方。

我们不自觉地坐得端端正正的,手放在自己的膝盖上。我一只手放在下巴上,指甲划过胡子。这个动作给人以老奸巨猾的猜想,其实没在策划任何阴谋。毛阿。我们又轻声说了几番话,说的是我的女儿和她所知道的别的女儿们。我们谈得十分投机,压低声音笑着。毛阿翻了个身。我们谈话,停不下来,为了说话投机也不能停下。后来,不约而同地都住了口,静得没法投机了。她仓皇告辞。我把她送到楼下,为她开灯和开门。在楼下的门边,她突然说了一句,我要是你女儿就好了。我看着黑暗中看不清的她,是啊,就好了。她等我说完才离去。

要是我在十年前听到黑暗中的这样的话,要是我在春天的细雨中或冬日的阵雪中听到这话,我会立即将她揽进我的怀里,揽到门的里面,仿佛兼并了一个企业。我们在兼并中一点一点地深入地暧昧,不到无路可走决不停止。我们早先曾经接过一个吻,一个。只是那种点点头的动作的奢侈的版本,把头点过去

鲜花和

一些。我要是你女儿就好了。一个中年男人听到这种话是有义务配一点动作的，不配不好。现在不了。没有春雨也没冬雪。我只是对她说，是啊，是我女儿多好。假设的开始也就是它的逝世。我只是习惯地用力看了她一眼。夜色里，当然没看见什么，她想必也看不见我的用力。要是这会儿有灯光的话，她会发觉我的眼神并不深情，只是用力随便一看。没有意味的深长的一瞥。我相信她也是随便说说，都只是为了营造一种貌似暧昧的气氛。随便真是一种优雅的品质。

我打搅你了吗杨色？电话里的她说。

她的意思是，你是一个人吗？这种心情人人都有。你找张三，不希望李四来接电话，不希望李四在一边听着还忍不住插嘴或忍住不插嘴。

不打搅。你好吗？我轻快地说。

她的情绪高起来，回答说她还好。我正想着，她说还好就是不怎么好，她转而对我说一件我没料到的事。我去国泰电影院，去看国际电影节，走到电影院门口了，电影票丢了！我没回过神，随口说，丢了就丢了吧，一场电影看不看都没关系。我进一步展开说，人只要不把自己丢了，丢什么都是小事一桩。

是没关系了。电影不看了。你是不会主动想我的。我正巧就在你家的附近，在楼下，在你家的楼下，你欢迎我上来坐上一会儿吗，看看有什么可以帮你做的。她有些暧昧地问。

我没作声。现在我清醒了。我明白这张丢了的电影票和自己的关系了。有一朵开放着的鲜花要来了，牛粪怎么说话？不必装模作样，牛粪其实都想玷污鲜花的千真万确。但是，我有点想做一回不近人情的牛粪。我要做一做。当年，走在公社的路上，至少能在路上看见一摊牛粪，当仁不让地占着路的中间，新鲜，有棱有角得嬉皮笑脸，只差没冒热气。（乡下的牛粪都是新鲜的，没法等到不新鲜，必然被人拾了去。）这样的牛粪值得向它致敬。我设想自己就是这样的一堆蠢东西。这使我有点兴奋。

我想,不必了。是不是不必了? 对了对了,谢谢你。一点看头也没有。电影。是的是的,我想自己大概睡了。我说。

不要谢的不客气。不客气了。什么叫大概睡了? 她出于惯性接着问了一句。

是的,大概睡了就是早就睡了。我斩钉截铁地说。

她冷冷地问,睡了有什么关系?

我说,睡了就是说,我笑一笑,我已经睡熟了。

那么,那么,晚安。

那么晚安。我说。

挂上电话,顺手将它挪到远远的地方。

为什么要对一个睡熟的人说晚安呢? 这和洁身自好毫不相干。我才犯不上为什么人苦自己呢! 但是,我没有情绪,精神的不应。我已看不出这朵鲜花和那朵鲜花之间的区别。我不能谢绝了这一朵去投奔那一朵。在精神不应的日子里,任何过度的暧昧无疑是一堂青春期教育课。然而,我已是一个博士后,无意重温那种初级课程。

当然,最好不要这样说话自我标榜。这样很不礼貌。不能将别人别的花说成一个个争着想插到你的头上。我应该换一种说法,今晚我比较危险,将会抵挡不住哪怕最微弱的诱惑。我将是一个怀有恶意的疯子。疯子应当被隔离。男人的细胞中总有一点疯癫的因子。不要激活它。

这会儿,我的朋友也许重新回到电影院门口,去退一张黄牛手里的高价票。也许票子本来就没丢,心情变了不想看,这会儿心情又变了,就回到了电影院。错过一场好电影真是可惜。电影中的晚安。她是一个好女人。好女人是会迷途知返的。

鲜花和

需要真实。

拒绝一个女人的来访，真实的原因不是害怕她在这室内的存在，不是怕她，相反，希望别让我意识到自己的存在。两者是有差别的。我拒绝了一个女人，就是拒绝了所有的女人，也就是拒绝了自己。一个女人惹恼了我，也就是她们一齐惹着我了，就是自己惹着自己了。我拒绝的是所有的人，而不仅仅是这一个。我对人失望了。害怕了。厌恶了。

电话死了。家里不再有其他的声音。静悄悄，很好。静是环境的美德。邻居的狗吠了两声。那是一条无证犬，它是没权利吠的，哪怕是在自己的家里。然而，它居然吠了。你听听，无证犬和有证犬吠得同样出色。它不知道自己是一条无证犬，所以也不会知道，因为任性的一吠，也许就将自己吠到了地狱。报纸上在鼓励市民举报无证犬，打一个电话就将它出卖了。举报，检举，杀它的狗头！有人害怕自己的狗被拉去杀了就将狗送到乡下，每天想它想得没法子想就给狗打个电话。这件事登在报纸上的《岂有此理》栏目，作为可笑的事情。我却没觉得有什么可笑。狗实在也很无辜。人想念他的狗不算可笑。狗会抱怨吗？亲爱的狗崽子，假如你知道人也要计划生育你就不能抱怨什么了。嚓，杀你的狗头！电话就在手边，不敢出卖人就出卖一条狗吧，说起来这辈子也算出卖了一回。我听狗吠，那狗崽子的吠声脆脆的。我宁愿举报一个人也不愿举报一条狗，何况是一条吠得如此没章法的小狗。我等待它的又一次吠叫，狗日的它就是不叫。真是没法子想，连狗都乖觉了。莫非它明白自己的无证了？

邻　　居

　　二楼的男孩西西上楼来,他的父亲让他来问我有没有多余的灯泡,要插口的。我注意到麻将的声音一阵阵传上来。我要他先去,我找一找,找到后送下来。毛阿见西西上来,非常喜欢,忙将他招呼到自己的小屋里。他们关上门在里面热烈讨论起什么来。

　　我找不到灯泡,就把台灯上的那个六十瓦的卸了下来。下楼去观赏他们打麻将。顶上的灯坏了,用了两个日光灯型的台灯对付着。二楼的老林接过灯泡将坏灯泡换了,屋里立即亮了许多。老林的父亲林老先生坐在上首,他递烟给我,要儿子给我泡茶。我不喝茶林老先生,你打你的麻将吧,我看一会儿就走。林老先生白天常常打盹,每天就盼着晚上的麻将,做人的意义全到了牌上。他很节制,一过十点就收了摊明天再来。灯下两个姓林的先生和两个不知姓什么的女士围着桌子四双手摸来摸去。老林的太太小金在床边叠衣服。小金是个小学教员,管那些小猴子居然没有把脾气管坏。老杨我儿子在你们楼上啊,小金问。我说对了,西西和我们毛阿很要好的十分谈得来。小金说现在的孩子真是很可怜的,没有兄弟姐妹。老林说是的,就一个孩子太孤单了,生双胞胎就好

鲜花和

了。我说,就是有兄弟姐妹,也没时间玩的,功课要逼死人了。一个女士抬起头说,有些学校是要把小人逼死了,将小人逼死还将大人一道逼死。小金说,不过不逼也没有办法。我想起她是教书的老师。不逼也没有办法。我们顺着这个思路说下去,说得实在投机。

西西下来了,小金要他去洗脸准备睡觉。

他们家每天热融融的,麻将真是好东西。洗牌的声音是这个城市悦耳的鸟叫。我不会打麻将,这奇妙的东西,我不会。我认识几张牌,对那张白板深有好感,它不标榜无字碑什么的。旁边的电视机开着,在放什么肥皂剧,小金时不时瞥上一眼。桌子周围的四个人无动于衷。他们说着和麻将有关的话。我终于意识到这个世界上还是存在和肥皂剧抗衡的东西的,那就是麻将。麻将也可以说是自成一格的肥皂剧。它像是我们毛阿爱吹的肥皂泡。你不知道下一泡将有多大,飞向哪里,你在瓶子里蘸一蘸,鼓起腮帮子轻轻一吹。

毛阿热衷于买吹泡泡的工具。一个小小的塑料热水瓶,一元钱,她嘟起小嘴一口气可以吹两瓶。她零花钱的一多半变成一串串泡泡飞走了。我要她到她自己房间的后窗户上去吹,风会将泡泡刮到楼下围墙后面的大院子里。美丽成各式各样的办公室小姐和先生在那通道走进走出。我想要是一口气吹到淮海路上就好了。毛阿的泡泡非常漂亮,五彩的幻影在泡泡上打转无比神奇。淮海路上有五彩的泡泡就对了。不过泡泡掉在脖子上,现出原形,水滴冷冷的,很难受。

传来楼下老太的琴声。底楼住着两个老太太,老姐妹,每天黄昏或晚上,她们轮流弹琴,钢琴。有钢琴人就不孤独了。最冷清的是我家,要么开着音响弄出点卡拉扬马友友那是假的。对面楼的萨克斯管的声音。

还 在 床 上

我的床是张旧床。年深日久,漆色已脏并有许多处脱落。木纹中残留斑驳的深红很是耐看。它不是硬木的,要是卖了也就值二三十元钱。我不卖它。这张床至少睡过四代人。它是温情血腥无耻和激情的见证。

我就是在这床上出生的。

一躺在床上,难免慵懒,于是有了色。有个朋友一口咬定,男人一过四十,经常动的便是下三路的脑筋,规律如此,绝无例外。有他的话垫底,我的一点点绯思也不算太出格。要一个四十岁的男人一点也不色,就像要一条狗不叫一样难。我想着,在想这个床字。我想着自己睡在床上的样子。这个床字应该是一个广加上一个大,大状的人,写成庆字才对,伸手伸脚很舒坦。或者,不是加上大,而是一个太,这样对我更准确一些。不写太而写木真是太色了,连我这样的四十岁的男人也觉得过分了。

明天应该交出一篇短文谈一谈足球。一比九输给人家还有什么可谈的。去他的短文去他的报纸去他的编辑读者球迷。你们的著名作家杨色他不干了。

这会儿还早。我通常在十二点以后才考虑睡觉的问题,即便睡到了床上,还要再看一个小时的杂书，因为我觉得著名作家应该这样。级级通常在十点到十二点之间回来。她回来的第一个动作是打开电视机，看不看都打开，并永远地将它首先调到电视剧的频道。她使这房间有了人气。电视里的人物照例在拎着嗓子说话，声调永远激烈而无理，令人产生屋子里总有许多人在吵架的错觉。级级换上拖鞋，像电视剧里的人物一样在家里走进走出并大声说话，激烈地指出我当日的过错。你在家把家弄成这个样子！除了我，谁会跟你这样的男人？吃饭，上厕所，洗头，洗澡，打电话，熨烫衣服，或者没原因地走动。我想级级你真是个活力二八。你可把我给害了。你也是狗屁知识分子你怎么可以不尊重他人的工作环境。我没法再写下去，就转过身要自己看看她。

你看我干什么？

我要自己欣赏你走动的韵律。

你不要十三点！

她断断续续地告诉我当天发生的一些大小事情，我们老板说，小林说，马先生说。对一个在家人员来说，这很有趣。正在我恭听之时，她话头一转，即兴地批评我的某些不像话。跟你这种男人说话真是对牛弹琴！我该死。我总是该死而及时地将电脑转到游戏，去对付俄罗斯方块或 WINDOWS 中的扑克。我玩过许多的游戏，到头来还是玩这最原始的游戏。级级见不得电脑游戏，接着批评我的不务正业玩物丧志废物一个。我默默地继续对付游戏。小姐，玩物丧志，不玩物伤心伤鸟。我要把你打得落花流水，我要改写记录。我对付不了级级就对付你。你就会玩游戏，浪费时间！我小声说，我就爱浪费！发明游戏的人太他妈的伟大天才了。你真是说对啦，我就会玩游戏。游戏是人类的特征之一，就和男人有个××一样自然。我玩游戏就是玩精神的××你又怎么啦？玩物丧志，不玩物就要丧心病狂。我对级级说，我不玩游戏我会死的。我死对你有什么好？

你要死现在就死,死去活不来,我还可以嫁人呢。

我不死你也可以嫁人的,你名义上还是姑娘呢。(现在的姑娘都是名义上的姑娘。我的朋友章鲜说得好,公共汽车都挤过了,还谈什么贞操!)我同意你马上嫁人。嫁鸡嫁狗嫁一个是一个。我委曲求全地说,我都同意了。

级级走来走去,说,笑话,我嫁人要你同意干什么?

是啊,她嫁人要我同意干什么?我说,你不愿意,我就不同意好了。

她哼了一声,我嫁人,你不同意有什么用?

那么,你至少要问问我吧,我不是还没死吗?

你去问你的精神××吧。

说完,她嘿嘿一笑,去洗澡了。

级级是一个搞广告的,她负责招揽广告业务,接下来由别人具体做。原先,她搞过几天教师搞过戏也搞过传媒。她酷爱那个搞字,提手旁一个高。也许她意识到高手为搞,有些卖弄的意思。一次,在家打电话,她顺嘴对一个什么人说道,我,搞广告,老丁是我们公司搞司机的。我的头一昏,将就要到手的改写游戏记录的机会给坏了,真是乐了整整一个星期!搞司机的,真是妙语啊!我的级级真是太会搞了。他们广告公司的总部设在一个过些天就要搞回伟大祖国的地方。因为现在还没回来,所以总有一些与众不同的心态和神态。级级原先搞一口比较标准的普通话,后来搞了广告就变成搞回归国语了。她拿起电话时,音调和我的毛阿差不了多少。(她并不反感被视为我的女儿。她跟毛阿叫我老爹。曾有一个存自行车的老头,对她说,车被你爸骑走了,她津津乐道了许久。爸爸。我比她大十岁,当然也可以说成大二十岁以上。她年轻靓丽。我有许多白发,丢了好几颗牙齿。她其实是应该和我在一起的,和我在一起可以一直有良好的感觉。)级级在对话筒说话,她一说开半小时里不会住嘴,一个事情通常要反复说三遍,即便打到香港也如此。她在说。在一个人的生活里,如果经常有这种香港国语听听,赛过天天吃补药。

我是一个搞文字的,说得好听一些是在搞作家。我以前搞教师,搞农民,搞兽医,搞过好多职业。必要的时候,我也能去搞司机。现在,我像搞退休的工人一样,天天搞在家里。级级是放养的动物,我是圈养。不慌不忙。我在家搞了十多年。我们单位不搞我上班,不搞个办公室给我也没办公桌,我名片上的地址是虚晃一枪。我的文章都是在家搞成的,我这会儿就在家里,开着我的电脑搞电视剧的剧本。我的电脑是自己搞到钱后搞来的,它被我搞在原先的书桌上,每天搞掉一些电,把电视剧搞来搞去或者把游戏搞来搞去。可以视我为电视或电脑的奴才。我原先沾沾自喜,觉得不上班是占了很大的便宜,觉得电脑是我的奴隶。再说,我是天生的懒觉主义者。

你以为不上班也算是你的本事吗?

俗话说得好,好男不上班。我朝级级看看,急忙说不算本事。

你睁开眼睛看看,有几个人像你们这样没有班可上的? 一个男人,长年累月在家,有什么出息?

我睁开眼睛。级级说得对,大家都上班去了,去打工或是去当老板,去当二流子或白手党。只有我搞在家里。但是,我也挣钱。每次有稿费寄来,毛阿看着汇款单,一口咬定是不义之财。你这小东西,你爹一夜夜地不睡人不人鬼不鬼的,居然说是不义之财! 毛阿是要上课的,上课就是小学生的上班。你们这些上班动物在妒忌我恨我哪。

我把级级的上班称为革命。

我们,辛辛苦苦,在为社会出力,你呢? 级级去革命以前用我二十多年前的领导的语调教训我。那是一个肥胖的中年女人,手臂粗得跟大腿一样。一个人有四条大腿你还能指望她说出什么好话来。我看着级级的嘴脸,你要胖成她那样才好呢! 我再朝级级看看,她果然像是胖了一圈。

级级的名言是,你反正不上班。

我觉悟了,所有坏事的祸根就在于不上班。在家的男人一文不值。级级是对的,我们可爱的家本是生活的地方。在这不大的空间里,有一个人说他要在家里搞文字,家就搞得异化了。电脑放在家里也异化了,只好常常玩玩游戏。我真是对不住我的家。我要是也搞个班上,不管每天在外面混得怎么惨,回家来都可以摆一摆大爷的威风。毛阿帮阿爹拿拖鞋来,阿爹给你带好吃的了。今天车子真挤。我也可以说一说我们老板。人们要么有个老板要么有个跟班。我什么都没有,我只有电脑里的游戏。听说以后许多男人都要在家了,男人们一个个盼望着如盼大赦。我暗自窃喜幸灾乐祸。好啊有你们的。亲爱的想要回家的同志们,老同志欢迎你们,到时候你们就知道厉害了欲哭无泪,那时候你们就和咱一样了。

乡 下 老 鼠

我还在床上。接了一个电话，是一个什么报的记者打来的，他来问杨色老师，今天南方有一家报纸说你写的那一组《男人在家》是小男人文章，你有什么看法。我本来应该说无可奉告，可一眼正好看到级级硬要放在我书架上的一张照片，就没及时打住。照片的背景是香港的那排建筑。我说要他去问他的老爸吧，他的父亲可能也是不折不扣的小男人。他父亲要是大男人他就要吃苦头了。他父亲是大男人就整天在大山里转悠和野兽为伍一文不名。所有的人都是他妈的小男人小女人养大的。为有小男多壮志。你们吃小男人的穿小男人的凭什么攻击他们。就像级级说起她的父亲，总是嘲笑他吃剩菜穿旧衣服一用钱就怕。你们要攻击小男人先把吃下去的吐出来。你们的父亲这样做了为什么不能这样写？他们做的是见不得人的事情吗？他们凭什么不能立一个牌坊，他们非要歌颂宇宙地球海洋他们才是他妈的好汉吗？

是的是的，很深刻，杨老师您说下去。

电话的那头那个人在等我。我突然意识到没必要生气。我要圆滑一点，说一点大就是小小就是大的辩证法才对。我要感谢他人的批评但是有所小小的保留。我要笑一笑让别人听出我的肚量。更要紧的是我必须关照他,谢谢你的采访,文章写好了可不可以先让我看一看,我的习惯如此(小男人们的习惯都如此),不是特别对你,我们要防止笔误对不对。我不想告诉他的是,你对记者说太阳是红的他很可能给你写成墨绿的。你弄出一个墨绿色的太阳你还好意思在太阳底下活着?

杨老师您说得很好,请再说一些。

好了,你的杨老师没什么可说的了,他要睡觉了。我要是有话要说自己会写文章的,我把我的意见自己写了卖钱,这就是彻头彻尾的小男人的逻辑了。谢谢你的采访,打扰你了。

我刚挂上电话还没来得及点上烟定定神电话又响了。我还没来得及想是好消息还是坏消息就有一个声音要找级级。一个外地男人的口音。我总是称级级为乡下老鼠。(儿歌,有一只乡下老鼠要到城里去。)她常常去这个县那个乡拉广告,厚颜无耻地拉,拼死拼活地拉,有时甚至凶神恶煞地拉。那些人像是该他们似的。某老师某老总某×长您好呀,我是香港的级级呀,您贵人多忘事,那天吃饭您还说我是动画片里的米老鼠还是史努比,记起来没有? 对了对了。你们省领导也很重视的,张省长王省长请我们老板吃饭时,我们公司,我们和香港的报馆传媒是有热线一触即发的。

外地男人兴冲冲地问,声音很大,他一定刚喝完公款的酒正剔自己的牙或喝到一半。我冷冷地说,她不在。我对不起也不知道她在哪里,一点都不知道,谢谢,我抱歉不是她的爱人。我不知道她有没有爱人我不知道,她戒指倒是戴在无名指上。请你打她的拷机。你知道号码就好。要是拷机拷三次拷不到回电,她就是出差去了。不知道,也许就到你们的县里。你们不是县那就到你们乡里。对不起,我忘了,你们县他们乡现在都叫市了,你们市里。对的,一定就在哪个县级市或者乡级市或村级市里。当然当然我知道建设得很好。(我立刻想到那些我深恶痛绝的水泥方盒子,它们被我无限敬重的陈从周老先生称作水泥棺材。其实它们更像叠起来的骨灰盒。)对的,你说对了,我是她爸爸,她老爸,是的香港叫爹地有人叫老豆。再见了,是的,不客气,Yes,Sir!（是的,先生!）同志再见。

女人开放的一个成果就是不管什么样的人都能打电话到你的家来找你的老婆。随时随地。他们说起她来比你还熟。你的家因为她的开放而开放了。因此,他们也能来找你。家,就这样变成不收费的公共厕所了。

级级的潜意识中或许真的将我当成了她的老爸。我不是。爸爸是不计较的。我斤斤计较。

级级真是去了乡下?

我倒是愿意她去真正的乡下与鸡鸭猪狗牛羊为伍,而不要和什么老总喝酒。

乡下有比较自然的风。级级每逢从乡下回来,都显得健康一些。我欣赏她被乡风吹得黑红的脸。镜子前,她珍惜地抚摸着自己的面颊,涂上这个霜那个露。镜子照了又照,要将镜子照出一个洞来。我对她说过,你将镜子放在地上,不出三个月,我家就和美国通了。脸蛋。我真黑啊,太可怕了!转眼间她被脸皮的黑暗诱发得疲惫了,疲惫得像一个农忙时分的农妇。不过,比你总是白多了!我忙说是的。她在无穷无尽的走来走去之后睡到这张床上,可恶的声音终于停止了,她躺着把腿摆过来摆过去,摆到一个舒适的位置就死过去一动不动。我不甘心她就这么睡着,便信口问她的出差见闻仿佛一杯开胃酒。她有了一点精神,说怎么搭乘长途车车上的臭气和脏手,怎么在市长局长总经理的酒桌上连喝几杯茅台五粮液酒鬼干杯就干杯,硬是将广告拿了下来谁也跑不了,王局长你要是不给你就是小狗。我真的很能喝酒呢!级级打起精神说,喝完第二天醒来,身上发了一身过敏发了一身。第二天我接着喝。我说,革命真不容易,女人也很辛苦。我将手探过去,寻找那些献身于广告的过敏。是的是的,你帮我抓抓,老爹啊啊,好舒服,好舒服啊!这里这里……她在舒服中打着鼾睡了过去。她总是在最要命的时候睡过去。我的手无趣地离开那些有趣的地方,手指寂寞地按住那些广告疹子,怕它们一一逃走。

我喜欢那个挠痒的谜语:

> 这里这里,
>
> 那里那里,
>
> 是的是的,
>
> 不是不是。
>
> 上头上头,
>
> 下头下头,
>
> 啊啊啊啊,
>
> 是的是的。

鲜花和

毛　阿

我曾对级级说，毛阿是我们家的重心。级级不以为然地撇撇嘴。在她看来，我们家是不该有什么重心的。她对无政府状态比较热衷。三足鼎立。我不能对她把话说透，我关于家庭重心的思考只能在小说里说说。

我的真实意思是，要是没有毛阿，这个家的日子不是这样过的。没有毛阿，甚至有没有这个家还是问题。级级没料到，我比她还热衷于没有秩序的生活。定时睡觉起床，定时吃饭拉屎，两荤两素一汤一个老婆，雷打不动井井有条，全是我乐意违反的。我希望自己冷不防出现在什么好玩的地方，出现在朋友的宿舍门口，朋友不在就坐在台阶上发愣，或者出现在地狱的门口发愣。我行我素是个好词。希望奇遇、冷遇、艳遇以及不艳之遇。我对时间和空间有自己的体会。

可是，毛阿巍然存在。

级级说，毛阿是我们家的小闹钟。毛阿这个闹钟敲起来了，提醒我也提醒级级。她才不管你要革命还是要什么不艳之遇，她要按时上学，按时吃饭，按时睡觉，需要最俗气的家庭生活。毛阿毛阿，你真是太小市民了。我只好死给你看了,毛阿。她的作业,弹琴,游戏,讲故事,以及心绪恶劣或害怕妖怪。女儿是改造父亲的专家。我没法走开也没法由着自己过混乱的日子。有你就有你的父亲,就有级级,有家,有保姆。你的父亲要学好啦,毛阿,他就要成才了,自己看自己也有教养多了。他不想给你不好的暗示,竟希望你认为他是个老派父亲,所以至今没将级级就地换了,或者说,没被她换了。你的阿爹不能频频换女朋友让你将那些阿姨认不过来,他不能当你的面和级级恶语相向,让你感到家庭的恐怖。我们的家是很温馨的哦毛阿,你长大了也该有个自己的温馨的家。当然,更大的原因是我已经看破了一些东西。我知道那些鲜花怎么怎么就成了荆棘而且必然成为荆棘。我看看家,家里一片和平景象,桌上有吃饭后的碗,地上有我们的拖鞋和其他的鞋。我们的家的确不错。级级总的说还是过得去的。我敲敲自己的头,级级提醒过我,有人还愿跟我这样的男人过日子是我的福气。她说得对,真是福气。毛阿不知道这是福气,动辄耍点态度。这孩子就是家里的警察,无法不按着她的手势生活。

级级喜欢看我和毛阿面对面洗脚的镜头。

你他妈的可以不当经理,不当记者,不当作家,不当总统,不当瘪三,不当贼,不当面首,不当小丑,但你没法不当父亲。我们在地上的父亲。父亲是不允许辞职的。你在父亲的任上干得要死干到死没人会说你称职,当然也不会被革职。那小子也算是个父亲!你的不称职是绝对的。级级,你给我听着,父亲是天下最贱的动物。一失精成千古恨。父亲只有很不称职和比较不称职的区别。我是父亲。

阿爹,你回过头来,阿爹跟毛阿玩一玩!毛阿在我身后热切地说。

我没见过我的父亲。我没有样板。(以后我会写的。)我当父亲的那一套全是自己无师自通二律背反地摸索出来的。毛阿也没当过女儿,她和我一样,摸着石头。我们好起来好得心心相印一日三秋,坏起来坏得咬牙切齿痛不欲生。

我生下她就欠了她。毛阿你是爸爸的债权人。爸爸是个还不起债的杨白劳。当然这比喻不好,过于凶恶。我和毛阿的债务关系是建立在爱和血缘的基石上。我是自愿要当杨白劳的。我想,毛阿是上天派来救我的,要我不至于自暴自弃。(天知道我这样的男人会做出什么来。)因为这样的使命,毛阿终于知道,当女儿也是不能辞职的,她即便心怀不满也不过发发牢骚将自己房间的门插起来,说是一个人待一会儿。她没有更多的选择。说得好听是相依相吸,说得难听是同归于尽,说得不好不坏是马马虎虎过着日子。当然,我们还是说得好听一些。我们是亲人哪。我想拯救自己只有这一次机会了。

分家以后,毛阿小时候,还不会说多少话,就不能在自己的家里了。那天我从她母亲手中接过她,抱着她上了朋友的车。汽车鬼使神差地开过我们三口之家原先住的地方,开过我的童年的老家,一直开到我的母亲家。母亲总是最后的一道防线。我的姆妈,真是不好,我又来打搅你的生活。毛阿你要听奶奶的话,毛阿不要哭,阿爹会经常来看你,给你买吃的买玩具。爸爸想念你。我的老妈妈一脸的皱纹带着毛阿到东到西,和她说不伦不类的普通话。她说剥的赫的毛阿也说,我实在不知道说的就是白的黑的。我的姐姐姐夫将她当女儿一样爱她叫她臭宝贝,她把我姐夫称作假爸爸。我去看毛阿,一进门毛阿扑上来,我的乖孩子!

叫我什么?

阿爹!

再叫我一下。

爸爸!

再叫我!

四眼老头,驼背老头,小弟!

这就太不对了,驼背老头就驼背老头,小弟可不是你叫的。那是奶奶叫我,姑姑叫我。你不能叫。

不好讲！你说。

爸爸的胡机。你摸着我的胡子说。好孩子,摸一摸爸爸的胡机长不长。爸爸的胡机长长有一根白胡机爸爸看见了。你摸摸自己的下巴我也摸摸你的下巴。你的下巴光滑得绸缎一样。你起劲地爬到我的背上,爸爸背毛阿。你知道爸爸抱不了你从来都要我背你。是的,爸爸背你。我们走很多的路,一直走到楼梯口再走回来走到床边将你猛地一扔你就四脚朝天了。你笑得没完没了。

每次去时很高兴临走时毛阿不让我走。爸爸你不要走呀！好了好了不要哭了毛阿,阿爹不走了不去开会了,爹爹陪你一个晚上。晚上你拉着爹的手睡觉,爹给你盖被子。不过爹终究还是要走的,去我们自己的家。爹在家里会非常想你的。爹干完活站起来就能在书桌的后面看到你。爹看着楼下托儿所的小朋友就会想起你。爹有你的照片。

后来是幼儿园的老师带她。毛阿住在那里,一个星期回一次家。爸爸你要早点来接我。好的爸爸一定早点来,爸爸第一个来坐在外面的凳子上等你下课。我看着那幢洋房和那片草地,心里感激破例收下她的一个老人。这样的父亲比较好当,只管付钱的父亲是最便宜的父亲。我不识时务地盼望毛阿回家。亲爱的毛阿,阿爹非常想你,和你在一起的日子是爸爸的隆重的节日。因为她的爸爸想她,我的毛阿真的要回家了。爸爸我也想你。她摸着我的胡子说,爸爸的胡机。想来想去的日子等到真的想到了一起,事情就严重起来。我推辞了一次游山玩水的机会,守在家里,让自己定定神。我对级级说,你听着,要出大事了,当然是喜事,我的毛阿要回来了。她一愣,说,她当然要回来的。我一时没有话说。

我要自己想一些琐碎的东西,毛阿的小床放在哪里,给她买新拖鞋和新毛巾,每天吃点什么,怎么带她玩。

你家,要有三个人了。级级说。那时级级总是说你家。

是的,我们家有三个人,三个人才像一个家。我看看她的脸。

我觉得四个人才像一个家。级级说。

我再次无话可说。四个人。好在我已经学会不说话。人总是在最该说话的时候往往不说话。

她叹气说,三个人总比两个人好。还是三个人好。让毛阿管管你,你这种人只有毛阿来管。

我说,是的,两个人比一个人好。

不对,两个人怎么会比一个人好? 我一个人的时候,过的什么日子! 她骄傲地说。

那是,什么日子?

可惜,级级从来没有一个人的日子。她不是和南京的父母在一起,就是住大学的宿舍,以后和小雷子或别的什么人在一起,然后和我在一起。她没有过自己的家。当然,她有权从我这里走开,去创造一个人的幸福生活。我无法走开。这是我和她的最根本的区别。级级说,这与性别无关。我不能走开所以很想走开,我的山水我的历险和奇遇,我的自我作践。失去了的日子当然是好日子。我摸摸毛阿的头。我只要活着就是两个人,或者两个以上的人。毛阿。我爱你毛阿。爹总是先有你才有其他。爹说过他从母亲出发走过女友和妻子最后归结到你。爹说过,等你长大了,爹也老了,那些坏脾气对他已经没用了。你去找你的朋友。阿爹继续守着一个家,等你敲门。

级级说这是不公平的。我知道,但我别无选择。级级默认自己成为一个第三者。她不能和毛阿赌气。在这件事情上,她要么一个人,要么三个人。我无法牺牲别人的特别是孩子的利益来邀宠。她叹了口气说,还是三个人好。我自私又内疚地想,她说得真好,好到我应该吻你。这是我们的很少的共同语言。

一个人生育孩子是没有理由的。在大多数时候,孩子只是一个副产品。你本来是想养个蚌的,却得到了珍珠。我和另一个人合作将她生下来,然后合作终止了。早没看穿晚没看穿偏偏在毛阿生下来后我被看穿了。我迟早是要被看穿的。人在被看穿时有一种彻心彻肺的痛快。分家一事就是人们将他们的家看穿时的程式。唯有毛阿是不可分的。她不能折价也不能分裂。在这时候,你就发觉还是没有将家看穿,发觉分家真他妈是一件太缺德的事情。

级级问过我,你为什么一定要领毛阿?

我不置可否。我知道她没有反对我领毛阿的意思,只是想问一问原因。我看看她,脑子里想的却是自己的父亲。我从小没有父亲,我的头从没被他摸过,我的孩子一定要有个父亲。事情就是这样简单。

我想,我受恩于女人,现在是报答的时候。毛阿是上天派来让我报答的。我抚养她成人,成为一个女人,报答所有的施恩于我的女人。

那天我抱着毛阿坐上朋友的汽车将她送到我母亲的家。当晚毛阿一次次突然惊醒啼哭不已。姆妈你不要管了你睡吧我来。我抱着她坐在床边摇晃着很想跟着大哭一场。然而我是个父亲的意识冉冉上升。杨色,父亲是没权利哭的你要知趣。毛阿,我是你的父亲。没什么道理可讲。是父亲就没了道理。孩子希求的永远是不讲道理的爱。真正的爱从来不讲道理。我就这样爱你吧,毛阿。从前的父亲们云游四海,只是在信上当一回父亲煞有介事。我不。我没你没法生活失魂落魄,我是天生的小男人。一个男人带一个孩子是我的骄傲。我这辈子只要做成这一件事情我就够本了。我从小没有父亲但我不让你失去父亲。我攥着毛阿的小手,她用力握住我的手指不放开,然后安静了,甜甜地睡了。

我的没有解释的泪水如倾如注。

电　　视

　　洗好晚饭的碗筷,保姆一天的工作就结束了。体力劳动的结束是彻底的结束。她去亭子间,对着电视机躺下,伸伸积累了一天的懒腰。一整天的体力劳动令人困乏。一天的期盼在于这一会儿,广告正如火如荼,她所喜欢的电视剧就要开始了。最好是那种男女纠葛的故事千年等一回,最好长得没完没了,叫人像站在望夫石上瞭望一样。我家的现任保姆名叫小月,二十四岁,读到小学四年级,有两年的婚龄,有一年半的外出当保姆或饭店小工的经历。她是级级从保姆介绍所找来的。她告诉级级,她的男人动不动就打她。她说城里的男人好,不打女人。级级告诉她,你还不知道城里男人的阴毒呢,你以为不打人就是好人么? 农村的男人知道女人皮肉的害怕,城里男人十恶不赦知道女人心里的害怕。当然打人也是不对的。小月,我看你真是好福气。

　　听完之后小月还是说,城里的男人好。

　　级级转述给我时,我哑口无言。

　　她的男人这几天在上海,说是来找活儿。他来的第一天的见面礼就是迎面的一拳还一脚。他烦她的一次次叫不回去。没有任何说理过程,男人理直气壮地,一拳加一脚倒也解决得很好。(我真是羡慕,我他妈的一拳将级级打到门外才叫痛快。但城里的女人一打就和你没完没了,亲戚朋友左邻右舍,到头来你还是输给她们。)小月有声有色地哭了起来。那男人嘴里嚷着乡下的土话,我听懂的只是几个动宾词组。我及时出去站在他们面前,那男人立刻垂手而立很有礼貌地叫我大哥,给我递烟叫小月来点上。小月一边哭一边点烟。我让他进我的房间在沙发上坐坐,并亲自给他倒了茶。小月在门外哭完,进来和我说,她男人饭还没吃,是不是可以在这里给他吃一点。男人忙说不要的。我说吃吧吃吧也没什么菜。吃的时候我说你使劲吃不够让小月下面条。吃着饭她男人又给我一支烟,我忙说抽我的,他接过烟连声道谢后代小月请假,说是出去看一个同乡可能会晚一点回来,我说好的你先吃饭你们去就是了。两口子一先一后地进了亭子间,小月轻轻掩上门然后关上一直关了半个时辰。我将自己的门也关上,对着镜子演了一演,心想一拳一脚左右开弓真是不错。知识分子无限说理越说越没道理,不如枪杆子里面出政权。门开时小月穿出最好的一身红衣服,浓妆艳抹容光焕发,而她男人更加谦恭有礼。

曾有一个外国人,听到我家雇有保姆,眼珠也要掉出来。他不明白我这样的穷人家怎么会有保姆。从来穷人只配当保姆。虽然不符合国际惯例没有接上轨,他还是从学术的角度巧妙地问了我在保姆身上的开销。要问直接问。我爽快地告诉他一五一十。他说明白明白,中国的保姆比较的便宜第三世界。中国小说便宜保姆更便宜真是天堂。是的我庆幸自己生活在第三世界,家中有保姆并不十分奢侈。我没告诉他,便宜没好货是一般规律。这只是一个通俗的比喻,并非视人为货,只是比喻。我家的保姆来了又走,走了再找,半年中可以折腾十来次的。旁的女人总要面对面谈上几次才会住下,睡一个被窝相互摸底彼此交流心思。保姆一来就住住下就一言不发,她不知道应该说什么是好。男人女人要有上床的可能才会真正地交融。但她是保姆我不能调戏也不能让她调戏我。她们没心情跟你玩什么浪漫。我这个在家的男人是保姆培训中心的常务主任,经常不断地告诉一个又一个的她,米在哪里,油在哪里,菜场在哪里,寄信在哪里。毛阿爱吃什么我爱吃什么级级最不爱吃什么。一家人从此要有接受不同菜系的心理准备。那个在远方的我从没见过的保姆的妈决定了我们的食谱。是的,还要有自己烧饭给保姆吃的心理准备。

阿爹,我不要保姆!

毛阿本能地讨厌保姆的存在。保姆剥夺了父亲亲自送她上学的快乐。每当出现保姆危机,我送她上学,她总是兴高采烈。她乐意由我为她准备早饭,乐意坐上我自行车车架上的那块木板,一溜烟地去学校。毛阿负责打铃我负责刹车。坐自行车总比步行要适意一些。毛阿和我一样不爱走路。所以,毛阿天生不爱保姆。

——叔叔,我爸爸要我回去。叔叔,我家里又有事情了,我妈托人来说了,我阿姨结婚了。——大哥,我男人叫我回去,小孩子生病了,可怜的,我的女儿身体是不好的,他管着我也不放心的。平时管着就算了,一生病我不放心的。大哥,我不放心。我也没办法想。——大哥,我要去拿冬天的衣服,我去去就回来。

我说,是的,不放心。你去拿衣服就是了。你去吃喜酒吧,去看看你爸爸。人总有个爸爸,你孝心可嘉。我看着她的脸,看着她年轻壮实的身体,下流地想,这样的女人没男人操真是苦难。我又不想怎么样,当然是成全你们的。再有一位老保姆来了三天一连哭了三天,她哭着说要做到毛阿小学毕业中学毕业,读大学就算了她自己会照顾自己。她哭着哭着终于发现自己赌气出走是不对的,自己的男人无论怎么说总是自己的男人,男人总是有点臭脾气的,一夜夫妻还有百夜恩的没有隔夜仇。好的,你回去吧,大娘你回去和你的男人好好过日子吧。做保姆有什么意思,人总是自己家里好。我们不是什么好人,工钱拿好,不要谢的,你回去吧。谢谢你帮了我们三天。

保姆是没有任何理由忠心耿耿的。工资不高,缺乏对话,缺乏欣赏,不能随意走开。她没有理由。自从她踏进主人的家,她自己的那份日子就变质了。她的食欲性欲和爱美的心思以及种种小毛病都要收藏起来。她的男人也是可怜的。他娶的老婆却要住到别人的家,别人要是动了坏脑筋是没办法想的,别人不动坏脑筋不把她的老婆当女人也是很缺德的。

小月来的时候是不穿裙子的,只穿宽松的长裤。级级将她觉得不时髦的裙子送她,她高兴地收下却从来不穿。后来就开始了。从长的到短的,后来自己买过一条花布西短。她的成人后几乎从未见过阳光的大腿在日光下在视线下显得苍白。我只是觉得有些异样,级级已经发觉了。小月很好,你穿短裤很好看!她在级级的鼓励下脸色微红手足无措。这个城市的适龄女性都是露出大腿的,她既然努力学习上海话,应该努力露出大腿。

现在我注意到,她丈夫来了,她的腿又收起来了。这是她对丈夫的尊敬方式。拍照。大哥请你给我再拍一张好吗?她的丈夫看到我给她拍的两张穿裙子的照片,他似乎没什么说法。这是交换。你要在街上看到别的女人的腿,就要让别人看到你老婆的腿。

现在还有不乐意露出腿的女人吗?

大腿看多了也很平常。你是一个女人,你要给别人更多的感觉,只有比别的女人提前露出些什么。每年的夏装在春天,在冬季就上街,为的就是这个。级级说美丽冻人。等到凡是叫腿的都露出来,视觉的冲击不复存在,即便你是一双值得保险一千万的美腿,也被鱼目混了珠去。在海滨浴场,恨不得让她们都穿起来。你们就用假胸好了,就利用视觉的错觉好了,你们就不来游泳好了。有人问我,我穿泳装好看吗?我礼貌地看了看,一如既往地说,好看,很好看。她穿着好看的泳装下水去了。我看着她的身体被水渐渐淹去,觉得她真的好看起来。

于是,我为尚未裸露的三点而祈祷。

眉清目秀。

她和她的老公。她说是老公。半夜我去小便,我以为她生病了。走到门口,听到压抑的叫声,就笑了笑回来了。让她叫去吧。

她不美,但实惠。

在保姆叛变的日子里,我格外焦灼。我请级级赶紧给我找个新的来。级级要等到星期天才有空,她也许要到下个星期才有版面空出来。我不管你要死要活,见他娘的广告的鬼,你必须今天就把保姆找来。我一下子变得凶恶无比,我要级级再也别把来了就要走的找来,别把不会干活的要烧饭给她吃的找来。级级说,那你自己去找吧。你怎么知道她走不走会不会烧饭,她们都说自己不走的会干活的。我不去找,一个男人到市场上去挑女人比较麻烦。再说由我挑一定是年轻美丽不会干活的。年轻的走了我要级级去找个年纪大一些的,谁知年老的也不稳重,老的走了我要级级还是找个年轻的,年轻的至少可以和毛阿玩一玩。

每次换保姆,毛阿都变得神经质得很。夜晚了,她不肯上床睡觉。她哭,流眼泪的那种哭。阿爹我心里害怕!我知道她的害怕,和陌生人同睡一个房间真是害怕。家像旅馆一样,冷不防一榔头下来。好吧,今天你睡到楼上来,睡个一两夜,等不怕了再下去好不好?阿姨其实很好的喜欢你的。毛阿收住哭,阿爹,是睡一夜还是两夜?好吧就睡两夜,今天和明天。我要睡三个夜。好吧睡了两个夜再说第三个夜。毛阿自己去拿来她的被子枕头,乖乖地睡到父亲的身边,心满意足的样子。我摸摸她的头,快睡吧,我的乖孩子阿爹在这里不要怕了。爸爸你给我讲个故事。你讲一个自己编的讲张大胆,毛阿摸着我的胡子说。胡机胡机。要是心情好时间还早，我就给她讲一两个故事。这段时间，我们的故事是有模式的——《张大胆和王小胆》。

从前，有个男孩叫张大胆，他有个朋友，是个女孩叫王小胆。我们的故事从来就是这样开始的。今天讲张大胆什么？我点点她的鼻子问她。

讲张大胆，毛阿想了想，讲张大胆吃西瓜，不要，先讲张大胆和老师捣蛋！

好吧好吧。张大胆是个爱捣蛋的孩子。这天，一进校门，他突然发现了李老师。嘿，李老师一个人在操场上翻跟斗……

毛阿笑了又笑。我总是能让她听得笑死。这个混账张大胆，后来李老师叫他老先生叫他爷叔。孩子都喜欢听和老师捣蛋的故事。不能再讲了，已经加了一个了。你应该睡了毛阿，明天早上醒来叫一下爸爸。爸爸给你吃药。好的阿爹晚安。乖孩子晚安。她吻吻我乖乖地睡了，我在台灯上压了一本书挡住多余的光线，看报。我希望她马上睡着，好起来干我的活。她用食指摸着嘴唇，那是小时候留下的毛病。这表示她就要睡着了。我也要睡着了。谁知她翻了个身又鲜活起来。

阿爹，上次的那个姐姐半夜里偷我的巧克力吃！

不要胡说！睡吧。

没有胡说的，我看见的。我起来小便的时候看见的！毛阿急得坐了起来。

姐姐的家在乡下，他们不常吃巧克力。你吃的时候也给她吃一点就对了。小孩子不要很小气。

我每次都给她吃的，她还要半夜里偷我的巧克力吃！毛阿坐起来说。

你给我睡下。上次的那个姐姐年纪很小，在家一定是爸爸妈妈的宝贝，宝贝不该出远门挣钱，已经委屈她了。小孩的嘴有点馋也是天生的。毛阿不愿把她不爱吃的巧克力让给她吃。我从而想起了宁赠友邦，不与家奴的中国人的传统。毛阿自发地继承了传统。毛阿喜欢在她面前摆出要什么有什么的样子。

毛阿小小年纪就乐意表现出对别人的优越。

毛阿毛阿,你爸爸也当过农民的,你爸爸要是不回城市,现在也在种田而不是什么狗屁著名作家。你也可能当保姆的,住到人家的家里,偷吃别人的巧克力。你要大方一点。

你去种田好了,你去种田,我找妈妈去。我住在妈妈家里。妈妈从来不种田的。我才不当保姆。

我想,你爹要是种田怎么还会有你呢。好了好了你应该睡了。你爸爸等你睡了急着干活呢。

在等待毛阿睡着的时候,我想了想那个小保姆。她瘦瘦的,个子不高,辫子枯黄。眼睛看人的时候躲躲闪闪的。

请你帮我做一件事,你爬上梯子,我把书传给你,一共二十本,你给我插在那儿,对对,就插在那里。你看好,一,二,三,四,五,这书是一套,编了号的,二十本你顺着插,不要插乱了。你把书排齐,书排齐了好看对不对。

好的,叔叔,这个事情我会做的,很容易做的。她高兴地说。

小保姆手脚麻利地爬上梯子,将那套我的已故同行林语堂的全集很快插好了,麻利地爬下来。且慢,我觉得有点不对劲。你是顺着插的吗?是的,叔叔。她要将梯子搬走。我要她别搬,我爬上去。我爬得非常不麻利,但我能够爬上去。我发现,不光没有顺着数字插,还正的正,倒的倒。我把书整理了一遍。我能容忍别的混乱,不能容忍书的混乱。我不容忍将任何书籍头足倒置撅着屁股。要是我的女儿这样干活,我要教训她,但她不是我的女儿。

吃晚饭的时候。快吃完了,小保姆对我说,叔叔,我要我不做了。我奇怪,怎么不做了?小保姆低着头说,她说不要我了,叫我滚蛋。我看看毛阿,问,你说过吗?毛阿害怕地点点头。我扬手用筷子在她头上敲了一下,作为对她越权和放肆的惩罚。她拧了一下脸,没哭。

毛阿她说了不算,这个家是我说了算。我没有说不要你。

她是说了。我,我是很笨的。叔叔我还是不做了,我做不好。

我看着她,她倔强地歪着头,号称十七岁的头,看着窗外的什么地方。她发育得不够,手臂很细,前身后身一马平川。她的头发又黄又少,梳起辫子一点没样子。乡下的姑娘也是少女,青春。但我没感觉。唱歌是唱歌,从前有个姑娘叫小芳,你对进城的小芳很难有对少女的感觉。她们要么没发育好要么已经嫁人,要么既没发育好又已经嫁人。好吧,你就不做吧。我怜悯起她来。她真是应该待在家里的,城市有什么好,不是自己的城市有什么好!那些高楼那些汽车你又住不上坐不着,对你有什么好!那些饭店你吃不着看了有什么好!到别人的家里,插别人的书有什么好!吃别人的巧克力有什么好!别人无论怎么假惺惺,也决不会把你当作宝贝给你讲张大胆和王小胆。人家对你礼貌有什么好!别人问你的生日给你一块蛋糕随后叫你干活有什么好!这个世界上只有你的父母看你是宝贝。父母在自己女儿的头上用筷子敲一下,当作宝贝一样地敲一下。别人连这一下都不会给。别人存着不多的耐心和许多的礼貌以及疑惑与防备。礼貌就是这个城市的下流话。

想要保姆和自己一条心是不公平的。看见报纸上某人说她和保姆如何的心连心我直想冷笑。人他妈的自己和自己还不一条心呢。保姆实在没理由将你的家当作自己的家来爱护。你不会将她当作自己家的人。你和她一视同仁地吃饭,你给她做生日,你要毛阿每次吃零食时也给阿姨或姐姐或阿婆吃吃,你教她识字,给她拍照,你笑一笑,你在饭桌上跟她客客气气嘘寒问暖。她太知道了,自己不是这个家的人。这个家的一切实质的事务与她无关。她只是这个家的过客,打一份工,挣一份钱,见识一份大城市的虚荣。这是交易。在一个屋顶下住着,吃着一锅饭的交易是很奇怪的。没人能进你的卧室,看你和一个女人一同睡在床上,保姆能够。保姆视若无睹地走进走出。你也视若无睹。我从心里比毛阿还不喜欢保姆的存在。保姆使我在自己家里生活得就像在别人家里一样。我的感觉就像热得满身大汗却没处洗澡。事情居然到了要一个男人去管理保姆的地步，今天买什么菜，我就来给你报账，家里还有洗衣粉吗？我问，你们家乡怎么样了，你这一辈子也辛辛苦苦的。你不要爬高，年纪大了不能爬高，跌下来把骨头跌了就麻烦了。跌了，我麻烦你也要吃苦头。脏一些没关系，这窗户我会擦的。阿姨你给我搓一下抹布，我拉着窗框没关系，我是男的，不要紧。擦一擦亮多了。我拉着钢窗的铁杆，想，级级在就好了，级级身轻如燕身手矫健。明天哪个王八蛋公司又开业了。又要剪彩又要开会又要请客又要给记者和来宾一个红包或一份纪念品，级级晚上又要写文字稿又要搞创意绞尽脑汁将这王八蛋公司说成联合国一样重要，然后骗到他们的广告费。级级教导我，和这块区区窗玻璃相比，公司当然重要得多。但是，我的小姐，窗玻璃在自己家的窗户上就像你的×生在你的身上。你可以一辈子不知道那个混账公司，你一辈子要靠这块玻璃采光靠那东西尿尿。玻璃不给你红包也不给你纪念品，玻璃给你阳光。玻璃擦一擦亮堂堂就有更多的阳光照得你心花怒放。这需要爬上去，伸出你的手臂按住抹布来回拖动。你像在和他娘的玻璃窗做爱或作案。你住在三楼，所以你死也不敢叫保姆爬上窗台探出头和身子，哪怕她年轻也不行。这玻璃透进来的光线大家都照到了，天哪，凭什么该我一个人爬上去！我把我的活儿搁下了，去算大白菜多少钱一斤晚饭舀多少米吃几个蛋还要照顾保姆的心情。我真他妈窝囊废一个。我偏要心胸狭窄无事生非小肚鸡肠。我他妈的就和这玻璃一样了，积了厚厚的灰，灰头灰脑，灰到擦都擦不干净。这灰里什么脏东西都有，脏水滴下来你赶紧用手去接，生怕流到楼下惹邻居生气。你的心情和脏水一样暗淡。我要是一个人住决不会赖你，但我偏偏和你同居。

　　我要自己愉快一些，将擦窗当作性的活动有力地一进一退还要绕圈。我是大鹏展翅式螳螂捕蝉式。小心着不让水流淌下来脏了邻居，人要为他人想想。

一下一下又一下九浅一深。人在黄色兮兮的时候时间比较容易打发。这还真是男人干的活儿。我爬上爬下的,正面反面,一块接着一块,多多益善,妈的,我就是擦窗户的西门庆啦!

完事以后,我像完那些事后一样一边靠在床上抽烟,一边欣赏着干干净净的玻璃窗。真他妈的干净啊!随着玻璃的干净,心情也明亮起来。为人在世,有一块这样透明坦诚的窗玻璃,值了。

还 是 床 上

我关了灯,睡不着。

习惯是一种害人的东西。问题在于,我已经习惯家里有一个女人了。她不是保姆也不是女儿,而是女人。基督徒要有一个上帝吸毒者要白粉我要女人。我不想装作似乎不在乎的样子。毒瘾是要发作的,发作起来样子很难看眼泪鼻涕的。我要女人。这就是我的善意,是我对人生的温暖的情怀。一丝心念。这会儿要是级级在家也许会走来走去,也许出言不逊,问题在于我习惯了。你对我的习惯有什么说的?

习惯就是美。

往日级级常有不回来的时候,想到她会回来,我就安心了。今天不对了,我不知道她会不会回来。级级常常出差到外地,到她的县级市或乡级市去革命任重而道远。我曾不识时务地反对她频繁地外出并在陌生的床上睡觉。她说,我在外头睡一夜还有十元钱呢,和你睡有什么好!我怪不服气地告诉她,我听说,人家在外头睡一夜有二三百元钱或更多呢说不定还是外币,你不要身价讲低了。我很为她抱屈的。

哼,我睡什么,人家睡什么?级级愤怒了。

我告诉你级级,在做不成英雄之后,我是多么想做一个小市民。老婆孩子热炕头,每天喝上二两酒。睡到半夜起来尿尿,推推老婆的大屁股,你挤着我啦,老婆你搬过去点。老婆哼哼着把大腿搁到你的腰上转眼又睡着了。你摸摸她那温热肥厚的大腿,虽然不再感到非常的性感但有一种贴心贴肺的安详。这样的生活真是想起来也要落眼泪的。

当然,这种生活只有在想着的时候才会落眼泪。生活得腻人。这种生活过着的时候是排斥思想的。你浑浑噩噩地过着,过下去,过到死也不要去想它为什么怎么办,你就是世界上最幸福的人。你做人就是一世,你把人做到透彻了就只要一个女人的搬不动的大屁股,你像推磨一样地和它周旋一辈子。你说,任何地方的生活都只是日常生活,我还告诉你,任何真正的生活都是表面的生活。你可以在小说里思考在接受采访时高谈阔论,但家里的生活只要表面就够了。这是我找到的真理。

我翻身起来找书,手一摸竟是一本《论语》。向你致敬了孔夫子。你真不愧是先哲,连唯女子与小人难养也,近则不逊远则怨都在两千年前发现了。我不知你受过她们的什么害,在书中仅有的三次提到女人都没好声气。按照常识,说出这样怨毒的话,必是一个受过她们气的人。是啊,连男人中最正派最智慧的圣人都拿女人没办法,我等又怎么会精彩呢?老人家风尘仆仆周游列国弃家别子如丧家之犬,难说不是给女人逼的。老人家弟子三千贤人七十二没一个女弟子。老人家有个嫡亲儿子叫孔鲤,想必嘻嘻也是会叫女人举起腿来,但不知那当口说不说吾爱真理吾更爱大腿一类调笑的话。想想他说的近则不逊,想必是亲近过的呢,可要摆摆架子见不得不逊,那种亲近的欲望受到了遏止。我不知道老人家要是生一个女儿就像我有了毛阿会不会改变对女人的看法。老人家要是生在今天看到女人近也不逊远也不逊是不是又有精彩的语录出笼?他要是看到男人也远近不逊是不是会心情苦闷？

我给朋友一一打电话，问一问级级去过没有。我给级级的妹妹欧欧打电话，问她级级有没有上她家。级级的妹妹按部就班，二十出头就找个同样级别的人嫁了，将儿子也生了，日子过得一马平川。她说一个星期没看到姐姐了，问我出了什么事。我说，还是老花头，你姐姐过烦了没什么大事，她今天不哭不闹拎了包就走。总是你得罪她了！哪里哪里，你姐姐骂了我半天，我刚说了句你不要骂我了你就可怜可怜我吧男人也是有一点点自尊心的男人也是自然现象需要爱惜她就烦了。我的小姨子嘿嘿一笑，不会这么简单吧你从来不是什么好东西，我姐姐肯定是受你气了，她在我们家从不受气。好你个亲爱的小姨子咱们这就说再见，你当然帮你的姐姐。我挂上电话点上烟心想赶着你的马车带着你的妹妹真是一句好的歌词。你要是被带上了就不会说我不是什么好东西了。

有一件事情真是令人想不通。咱们中国实行了几千年的一夫多妻制，这么温馨的制度偏偏传到本人这一代戛然而止。不早不晚就是这一代。从前的文人可以十年一觉扬州梦，可以逃出家乡择偶同居，反正有女人管着乡下老母犬子以及祖坟。现在只有前妻后妻，没有大妻小妾。男人便是那虎狼秦国，有六国陪衬着的时候生气勃勃呼风唤雨尽显帝王之相，那六国连了半天的横还是各人存着各人的心最后只好统统被干掉。六国既灭，一旦孤家寡人灭秦者秦也，男人自己就把自己族了。

有人在楼下打门铃。

我犹豫了一下，在想要不要去看看。要是来一个没名堂的客人今天晚上就毁了。但我忘了已经是晚上，怕邮递员送来稿费或远方的挂号情书当面错过就太不好了。正犹豫我房门的门板响起了敲门声。是我的客人，不是抄水表火表的人，会敲得重重的强盗一个。我心里想着别理他了，脚却朝门走去。我开门。

当我看到分分的脸,分分的红红的脸,心里又是恼火又是亲切。她终于还是来了。

我发现自己其实是在等她。

我看了一眼,亭子间的灯还亮着。保姆大概在看电视连续剧或在听电台的《伴君到黎明》以及《悄悄话》,那里有很多的插科打诨比较煞得苦闷。有一个主持人的音色在深夜听来特别色情。

分分给我一大袋零食,给你的毛阿。我谢过代毛阿收下。她说她没把电影看完就出来了这电影。她还要说点理由我把她的话头截住了,你去给自己倒杯水顺便给我拿瓶啤酒。她给我拿来啤酒和香烟打火机。分分的好处是她本能地知道男人要什么。这是我第五次看到她,有的女人看到一次就好像看到了一世。她坐到我的身边,给我倒上酒朝我亲切地望着。我喝了口啤酒泡沫,是那种无法形容的清爽。

刚才大马路上许多的人许多灯,走进你们弄堂灯也黑了人也没了只有一只野猫拦在路的当中。一只好大的黑猫!

那黑猫不是野猫。

你看看我的脸是不是很红很烫?分分摸着脸问。

我明白她不是想让我摸摸她的脸而是做一个想摸的样子就可以了。见我没有动静,她喝了一口水然后要我随便讲个故事给她听听。

好了分分,我向她伸过手去,我们还是做点动作吧。什么女人都要我讲故事,岂不知我最烦的就是讲故事了。毛阿要听张大胆,级级要听有情调的,观众要俗气的,读者要深刻的,你听什么?我的手摸了摸她发红发烫的脸,还是吻你算了。我把脸凑过去闻到了香水的淡香。有些吻说明彼此亲爱,有些吻表示闲得无聊。我吻你是我想吻,这个动作令人神往。我有一种绝处逢生要好好吃一顿了的感觉。一个男人至少要和一个女人亲密无间加上疯头疯脑,才能显示自

59

己的男性的存在。分分你要是不反对你就躺到沙发上好了。我想起级级躺到沙发上边揉被高跟鞋非礼的脚边打电话的样子。我温和地摸摸分分的头发。我爱摸咱们中国姑娘的黑头发,有没有头屑毫无关系。分分半躺不躺的样子,小声说那么那么,眼睛一闪一闪的。她属于没心没肺的一代。我在她的头发阵中穿城而过。我摸摸她的鼻子鼻尖是凉的。她像动物一般真实。我继续做下去。我百忙中抽空把电话摘了,我们继续。我梦游般地摇摆她那突出的美丽她也寻找我的。我们在没心没肺地寻找和摇动。我们摇出了多少热情歌儿知心话儿却一言不发。她蠕动着,我像葵花一样。我要问候我的肋骨啦可爱的分分我的小小的肋骨。这根肋骨长在我的身上将毫无感觉,但现在就不同了。我简单地将她挪动了一下。我们不看他妈的电影现在自己来演上一个少儿不宜。沙发在等候我就收了魂认认真真地做,我爱你的贴近和湿润,爱你的柔软和紧张。一切的程序我都知道,但现在有一种幸福的生疏感。在做入的那一刻竟涌起感恩戴德痛快淋漓热爱生活的心情。是了是了。感谢上帝,你一个我一个,造了那么好的东西成双成对比翼齐飞,要不然我们怎么度过如此漫长的一生长夜漫漫。感谢分分,你姿势准确体态生动语调积极有始有终。你章鱼般的四肢出神入化。我要为你忙乱我要忙得不行大做文章。分分唱出她的声音,不压抑也不夸张,一声一声一声一声。分分!好也好也,我要把你吃了分分!吃!我要,我要把,这个女人,级级说的,十三点小姑娘,活活活活吃了!

第二章

淮　海　路

　　我的家靠近上海的那条一天清扫十四遍的淮海中路,这条路于一九○一年由法国人主持修建,它的曾用名是宝昌路,第一次世界大战后改名霞飞路,太平洋战争后改泰山路,抗战胜利后改林森中路,解放后叫淮海中路。它现在的广告语是高雅淮海路。你走出淮海路的广告林,看一眼妇女用品公司,从其味无穷永不落伍的全国土产商店转过来,就到了一条被一个海外画家创意了的更加高雅的小马路。这条路用彩色的地砖砌了路面,边上种了永远长不大的棕榈树和仿古的路灯,一旦高雅从此汽车禁止通行。当然,它毕竟是一条路,你挂的是警察武警或军车的牌照或是特种车辆也是可以开一开的。路边的自行车虽不挂什么特殊的牌照,却以破罐破摔的流氓无产者姿态横七竖八地陈列着。要是吃午饭的时间,这条马路的弄堂里会突然推出许多小摊,门板上放着十几种家常的荤菜素菜,一盒饭加上两三种菜也就是四五元钱。一边还有小凳子可以坐着慢慢吃。

　　这个位置的东方,有中共一大会址红墙黑门,西南面不远处有孙中山的气派的故居和江青住过的寒酸的亭子间,北面是渔阳里六号,也就是中国社会主义青年团中央机关的旧址。现在,国共两党的要人都离去了,剩下高雅的创意和买卖盒饭的人。

我家就在路边的一条弄堂里,它有六十年的历史红砖红墙貌不惊人。房子和房子间距很小,可见六十年前这里的土地就已金贵。在房管所的产权登记表上,写的是新式里弄。这里邻近地铁和东西高架路以及自称高雅的商业街,这么好的地段给居民住真是糟蹋了,于是许多人动它的脑筋,要把它变成赚钱的盆子。据说由于一旁的重大革命遗址,任何拆迁方案都未被通过。我听到这消息很感动,革命就是保佑我们穷人哪。感动之余想,这条弄堂,要是在过去,最好的出路是开设红灯区,闹中取静地位相当于四马路上的会乐里。张美丽或王黛玉的小圆牌子挂在弄堂口,一条街都会很有气氛。当然现在是人民政府坚决不许开窑子讲究国情,因此我才能继续在本来应该是窑子的房子里住下去,有事外出或朋友来看我很是方便。开始级级很不习惯,这样的弄堂里是没有私密的,不管你自己觉得如何诡秘别人都看见了并要当面告诉你。比如级级自称是杨某的太太,别人偏要叫她小姐揭露了事情的真相,而她以为占了便宜。

我在这里唯一的艺术活动是站在北面的窗口,窗下是国际购物中心的内部入口,也就是后门,观察后门令我开心。除了垃圾车的进出,其他时候很可一看。我爱观察办公室小姐上班下班或临时外出。她们端着盒饭吃着冷饮,我用照相机的变焦镜头一一拍下。有些姑娘真是美丽得无与伦比,但是在照片上小嘴努努正好嗛住一个生煎馒头。她们在前门礼仪周到在后门一嗛为快。生活气息跃然而出。我隔窗隔着三楼呼吸如此气息心旷神怡。

洗　　澡

做好事情以后分分抽着我的烟而我去洗澡,很久没出汗,出汗以后躺在澡缸里飘飘然真是惬意。吾未见好德如好色者也,我手捧《论语》在想级级。

你洗手了吗? 级级冷冷地说,你的手东摸西摸的爪子一样,一年也不见你洗三回手,你给毛阿做的什么榜样。

洗啦,我用肥皂仔细洗了。我报功似的朝级级摊开双手。你看报纸了吗,报上说,脚比手干净呢。

我正要说呢,你的脚呢?

我成天在家,我的脚并不东摸西摸东奔西走,但也洗过了。

真的洗了?

我无法摊开自己的脚,只好朝她晃了一下表示诚意。是洗了,我和毛阿一起洗的。我还给她讲了一个张大胆救老虎的故事。

洗了? 她冷笑了一声。那么我问你,脚布怎么是干的?

干的? 我想起来了,是昨天和毛阿一起洗脚,我弄混了。今天我洗过澡了。我撩起汗衫,要她摸摸我的清新爽洁不紧绷的肚子。

鲜花和

你,洗过也跟没洗一样。洗过也是臭的!

级级说得不错,《红楼梦》里讲,男人是泥做的,所以洗也白洗。男人要靠女人来洗,女人是水做的。

女人洗什么不好,要来洗你们臭男人!

级级今天大概在外面受了什么气,说话很冲。我不上班,想不出她的辛苦和委屈。我要自己体谅她。她要是不痛快,朝我撒气好了,我不欺负她,不给她脸子看。你就冲我来好了。

洗好到现在也有很多时间了,你再去洗一遍吧。你的那个东西,书上说要经常洗洗的。她的语调疲惫了许多。

好吧,我就再洗一遍,你来看着。你看着我开水龙头,看我用肥皂,看我的脚布由干而湿。洗脚也是可以表演的。你看我把那东西当场端出在水里打滚。你看着,不要说话了。我厌烦这样的对话。夏娃问过亚当你洗手了没有,问过吗?朱丽叶和祝英台要他们洗吗?洗手也罢了,这和洗脚有什么关系?洗是一种掩饰自己动物性气味的行为。我就是动物,怎么能掩饰成不是动物呢。一天,毛阿问我,阿爹,什么叫畜生?我想了想,说,畜生就是动物。毛阿说,好啊,人就是高级畜生!

我喜欢和级级的这样的问答,从心眼里喜欢。人要是不这样地问一问答一答还有什么可说的?级级在外面很辛苦,有权要我再洗一遍的。我很想买一个医生手术前刷手的刷子,不知哪儿有卖。说和洗,非常好。这就是我赞赏的日常的表面的生活。你不能和你的老板过这样的生活。所以,它是珍贵的。

我把水龙头打开,将级级点名要洗的东西一一洗了一遍。生命在于水洗。洗是雄性人类求爱的程式。等我出来,她进了厕所。我看报等她。看报是所有的事情之间的最好的过渡。

级级在外面用了半天的水终于在我对面躺下,翻看着当天晚报的彩页。我当机立断地放下报纸,用手揽住她的腰,她说皮肤痒得不行了不要乱动将我的手推开。

级级,我又洗过啦,你闻闻。我讨好地说。

知道了。洗就洗了,本来就应该洗的。

这就有点不知好歹了,而且说话的腔调不对。不为你我哪里用得着这样地洗。我看看她,她仍在若无其事地看报。我把头凑过去,她将报纸合上扔到地板上,闭上眼睛转过身去。

他妈的累就累在每次都要设计一个新的开头,就像在写先锋小说。女人永远只对华而不实的小花招感兴趣。咱们可不是一对新人哪。(我知道,我错就错在这种认识上。)我需要一针见血单刀直入无法无天流畅奔放要死要活。我坚决地将手朝她的胸上搭去。级级没来由地叹了一口气,太极推手地将我的手势化解,说,累得很简直太累了,你怎么胃口那么好! 我打住。我要自己虚心听她说完她的累的故事,然后节目应该开始了。

你这个人怎么老是这样黄色! 级级用这句话作为结束。

听完她的话我心里一凉,我想这话你真是说迟了。活儿做到现在突然要论起颜色,我到哪里还你贞洁。

级级从地上捡起晚报说,你二话不说就动手动脚真是一点教养也没有! 你当我是那种下贱女人?

我的级级,这他妈教养真是狗屁。武则天慈禧那么厉害还给男人操呢,人家孔老夫子还干活呢,还知道君子好逑呢。逑者,匹配也。你教养得配也不乐意配,天理不容。相互的属于就是相互的下贱。下贱的美。你不能在你的那东西上描眉涂口红,因为它从来不是高雅的东西。祖先贱得才有我们,我们贱得所以我们才是人。你跟了我就不能对别人下贱,这是你的唯一的机会了。

好吧好吧,你给我找点有意思的东西看看,不然怎么做得起来?

我绞尽脑汁遵命得令赤条条地起来去找一个有点黄色意味的录像。前几天倒是借过一个,它没头没脑图像又太不清晰有碍视力被我还了。这要命的东西一时到哪里找去。

你买了这么多的录像带和VCD,一个人看起来没日没夜的,两只眼睛睁得电灯泡一样,我偶然要看一看倒是一部也没有了?

真是对不起级级,看起来真是没有了。我站在橱边说。

你再想想,到底有没有,是不是在哪里放着怕毛阿看见。总会有一点的。她体谅地说。

咱们家不是组织部,按理总会有一点这种东西。但为了不给毛阿看到,我的宝贝一般都放在那个有锁的抽屉里。我将抽屉拉了出来翻它个四脚朝天。哦,真是有了。那段东西真是有点黄色哎,男的像要吃人,女的像要昏厥醒过来又继续奋斗,真是美不胜收哪。不过要害的地方守口如瓶的。我如获至宝将录像带插进机器倒过来倒过去,就是找不到该死的那段。那个女主角一会儿在穿衣服一会儿在早锻炼。忽然听到鼾声,回头一看,级级她已经彻底睡过去了。

真是没了天理!

级级你占着茅坑不拉屎,是在浪费男人!上帝造男人构思那么精巧,你却当他们废料一堆。电视屏幕上不早不晚正好出现了我穷找的镜头。我看着那一对青春男女在搞健美似的一起一伏让我们荡起双桨润物还有声的。意思到了。按照当今的标准不算太黄色,什么都没露将出来过于含蓄。你知道他们有,偏偏不露出来,这很有涵养吧。我应该想象。他们辛辛苦苦,他们练出一身汗还不是白搭。他们就是真做了,还不是白搭。他们做的远比洗手洗脚高明,先是将没有艾滋的单据献给对方过目,然后拔出那种橡胶的易拉罐一把兜住精子。天网恢恢。你他妈将上帝造的精子兜住了岂不是白搭。我为冤屈而死的精子暗自神伤。我的那个大头大脑的朋友说得好,最可怜的就是避孕套了,一边男人一边女人夹在中间算个什么东西。他不明白,这就是新时代的皮条客啦,雅称中介。你们的力气都用到了它的身上,真是白费了力气。这样一说,级级也是有道理的,克服这样的情境需要一些催化的媒介。遗憾我没能及时找到她所要的助推器,真是遗憾。

级级发出均匀的鼾声,我推推她右边的奶子奶子公式化地摇晃她却一动不动。一个不推不动的奶子就像一座空坟叫人兴味索然。我的业已发动的身体要清算自己的教养。我的好身体,你们是对的杰出的我向你们赔礼道歉。你们不要怪罪级级要怪就怪我吧,她拉了许多广告走了很多的路满脑子是数字还心有不甘。她的那种地方就像黄巢说的我花开后百花杀需要一心一意,现在百花齐放百家争鸣百舸争流它就无法明媚地开放。我杨色想到伤心的时候有点落泪的意思了。我真是谁也对不起,连自己的好身体也对不住。我的身体伴我多年忠心耿耿一触即发,现在成了待业青年下岗职工。落花人独立,微雨燕双飞。我知道方法也是现成的,全靠自己来救自己,同志们干起来呀。但早年不思进取,等到年已四十近了黄昏,又不考什么职称还要重新学习刻苦手淫不是太晚了点吗?

我想事情应该有一个界限。我不玩麻将不是因为麻将不好玩,而是界限。我不嫖娼不是因为娼不值得嫖也是界限。我不应当用自己来敷衍自己。要是有了开头,我会逐渐冷落级级,冷落所有的人,还鄙薄自己。那是桥梁,走向异性也是走向人群。我讴歌勃起也就是讴歌交流相濡以沫。否则,人们的存在对我就不再必须应该,真是可怕啊。我恳求,人类不至于退化为一种单性的生物。千万不要!这是我对人类硕果仅存的由衷由鸟的善意。

电视中的镜头已从床上移开。那个女子穿着一身很表面的服装走在大街上。镜头很细腻地拍了她身体背后的那个结。当年西门捏一把潘的小脚心旌摇荡。我看着那白生生的后背和大腿,那些过渡和弯曲以及质感,心想当一个今天的男人果然是非常吃力的。结,它的强度刚好是风吹不开雨打不散。将身家性命明目张胆地系于这个脆弱的结上,有种千钧一发的玄。这样的穿衣规则建立在一个默契上。我真他妈很想伸出手指轻轻一勾然后真相大白。当然我要有一点级级强调的教养。如果没有教养还有法律埋伏着吃不了像精子一样一把兜着就走。你们真是要把我逼疯了。你们强调了一些地方蛊惑我看见,但又要我装作没有看见而且不可想象。你们明知道幕布的无限脆弱但要我假定它很坚实。这样的游戏非常缺德。中间最重要的一点是等待女人的一个 Yes。这就是人类文明。文明总是无孔不入似是而非。有个笑话说得好,路边一个女人穿着低领的衣裙挂一根项链,项链上拴着一架精致的飞机。一个男人低头看她看得她问,先生你在看我的小飞机吗? 那厮却说,哦不,我在看飞机场。男人都是看飞机场的主儿,大家都知道但装作不知道装作在看小飞机。我曾怀疑她们的心里是想把在伊甸园吃的苹果吐出来,从而可以无所顾忌天体运动一二一二。但是吃下去了吐出来也是白搭,苹果核已经种在了心里发芽长叶开花,你总不能吐出你的心来。求知比无知容易多了。我们在天上的父! 你把我们造得那么色情又那么虚伪,你把教养赐给我们又挽留了种种畜生的想法和动作。幸好还有这样的一点动作,一二一二,我们才不会堕入彻底的虚伪。你只要想想就明白了,你看到有一个洋人写了一本笑死人的什么夫人的情人,在搞畜生的时候竟搞出费脑筋的美文。他们堕落到要靠美文才去搞畜生啦,真是的真是的! 比起我的级级,夫人和情人太不正经了。

洗　　碗

　　分分过来坐在马桶上看我洗澡,她伸手给我擦背,背就舒服得像刚喂过奶一样。在搞了事情之后她显得神清气爽,身上有一种从没吃过那苹果的青涩。但我知道,偌大的一个苹果就在她的前路展览着,迟早是要去吃的。我看着她,心里有点感动。我要记下她吃苹果前的体态容颜和音色。当年的贾宝玉错怪了男人,什么泥啊水的,其实他是不喜欢妇人身上的苹果味呀。这么一说事情就清楚了。我有过一个朋友,我对分分说,我的女朋友。

　　分分说,你说呀,她是谁?

　　我的朋友很漂亮,又古典又西洋,没法不看她不梦想。她那时候对我说。

　　你们,你们做过这个事了么?

　　我认真回想了一下,没有。我们没做过。几乎做了,但没做。

　　唉,你总是那样没劲。那叫什么女朋友呢? 分分不满意地说。

　　我想起来了。我们在要做的时候就有干扰。那个女孩是那种在娘胎里就种下苹果核的好人。天时地利人和地我们要做了。床在我们身下展开而被子被我一脚蹬到了地上。我们皮肤对着皮肤缔造着同一种感觉,手来手去的重心在不断调整。千钧一发的时候,突然她神色紧张地说我听见有人来了。我还没学会满不在乎像真正的畜生那样义无反顾。她说,这次真的有人来了!我原先以为她是玩笑,后来发现不是幻听就是臆想。我的身体经过一再的半途而废屡败屡战后来索性无知无觉了。她紧紧地抱住我的全部说哥呀我们再试试吧这次一定能行。是的我想试试,但我都听见有人来了。咚咚咚连我都听见了!我痛心地看着她的脸和脸以下的美好身体一遍遍地看她。我心里爱她却无法表达因为我也听见有人来了。那个人你先不要来求你等一等。我看着她的地方古人说得那么色情一线嫣然。她的乳头是月季的色彩而不是玫瑰,它们不偏不倚正对着我的眼睛让我欲哭无泪。咚咚咚。我的好姑娘我一百年的爱你但我走不近你。我思念你平坦的小腹腋下的芬芳眉眼间的笑意可怜的我。你和我忘不了门外的世界和门外的人怎么会有我们渴望的会合以及它们的会合。我抚摸镜子一样地抚摸着你空虚的脸和你真挚的神情。你嘴角挂着笑意是那种思索惊惧之后的笑意。我们的理智对着理智为此而欣赏并埋没对方。理智笑过之后还剩下什么东西?咚咚咚。我的好姑娘你穿起你的衣服,在衣服的掩蔽下我们会坦然而快活。我们既然吃了苹果,之后的下场就是穿起衣服了。把你美好的乳房遮蔽起来只留下形状的轮廓,把你的臀部和大腿遮蔽起来无风的平静。我们是穿着衣服爱上的我们就要穿着衣服把欲望埋葬。门外的那个虚幻的人时刻准备着走向我们。他一直走进我们的心里。那个畜生害了我们我们就变不成畜生。鸟儿从天上飞过,一边飞行一边交配唱着它们的爱之歌。鸟儿骄傲地双双飞过因为它们从没吃过苹果所以永远唱着歌儿交配和飞过。我爱你啊我的姑娘,我在你的面前唱着歌儿穿起我宿命的衣裳废黜了我的阳物。这是我的更深的爱虽说有些不伦不类。我捧着你的脸深情吻你这是开始也是结束。

(我把其他的故事省略了。除了有人来,我也遇到过哈哈大笑的,遇到非常没所谓的。你排除万念江山易改要去攻城掠寨,她在你身下突然没来由地哈哈大笑起来。她笑得眼泪也要出来了。你除了跟着她傻笑还能有什么作为?我揍了她一下,她不笑了,我余勇可贾,她又笑了起来不可禁止。我飞快地滚到一边,大家只好笑下去再说了。事情没做成但气氛很好。也有气氛不好的,你涌起爱怜和欲望那祖宗偏巧又很凑趣,却一眼看到赤裸女子嘴角似有冷笑几乎要哼哼小曲打个响指,妈妈的妈妈的,你只好在心里说一句你死吧赶紧翻身下马。正经的太正经,不正经的太不正经,我本人尚有广种薄收的雅量,但那祖宗不肯捡到篮里就是菜。两个赤裸的人要是什么也不干各人心怀鬼胎还不如穿上衣服猜拳或打架。)

分分说,我听不懂你们为什么。

你就不要听懂好了分分,你听不懂很好千万别立刻就懂。我从澡缸里起来,水淋淋的手抚摸着分分优美的肩头圆滑光润,庆幸她不曾听懂。肩头的质感与透明度。分分什么都是现成的,我们是不是我们。

在将一切既重复又出新地做过之后,分分起身去了一次厕所。我因无聊便跟在她的身后顺便给她递纸,等她完了我接着尿尿。我们两个人的真实的液体在体外的混合只消抽一次水就携手奔向它们的太平间。她看我轻巧完事说你们男人真是很自在。我摇晃了一下问是指这个吗?她哼了一下。我赞赏自己尚能轻巧地做完这些事情谢绝前列腺,但我不懂她哼的意思。等一转身看到她走到厨房瞅着堆了一池的脏碗呀了一声,伸出手就要当仁不让地洗。光着身子洗碗当然是一道好风景,可我还是大吃一惊及时拦住立即将她拨回沙发上。她瞪着两眼和两个乳头不解地看我,以为我又有了欲望的构思。分分你听着不是别的你千万不要洗我的碗,我的碗就是伊甸园的苹果那水龙头就是教唆你的坏心肠的蛇。你洗了碗之后将把世上的故事都听懂了。我想留住你的好留住我贾宝玉般的痴痴一想。我的那个女人在生了毛阿之后在洗过碗之后走了。我

鲜花和

的另一个女人也洗了碗也走了。你可以走但你不要洗碗。分分的手指非常动人。我握着她的手指逐一含在嘴里。有一张好脸还有一双好手的女子太少了。那种像花一样的手往往就在洗碗的过程中凋谢了。何况这些碗是我弄脏的没理由要你来洗。这个夜已经过于尖锐，我要它平平稳稳的像巴赫一样，分分你可别去想碗的事情。

洗洗碗怕什么，你是怕我把碗打碎是吗？

是的，我怕把它打碎。哦，这可都是些好碗。

算了，分分瞅瞅我拍拍我的额头，坦然地笑笑说，你也真是，以为我真的不懂么，你以为我没有洗过碗么？我连你的龙头都开过了还会没有开过那个水龙头么？我用手轻轻一拨就开了。她看看自己的手。我的手迟早是要凋谢的，洗不洗碗都要凋谢的。

我要你赶快住口分分！我的夜从来不平平稳稳。我们马上说点别的谈天说地。我看着她那洗过许多碗还是如花的手顿时羞愧得无言以对。我为他妈的自己也想弄出什么美文来而羞愧难当。

走　　了

　　分分是在午夜到来之前走的。我们结束了第五次会面。本来她想不走了，我也觉得太晚了应该留她住下吧。但一想到几个小时后毛阿要进我的房间蹂躏我的早晨，立即一口拒绝。我是父亲，不能给毛阿太不正经的印象。成人就是那种必要的虚伪的集合。（我没勇气对分分说，你们是我的妻子，我爱你们。我觉得连你们是我的女人我爱你们也很难说出，由此可以知道我是多么的猥琐。）委屈你了分分，已经很晚了。没什么，她说，我常常这时候回家，我现在的心情比来的时候好多了。我送她下楼，一直送到弄堂外面。午夜的风稍有寒意但清爽得爽人。分分说有点冷呢，我就迂腐地给她挡在上风。她蹦蹦跳跳的，蹦起来忽然一个转身再一个转身。她要我也试试我说免了，我做这样的动作晚了二十年。接着在等出租车的时候我们没说什么话。有时不说话也很好。并不是为什么而说不出话或不知从何说起，不是此时有声无声，而是根本无话可说。话不投机半句多。我看着风任性地摇动她的裙子就像起先我在她胸前的梦游般的摇动。我感觉到风的吹过是做完之后的那种爽洁。最后一场电影也早已散场，马路上空空荡荡，那个龙凤酒吧的灯箱在夜色中不屈不挠地发亮。

鲜花和

我心里也空空荡荡的。这个城市中的难得的空空荡荡的美。我突然想到级级经常在这个空空荡荡的时候回家真是幸福。我走神了。想到我忘了将电话挂上,级级要是打进来听见的是永远的忙音。我的级级今天睡在哪里是不是有十元钱一晚上。

这时一辆出租车过来,分分做了个手势就上车了。她隔窗再对我做了个再见的手势,窗户将她和风隔了开来。出租车里无所谓上风下风。我看着那个陌生的车和陌生的司机将车开走也就是将分分接走。城市人总是很放心地跟着陌生人离去。我看着又一辆车亮着顶灯开来,经过我身边时明显减速,期待我的一个手势。我没有手势。没地方可去,真是对不起你还是快走吧谢谢。你在我身边我会难受恨自己怎么会没一个地方可去。我的一个朋友对我说,我年已五十,工作事业爱情子女财富一无所有。他说自己像大学刚毕业的学生前路茫茫。我对他说一张白纸可以画画也可以擦屁股。路灯下的前路那么可爱,我的童年的马路也不过如此了。我幻想有一辆中世纪的马车经过龙凤酒吧经过我身边就减缓了速度,马眼漠然马腿僵直车夫的身体在摇晃。我做手势。你等等我,我要上车。我不问你到哪里我要上车上你的车。车夫像是没听见马也没有听见。我只能向童年般的可爱的马路告别向晚风告别,回到我的屋子里去继续读我的《论语》。学而时习之不亦说乎。有朋自远方来不亦乐乎。有朋一一走也不亦乐乎。

早　上

　　早上毛阿起床时我醒过一次。保姆来叫醒我,说时间过了,毛阿就是不肯起来。我说好的她是老花头了,这个小东西作怪得很,你别管了我来。起来跨了七格楼梯下楼去,把她的小脑袋从被子里拔出来,拍了拍,她就闭着眼睛说真是倒霉,阿爹你可以在家睡懒觉混日子,我还要去上学。毛阿你一大早别说倒霉,要不然真会倒霉的。阿爹在家也是在为人民服务也是革命,你给我起来再不起来我就要将你巴扎巴扎吃了。毛阿无可奈何地笑着,眼睛一睁开顿时有了活气。我叮嘱她一放学就回来你记住没有。她终于有点起来的意思了,在被子里穿起了袜子。她问级级呢,我说加班没回家你快起来吃早饭有你喜欢的酱瓜和泡饭。她说我不要吃酱瓜我要吃包子。好吧就包子吧。她说我不吃包子了我吃包着油条的包脚布,你真是麻烦就包脚布吧给你钱自己去买。她问级级今晚回不回家说好一起去逛街的伊势丹百货。我不知道我的小姐,她的老板让她回家她才能回家。毛阿说,级级还不如我呢。你起来吧,阿爹要去睡了,阿爹昨晚睡晚了天快亮了。毛阿说,没劲,你总是这样说!我躺到床上后听见她们上楼来,毛阿听话地去洗脸但是分明又没刷牙。毛阿你的牙还要不要你不到三十岁就要变缺牙老太婆了。保姆进来拿毛阿的书包顺便带走昨晚的茶杯。

阿爹昨天谁来过了？毛阿喝着牛奶进来问我。

我的毛阿真是很精，一看茶杯就知道有客人来。我平时不喝茶，喝茶也不用这杯子。我喝水的杯子是那个墨黑的边上敲破一点的很便宜。毛阿的杯子是小熊杯，级级是小狗杯，那条狗打扮得花枝招展。这些杯子是不给客人用的。我的级级，你不在也挺好，你不在我们就想念你，你在了我们就生气。

阿爹到底是谁来过了？

你真是一个讨厌鬼，你管那么多干什么，你管你的功课上学就对了。

没劲！我问一问嘛，我不能问一问吗？

好的，你能问。告诉你，是一个阿姨。

我认识吗？

她认识你，照片上看到你，你不认识她的。你没见过她。

你要她下次吃晚饭的时候来，我就认识她了。

好的，记住了，我会对她说。

她叫什么，她是来问你要稿子吗？

好了好了，你该上课去了又要迟到了。她没来问我要稿子，就是来看看我。她叫分分。你还有什么问的？

名字真难听！分分不好听。阿爹，她来看你，你有什么好看的，还不如来看看我呢。

这个毛阿，说出话来真是和级级一个腔调。你爹凭什么就不好看。我要是好看起来，你们都要昏过去的。我现在很节制。我说了，希望自己在毛阿的眼睛里有一种老派父亲的印象或错觉。否则我可以去找姑娘或徐娘，我要她们睡在我的身边或者让我枕着大腿直到早上毛阿或保姆走进我的房间。保姆会装作没看见，但毛阿不会，她非要走到床前看一看是谁。她看到今天这个长头发阿姨明天又是一个剪男孩头的,决不会称赞自己的父亲好样的。那时我对她说什么呢,我说这个阿姨和那个阿姨味道不一样?我不能用这般混乱的生活来给她暗示并败坏她今后的生活。是的,毛阿是我的救星,她使我不至于太堕落。她是我的救星,令我有一种余勇可贾的自信或假象。

没等毛阿走我又睡着了。有什么科学家曾经证明,睡眠是不必要的,人类可以改正这种恶习。他没有想到,人这种脆弱的动物,非得睡眠来保护。现代人越来越烦躁,就是因为灯光下他们的睡眠时间越来越少。我不信那个邪,我是非睡不可的而且要睡满整整十个小时。一张大床睡一个人很舒坦,人可以两条上肢一横,一腿斜出,做出矛的姿势,一个像文字的形。我在半睡半醒中听到电话在响,操你娘的电话一遍遍地响,我忘了将录音功能打开真是该死。你好,是我,你说。级级!她亲自打电话来啦,开门见山地问我一个电脑软件的问题,说是朝香港传一个广告的样张有了障碍。我用手抹了一把脸,问了她屏幕上的显示,告诉她试着把什么打开在哪里点一下最后又存到哪里,至于原理我就不讲了我讲不好。级级说,我也不要听。那好吧。见她要挂电话,我追问了一句,今天,你什么时候来拿衣服?

拿什么衣服?她问。

你的衣服。你昨天拿不下的衣服。我可能会出去一次,你没钥匙我让保姆在家等你。要是你用不着那些衣服,就送给她吧。

我自己会安排的。再说吧再见了。

我给级级买过几本电脑书,她放在书架上一直翻都没有翻过。她总是临时有了问题就一个电话打过来。我要是做不出,就让她挂上电话,在自己的机器上试了再告诉她。要是试过还不知道,我就去问我的朋友网虫马力。马力言必称比特,对电脑比对他的老婆还熟。他老婆自称电脑寡妇几次砸了他心爱的鼠标,直到一次马力摸出一瓶水号称硫酸他老婆才彻底死了心。一小时之后他把这瓶水喝了下去没让他老婆看见。喝完之后醉醺醺地上了床却发觉老婆已经屁滚尿流地走了。这以后他的鼠标安然无恙却传来消息老婆有了问题。鱼和熊掌都不如电脑。眼下他在一个部门负责电脑网络的安全，否则我猜他肯定是黑客一个。他和我一样，有一个欢迎别人来问电脑的毛病。听到那种不值一问的愚蠢的问题，我们都会高兴好一阵子。但是我讨厌清晨的电话。那是我的午夜，你能给人午夜打电话问一个逗号坐落在哪里吗？

我扔了一个镍币预测级级今天会不会回来。

因为在家我总要有些可以抱怨的内容，级级的晚归是我乐意重复的话题。但我真是拿不准自己是否愿意她早回来。她要是生了病两天不上班她愁得不行我也愁得不行。白天的家是我一个人的。（保姆不算，我可对她视而不见。）对毛阿我比较有办法，何况想到她是女儿小人一个总要耐心一些。这话也就是对自己说说，当然最好级级像烟一样要抽点上不抽了就掐了，可惜她总是要抽点不上不抽了掐不灭。禁烟人士不明白吸烟的深层心理，所以禁烟不会成功，比林则徐还惨。

苍　　蝇

　　夏天我在家的一大功课是打苍蝇蚊子。它们是太阳和月亮,一个回家一个出来。太阳和月亮是永恒的,苍蝇和蚊子也是永恒的。

　　苍蝇最绝的一招它朝你的嘴飞来,神风突击队一样。你做出要扇自己耳光的动作其实打不到它。和香烟的默默无语相比苍蝇的追求是主动热烈的。和蚊子相比苍蝇的对人无所求不是吸血什么的,我看它的自作多情是一种心理需要。人会灭绝,苍蝇是不会灭绝的。打不光它们时想,身边有几只苍蝇也好,我认识到自己不是那么纯洁,认识到看中自己的不尽是好人。

　　苍蝇用它的不规则的飞行轨迹来掩护自己。为了可能的被击,它们从来就不直来直去。你很难算出它们飞行的提前量。我举起拍子,小冤家们你可以保持沉默,但无论你保持不保持沉默,我都要打死你。我晃动手中的苍蝇拍,做好拍打的准备。正在交配的苍蝇是最容易被打死的,这叫死在温柔乡里。你们去死吧,因为你们叫苍蝇所以还没出生人类就判定你们死了。想必你们自己也知道自己的该死,所以总是鬼鬼祟祟的。三只苍蝇绕着我欢乐地飞舞,它们热爱残酷的死亡游戏,我举着拍子无从下手,我不能朝自己的脑袋开火。它飞快地停了一下,立即重上蓝天。它们是在拿生命打赌比人类中的任何发烧友都酷。忽然想到苍蝇的幽默。它总是在人的周围生活,和人挨得那么近,人们才拿它们没有办法。许多远远的动物被人打得种族灭绝。苍蝇、蚊子和老鼠是最聪明的,它们挨着人住下了。你们连畜生也算不上。你们的父母幸福交配痛苦分娩生下你们,就是为了被我消灭。我缺乏体育活动,打你们就成了我每天必修的健美操。左右左一二一 Show time(演出时间)。你们大概还不知道,自己的长相太不可爱了。人是势利的,你们要是有蜻蜓的体态无须减肥他们就会喜欢上你们。你们要是节制生育人们也会原谅你们。要是远离人类,人们就同意你们自生自灭。但是现在,Show time,我要打死你们。我是你们的克星。人们没有闲工夫所以让你们猖獗万分,而我是有时间的。我唱歌,在家的男人威武雄壮嗨嗨!我打得你们后悔从蛆从蛹演化,我打得你娘白白受精。

电　　脑

　　小月送了毛阿买了菜回来,见我居然一早坐在电脑前,有一点吃惊。她问我要不要吃点什么。我让她给我一杯牛奶热一下因为我要放块方糖。你可以让保姆每天把热热的牛奶和点心送到床前而不必对她感恩戴德觉得欠了她什么。你付过工资了。她收到工资之后,也就没有心理的不平衡。你的老婆,要是一周有一天的早上,给你热了一杯牛奶齐乳端来要你快拿好了就同来了圣旨,你必须用逢人就说来报答她。我的老婆真是很疼我哪,不好意思,她端来的牛奶特别香点心非常好。你不说她也会说的,她一有机会就把这杯牛奶重新端出来要大家看到。但是,现在端来牛奶的是别人的老婆,好极了,那就没关系了。别人的老婆将牛奶齐眉举案地端到我的案头,还附带一个谄媚的微笑。我礼节性地谢了她。看着她的背影我满心喜欢,是的,付过钱就没关系了。付钱收钱。钱真是救赎。

　　我茫然地对着电脑,我不知道为什么打开它。也许我想面对一个朋友,眼下没朋友我就对着它。看电脑启动令人愉快。它是我的奴隶。在我良心发现时想到它会觉得心尖一疼,特别是我开了机去做别的事情的时候。我只喂它一点点电,它就那么驯服了。等我一觉醒来它还是那么忠心耿耿无怨无悔地在等我,眨巴着它的单眼皮等我敲击,我就彻心彻肺地疼它。键盘那么柔顺,我的每一下敲击都给出唯一的结果。我只要防着捣蛋鬼们造出的病毒就行了。电脑病毒是那种罪恶的唆使者,海淫海盗的蛇,不是个东西。所有的电脑本来都是良家妇女,所有的电脑和良家妇女一样禁不住勾引。趁它还没学坏,我开始敲击了,屏幕上应声出现文字和图形。电脑储存着那么多的本事依然谦虚得没本事一样,从不搞什么女权。我打一条命令,它欣快地执行。我打一条错误的命令,它告诉我错了。我照样再打,它又告诉我错了。我一直打下去,它一直告诉我,不会厌烦。坚持真理哪。它始终在等一条正确的指令。它对它的主人有信心,知道他终究会打出一条正确的命令来。我这样说,你就会明白,这世上为什么有那么多的发烧友也就是说有同样多的电脑寡妇。男人爱起电脑来比爱他们的女人更顺手顺心,这有什么办法。

总该做点什么。

人的一生,很难一点事情不做就过去。无知比求知更难。人的本性就是动来动去。有人动脑,有人动手,有人动心思。当然还有人动他们身上的别的物件。在许多个无所事事的日子之后,我总会写点什么。我用写作来麻痹自己,告诉自己我其实并非什么都没干。

我最经常写的是电视剧。这种体裁不费脑但是费手。现在的导演偷懒得很,一个剧本要你写到两万个字。你要是写一个人擦屁股,他非要你把用哪只手擦写上。电视剧要分行写,一行行飞快地向下爬行,给自己神行太保的错觉。当然都是些废话。饭吃了吗换行。吃了换行。再吃点吧换行。不了好吧就再吃点也行换行。我要是想出一句人哪能不吃饭呢接在下面,人家就会说我写得蛮有哲理。电视剧就是人生的拙劣的模拟,而真正的人生就是由百分之九十九的废话和一分要紧话组成的。写电视剧的要领是掌握那些废话的水平。假如你将废话说得像是要紧话一样,你就是这一行的高手了,行内人人知道你于是可以拿高高的报酬。

这个世界上,其实有很多事情可做。就说写字,也不是非得写电视剧不可的。但电视剧的一个最大的妙处是稿费较高。写一集差不多是文职人员一年的工资,所以从不会缺乏写手。我的一个朋友不懂这一行的奥妙,为了艺术亢奋地一口气写了二十集。到头来人家不要了连对不起也没说,他反而觉得对不起人家。我一听恨得眼睛都要掉出来了。他的这种放水行为真是败坏行规。我告诉他,你平时写论文叫嫖娼应该付钱,而写电视剧就是卖淫身份在了不要摆阔。他瞪着眼睛还是听不明白,我知道此人没救了不再开导他。

写电视剧时,我体验到的是索性就为了娼的感觉。明知恶心还要做下去,就是娼的干活,再说又是为钱。写作的能耐与身体的能耐一样,是一个人的本钱。它也会日渐憔悴人老珠黄。饭吃过了吗换行。我心爱的祖国语文就这样被庸俗化了。内心的矛盾在于,我又是欣赏这些的。娼妓再十恶不赦,她所做的倒没超出人的本题。庸俗是一切动物生存的前提。这么说,写电视剧就是舍末而求本了。

我调出中文平台,将几个写到一半的文件打开又关闭。这会儿大清晨当娼还早着点,还是写几行日记吧。

晴天。级级出走,留下钥匙,冷冷一笑。出门时未发火,奇怪。

分分夜来夜去。无事。

我想了想,将分分的那一行删节,有些此地无银的意味不大好。我用一个 X 来替代整行的描述。日后可能想不起这个 X 是谁。但是,她是谁有什么关系吗?

她们是谁并不重要。她们只是我对女性想象的替代物。本质上我在和自己的想象谈情说爱寻欢作乐一发而不可收。

鲜花和

先生,小月过来了。

小月上去之后隔了十分钟又下来,说,先生,我们把账再复一复好吗? 是不是会错了一点。

我说好的,我们复一复,复一复没坏处。

我把刚才记账的文件调出来。幸好没被我删去。我来报账,小月你看你纸上的对不对。80,1430,830,3600……小月笑了说,对的对的,一点也不错。复一复就知道不错了。我说小月你等会儿走,我叫电脑再算一遍。我的电脑有一个自动的加法功能,很聪明。我按了按键,屏幕亮出 14572,我把小数点移到左边两位。其实分币已没有实际意义。我给保姆分币保姆都不要说是用不出去叫花子也不要。好了好了,我去烧饭了,一点不错,先生你好放心了。我去烧饭了,先生你有事叫我。我说,我没事情了,我很放心的,小月你烧饭好了。

我把这要命的文件存盘。存盘万岁。我的朋友一天醒来,他的硬盘出了毛病,一盘的好东西费了多少日夜再也不是他的了。再回到我的文件,我刚才写到哪里了? 我写的这个 X 是怎么回事?

小　白　痴

　　我和级级在一些地方的格格不入也许和童年的记忆有关。我和她受的不是一种教育。我在弄堂里长大，不是什么大院，不是什么别墅，而是集中着许多市民的一条普通的上海弄堂。

　　在我儿时的弄堂里有个小孩，他是白痴还是精神病就不知道了，反正很迟钝。他一天到晚在弄堂里闲逛，他走路时两只手不动，走过来走过去嘴里喃喃自语。每当我走过我都揪住他耳朵让他叫我爷叔。他妈妈见了也不生气，想必有我这样一个爷叔并不辱没他的家族。说也奇怪，只有一个时刻他是敏捷的，有女人穿着裙子走过的时候。知情的女人一般都避着他走，没有谁会一把揪住他的耳朵要他叫阿姨。女人一边走还一边回头，唯恐他跟上来。我的这个可爱的小白痴总有本事追上去，他的绝招是从身后一把掀起她的裙子。他没有进一步的动作，就是掀一下。女人本能地尖声大叫，引来许多的笑声。男人女人都笑，只有那个被掀起裙子的女人不笑。她恶声恶气地骂人。也有不骂的，说声你要死啊！红着脸快步走开。只有一次，一个弄堂里出名的老姑娘，竟一下子哭了起来。这一下大家笑不出了。其实这样的经历对她远非第一次，她一般都骂上几句就走了,那天不知道为什么要哭。

小白痴只对骑自行车的女人没什么办法。她们坐在裙子上,掀不起来,他只好当她们穿着裤子了。(他从不动穿裤子女人的脑筋。)我在一边很沮丧,但小白痴看不出沮丧,他是一个听天由命的人。他对人一视同仁,除了他自己母亲的裙子不掀,其他女人的裙子无一能够幸免。这是我沉闷的儿时生活中的一个亮点。吃完晚饭我常常站在我家门前,摩拳擦掌地等穿裙子的女人走过,很兴奋。而真正动手的小白痴并不兴奋,他还是走过来走过去,两手无力地垂着,念佛般地喃喃自语。在最美妙的时候,他居然掀出过一个没穿底裤的女人。真不知怎么回事。那陌生女人的屁股白白地晃了大家的眼,大家都吃了一惊。不过这是唯一的一次。那时节,在正式的场合,女人的大腿还比较保守。小白痴的恶劣行径引出许多告状的人。他的母亲是个知书达理的人,明白自己的儿子造了孽,一般就当着告状者的面在儿子的屁股上打两下。小白痴不哭还笑,他的母亲打不下去,就说,你自己打他两下出出气吧我不心疼的。要不,你也掀一次我的裙子。没人会掀她的裙子,人们不是白痴,懂规矩的。警察也被叫来过,警察笑过之后骑着擦得闪闪发光的自行车跑来,但他拿小白痴也没办法。他是白痴,又小,你能对他怎么样呢?

小白痴的技艺渐渐出神入化。凡是知道本弄有这宝贝的女人走过弄堂都按着自己的裙边用进行曲的速度行走。这也无济于事。他总有办法得逞。除了深夜,他总在弄堂里严肃地闲逛,所以被掀开裙子成了走过本弄女人的宿命。那些女人叫得更响亮了,不叫是不对的,叫完以后显得很空虚。这是掀起的程序之一,大家习以为常。后来,世风日下,居然有一个被掀开自己先笑的。真是个有幽默感的女人,她从其中看出了宿命和滑稽。这也说明,一件无论多坏的事情,只要成了习惯就化解了。我隔壁的邻居小小姑娘阿芬,胸也没有臀也没有,却天然风骚。一天,她迎着小白痴说,你来呀你来呀,你来掀呀!说着自己把裙子一掀一掀。这下弄得小白痴很无趣,喃喃自语着不去动她。(长大后我想,其间是否有点电视剧式的哲理?)原先我们弄堂的女人穿的都是大裆的短裤,花布做的,上遮肚脐,下遮三分之一大腿。每当小白痴掀出一个穿小小三角裤的,大家就要啧啧称奇觉得那女子真是狐狸精这样的东西也敢穿啧啧啧。我不知中间有什么因果关系,反正此后三角裤越来越多了,颜色也越来越缤纷。再被人看见自己穿的乃是一条老头底裤是要羞愧难当的,其心理感觉可能还比不上被人看见屁股。小白痴的举动有力地促进了本弄的内衣文明。这也是二十年后流行的内衣外穿风潮的先声。

我想,我的性启蒙就是从这里开始的。从那些稍纵即逝的大腿和三角裤的关系中体会到异性的风韵。在那一刻将要来临时,我的全身紧张肌肉颤抖两眼发直,这和我以后经历的性高潮非常相仿。随后是松弛,笑,另一次等待。我有时会失望,有时欣喜,这要看被揭示的大腿的品性。这么说,我的审美也是在那条弄堂启蒙的。

后来的我等到能够想事了,再想起这事,醒悟到小白痴象征了我们。他代表了全体男人。我们这些男人的心里都有一种揭起裙子的欲望,我们不敢,我们文明而且伪善,但我们的笑和期待拆穿了自己。白痴不是规则中人,他替我们做了。

这个故事有一个结尾。从某天起,白痴进了一步,不仅掀起裙子还要扯人家的底裤。这就严重了,他是白痴也救不了他,他母亲也救不了他。他终于被送进精神病医院去了。分寸是很要紧的。掀开裙子还能说是游戏,扯三角裤就变成了强暴,自取灭亡了。大有意味的是,弄堂里的男人们也不赞成小白痴的进步。他们也许想看底裤中的内容,但又迂腐地认为,那应该在室内,在两个人之间,并由自己动手。

需要一个 Yes。

初　　识

忆往昔,我刚认识级级的时候,开始一两次同样没记准她是谁。一般地说,这种见面是没有意义的,对日后的行为没任何影响。大家因为礼貌点个头交换一张名片寒暄几句就从此完了。何况这种说过几句话的人太多了很难一一记住。因为有共同的熟人,我们只是合乎社交礼仪地说了几句很一般的话,她称我杨老师我称她你,彼此的眼神都在游移,更没多余的动作。这样的会面缺乏继续下去的话题。她要是个男人,我们可以聊聊足球;我要是女人,可以聊聊衣服鞋子首饰或摆设。可惜我们都不是。我们还不熟,只消静默片刻,总会有一个人提出走开。说一句客气话就走开了决不回头。真正使我看见她的是一次阴差阳错地去了舞厅。朋友们散开入池,岸上没一个我认识的人,他们都在舞池里尽情尽兴,而我是出了名的从不跳舞。对一个不跳舞的人来说,音乐过于强烈了。我喝了口水,想好上一下厕所就走,谁知在厕所里被一个陌生人拉住,他飞快地不容打断地问我人生的意义。我一边扶着自己的那东西一边听他的演说,好似夹着香烟的漫谈。我最烦的就是人生的意义况且在我方便的时候。我支吾着心不在焉地看着那个黄色的小便斗大江东去。我洗手他也洗手,我出厕所他跟着接着就走到我的前头帮我拉过一张椅子。人生意义。那位人生意义邀我喝水，见我不喝自己痛喝起来，我一见惊心，喝这么多的水该问多少个问题！我乘他的嘴被矿泉水瓶子塞住时，赶紧告诉他本人真是没什么见解不好意思，人生的意义就在于人生二字，人就是从猿到人人模人样，生就是不熟不死。就是这些了想得不深刻请多多包涵。人生意义的脸顿时更痛苦了一层，双手对握将矿泉水瓶圈在当中掐得它口吐白沫。这时面前走过本城最知名的白三点老白，白教授什么事情都能归纳为三点 ABC123 甲乙丙 one two three。他看见我了，是是你老老杨，很热情地向我问好，你好吗毛阿阿好吗级级级好吗，也是三点。（他有点结巴，听他说话肚肠一痒一痒的。一般说来理论家做论心虚容易结巴。）我说好啊好啊真是幸会你怎么样。眼看他就要说他自己的第一点，我赶紧咳嗽一声及时将他推荐给人生意义。他们握完手一见如故立即热烈地谈个天昏地暗。我知趣地走开，在远远的地方坐下。我没回家，是因为我看见级级在跳舞。

这个晚上，我竟一直在看级级跳舞。舞曲停止的时候，扫一眼白三点和那小伙子，佩服他们眉飞色舞地共同屠宰人生的意义。接着，我还是看级级跳舞。

（有天我带毛阿去看一个小范围的马马虎虎的演出。台上的少男少女们用青春的身体做出各种动作并发出各种声音。毛阿半坐在沙发上看得十分投入。我慵懒地靠着，弃台上的演出于不顾，一直在注视左前方的那个陌生女子。她半靠在沙发上，随意地看着台上，她的举手投足像一部很好的无声片。她的侧面。她的膝盖和手。身体的线条很好。我不是特指她的胸口一类，是说整个人的身体走向。我有许多不正经的时候，但这会儿关系到美就比较假正经。自然的放松的似乎还押韵了。她没意识到有人在感激地温和地历史地欣赏她。她没意识到自己是当天剧场中最美好的一个景色。我欢喜地就一直看到最后。散场了，有人过来问了我几句什么，毛阿要我去买饮料。我眼睛的余光发现她走了。我在心里和她告别。这很好。这就够了。我之所以说这故事是想表明，我已经懂得安宁地对待异性了。）

那时节我比较不会欣赏静态的女性。炫目的灯光下，级级跳起舞来焕然一新。我坐在放有水果零食的桌子旁，喝着血一样颜色的葡萄酒。音乐像是为级级写的，扣着她的肩颈腰肢和脚踝，我真希望这音乐是我写的。我想坐一会儿，看一会儿。在音乐停下时她正巧转到我的桌旁，我顺手将血红的酒递给她，她像在以后的县级市或乡级市的酒桌上那样一饮而尽。看女人一饮而尽真是一种享受。她胸口稍稍起伏，像古典小说中一匹马赛前的小母马多么欢快。我的视线冉冉上升见她的额头上有层细汗，很想为她拂去的。细碎的汗中有一颗黑痣鹤立鸡群，这个细节令人印象深刻。她端着酒杯一下下地换着脚，在等音乐的开始。我又给她倒上酒，她才认真地注意到是我。

谢谢。她放下酒杯和我握手。我们是认识的，你是杨先生，杨色，对吗？

那时候我已懂得了一切的程式。我知道看似不起眼的小路会把人带到哪里，当然，也可能她始终在原地，我灰溜溜地逃走。我想继续寒暄的，却看到了她额上的细汗，彩色的光线照着的汗，以及那颗黑痣。我很自然地顺着小路走了下去。这一圈她没去跳舞。在音乐的缝隙中除了听到白三点结结巴巴的人生意义还听得到我们的笑声。我真是快人快语谈笑风生。我婚都离过了当然懂得许多。这样的说话很平常，没人在意。在舞厅的角落还有另外的一些人，他们挨得很近，别人听不到他们的笑声和话语。都是一样。虽然有时我们没意识到，其实我们是带着自己的生殖系统在谈话。它是一朵花，要温度湿度还要节气和光照才会开放。舞厅是一个暖房，这里四季如春没有节气一说，而光照是全天候的。那么要温度湿度就够了。我们的温度和湿度是细汗和红色的葡萄酒。

那边的人生意义来请级级了，经过一番谈论，他的面色好多了。级级朝我笑一笑,将杯子给我,跟着来人下场。我转身一看,白三点在向另外的人继续发散他的学问。跳舞。级级在舞蹈的过程中和我对上几次目光,于是我就不走了。人生意义代替我搂着级级。级级逐一显示了颈部、腰肢、胳膊、脚踝的柔软与节奏。显示了她的皮肤肌肉和骨头的魅力。她的舞动有如神助。我相应地紧了紧自己的颈部、腰肢和胳膊,紧了紧大腿的肌肉。后来我想,要是动物,它们立即做事情了。但是,我们是人,因为吃了苹果披挂了服装有了语言,我们需要过程,需要方式,然后等待服装的当然的卸落。谈话是一种卸落法,送花也是一种,还有其他。我们丧失了动物的忘形能力。我们卸下服装还绷着腰。我们一丝不苟的时候也像系着领带梗着脖子。葡萄酒的红色给我们的心理以脱卸的借口。是不是酒并没关系,在这样的地方,一切饮料在灯光下都会变成酒精饮料。很好呢,一个点到即止的晚上。在这既无法静观又不能任意妄为的晚上,我走。

门外的空气很好。风直通通地吹来,不是旋转的。还有月亮的大白脸无须减肥。舞厅的空气是一种饲料,让人饱食思淫欲昏昏得亢奋。我看看月亮它走我也走,吸着户外深夜的好空气,脚深脚浅地回家。

做　　了

　　事后我想,这种开始于舞厅的交往太不真实。在那里,任何东西都是做过的。人将自己做了以后才踏进那彩色的灯光里。需要注视的目光,需要匹配的对手,需要煽情的音乐,饮料和饲料般的空气。需要一定数量的舞蹈者。相逢何必曾相识,彼此的怂恿和暗示。它和生活没有关系。一切只是模拟。带着自己的包装过的表面积和生殖系统,舞者和观舞者。以后我从未再见到级级跳舞,为了她的那一跳,我却要付出后半生的时光,人生真是险恶。我从不跳舞,却让自己被跳舞害了。我想自己对级级是不公平的,我把她的舞蹈也害了。她因为自己的那一跳牺牲了身上最可爱的品性。她的灵巧的腰肢坐以待毙,臀部逐渐肥大长乘宽乘高。她埋没了腰肢的柔韧来为我做饭给我训示给毛阿礼物。我从窗口看着她和毛阿手拉手上街,一起去看女人们津津乐道的东西,那时节我想到的不是她的舞姿而是牵手。毛阿抱着她的小熊睡了。我要级级快回去吧明天还要上班,她坐在沙发上将头靠过来找我的肩膀。她不再叫我杨老师杨先生杨色,而学毛阿叫我老爹或阿爹。舞厅过去了,但我记着她在舞厅中的姿态。人生的意义。我承受着靠过来的肩膀我回答不出人生意义。你们应该去问别人。级级应该去问别人。她把头靠过来我的肩膀就只能变为化石了。当化石活动起来,人生的意义就昭然若揭。我是坐怀必乱的人哪。我有前科。我从她的头开始,像弹琵音一样弹了很久才又弹回到头上。我看着令我赞叹的腰肢以及没来得及赞叹的其他地方。我吹出一阵微风,你们就要为我舞动了。我说过我的床是张旧床。在这个微型舞池里,我们要演出舞池的真谛,被继承的真谛。我们做的只是基本的那些词汇,进退开合起伏。(以后我也经常把干活称为做词汇或做畜生。它有许多词汇可用。以前说造爱近来流行的是做爱,有人写成作爱。做是对一件现成的东西而言,而作是创造,将没有的弄出来。我倾向用做爱一词,比较文雅。)我们做词汇。她对我说你不可以的,我说可以的。她对我说你真的不可以的说得像真的一样,我休止了,一拍她的头又靠上我的肩膀。很久以前的过去,我真是很笨,以为需要女人圈阅了可以并且公证然后一发可以。今天油滑多了,我的手在她跳过舞的身体上跳舞,令她流过汗的额头流汗。

可惜我们都错了。级级当时在等签证,而我怀着一丝婚外恋般的侥幸。我们以为这只是一段附加的间奏,没料到是序曲。那时候爱不爱其实是不知道的,所以我不称做爱而称做词汇避免了语病。我们都有一种要做事的冲动。在一个很平常的日子,白天,连一束花和一段音乐都没有,我们就把事情做了。

(人对未来的遐想是奢侈的。奢侈的遐想就是添上许多无端的物件。真实是那么日常,赤裸裸,直来直去,亮得晃眼。只有那些基本的成分不会背叛不会走开和遗忘。)

我无意在此说一说怎么做事。很平常。平常到做过的人都很明白。你不能指望第一次就做得惊天动地,所以我们只是做了最基本的那些程序,严格得像一部教材。唯一记住的是她说的,你快停下来,你把我弄脏了!(这一点她像贾宝玉。)值得一提的是,她最终证明了自己是个新手。(当别的都无力证明的时候,血总是最强烈的证明。无论做爱,化验艾滋,亲子关系,兴奋剂和毒品。)在一切做过之后,我被教材般的程式弄得疲惫,但还是怀着温情去寻找她的眼睛。她的眼睛在那黑痣的下方壁虎似的一动不动地望着我,可是目光变了。我立刻记起了自己的名言——

你做了,你就欠了。

我不免尴尬。那时我已离婚并知道她要出国,所以惯常的那一套山盟海誓没有市场。你不能扬言一个人和你睡了一觉就有义务天天和你睡觉。你不能要求对方在国外为你封存好她的宝贝盼望回归。我做了,我就欠了。尽管有女权主义和别的主义,两千年来这样的看法始终不变。(有什么民族的骂人话不说操你妈而说被你爹操。)级级用一种我不欣赏的姿势明确地表示对我的债权。我看着级级,荒唐地想,我们不能就事论事吗?

我手足无措地起身,避开她的目光,想要找点比较自然的事情做做。我灵机一动提议给她拍一些照,留住她现在的好样子。级级同意了也起来在镜子前面穿衣梳头。我用的是高感光度的胶片用自然光,在镜头里看级级她又有了舞场中的味道。在照片中她总是笑笑的,那两颗略微突起的门牙显得很骄傲。我又弯腰又跪地的上蹿下跳十分尽责。等到一卷拍完我迟疑了一下提议给她拍些不穿衣服的照片让她日后可以看看今天,她听后先说了一句十三点,也迟疑了一下,接着就拒绝了。我意识到这是她一生中犯过的比较大的错误,为此将永远不能真切回忆自己美好的身段。这样的事情比较流氓是无法勉强的,我不再坚持。没想到吃了些水果之后她突然说,老爹,你实在要拍要么穿游泳衣吧,穿比基尼也可以。我一时没明白,你说什么比基尼。等到明白过来心里冷笑一声,这里没什么也可以。我说算了,又不是在水里,又不是拍广告,穿泳装真是欲盖弥彰无限堕落不予考虑。小姐你要清楚,不是我闲得想拍,我要你拍给自己看,你给自己看游泳衣好生奇怪。

隔天照片出来了,她对我的水平比较满意。我把她拍得比实际年轻而且漂亮。她要我看,我说看过了你真美。这样的照片看多了会败坏自己的艺术趣味。

过了好几年,一天,她洗澡前照着镜子瞪着自己的油肚对我说,你,这种男人,当时也不给我拍些裸体照,现在你看肚子也有了。她拍拍自己凸出的肚子说,穿不了露脐装啦。我知罪地说,现在拍还不迟,以后肚子会更大的,我们现在拍吧。她恨恨地说,我当年那么好看都没拍,现在还拍什么!

(当年那么好看。我想贡献给有心人的一条真理是,想和一个人有关系,重要的不是和谁,而是在什么时间。有的人最美好的时候是他的婴儿期,有人是青春期,而有人则在老年方显出自身的魅力。错过了时间,不说明他不值得斯世当以同怀视之,只是说犯了前言不搭后语的毛病。)

我对女性一直很尊重或说很迁就。一提到她们,我的基本语汇是说她们很好看,美丽,漂亮,性感,浪漫,时髦,聪明,等等。(有一阵我还将贤惠作为一个基本的词汇,后来发现有人听了不受用,就改用了酷。)对女人我从不吝惜好字眼。我们穷汉拿不出什么实质的东西给她们,就让她们高兴一会儿吧。一个女人被别人说了好看,也许真会好看起来。倒是她们有时不领情,说我讽刺讥笑十三点要我帮帮忙。我总是宽容的,倒是她们对别的女人,做出鄙夷的腔调叫我再去看一看。她们说我在捏鼻子做梦。她们说我难看我都忍了,我虽然已经在家了还没意识到美的重要。她们说我他懂什么我就不认了,说真的,我已看了半辈子,要我直说,听了别扫兴,你们中的大多数都不过是东施罢了。美女不是废气哪能漫天都是。你们不要再买衣服了可怜见的,还是买点吃的。某些人再涂什么粉啊霜的也是白搭,你们认贼作父将美容师当作再生父母,你们去填奶子修眼皮拉脸皮绷脚皮也是白搭。没准弄出个电视上的恐怖面孔,不能哭也不能笑画皮一样吓死老百姓。你爹妈给你什么你就是什么。

鲜花和

当然这些鬼话我从不说起。我毕竟是善良的,识时务。你可以当土匪,用左轮枪打性命的赌,脱光了到南京路淮海路闲逛,但你不要说女人老,不要说她们难看。你宁肯杀她强奸她也不要当面对一个女人这样说。——我的已故同伙张三曾这样教导我。顺便说一说,他是个好人,没当过土匪也没自杀,更没强奸女人。他对我说这番话是因为有个女性在他面前说,我的妹妹很好看的,长得像我一样。本来听过就听过了,凑趣的话要说一句是的,可他偏要说就像你一样?那女子没有准备,有点要当场昏过去的样子,张三赶紧溜了。事情已经过去很久了,有天大家在一起玩,喝酒唱歌说有色笑话,那女子突然冒出一句话来,张三,你是个畜生!张三看看她的眼睛,不敢声张了。说起来,张三的死同就像你一样这五个字也有关系。他因为对那女子有负疚感,所以总在寻找将功赎罪的机会。一天女子说道小绍兴的白斩鸡好吃,他就默不作声地骑车出发了,在回来的路上,和那只死鸡一起被汽车一头撞死。鸡反正已经死了再死一次没有损失,事实证明他的死是不值得的,那女子听见后说了一句,我没叫他去买。停了一会儿,又补充了一句,也许是报应。

真是可怕!

你当面说一个女人难看,她没有选择只好恨你一辈子了,还要恨她的爹娘,恨自己,恨一切比她好看的人。这句话的能量无比巨大。女人们心里都知道,什么也比不上年轻和好看。三十五岁高龄产妇,四十出头绝经。当年我还没懂道理,自以为是得很,见一个女人心烦就做了出来。我烦她就和她的女伴又笑又说没个停的,她在一旁突然插话进来,说,我们女人。她一说我们女人,单数变复数她就有份了,紧接着攻击世上所有的男人,语言之刻毒惊天地而泣鬼神。虽说那些男人和我毫无关系,说不定还是我的情敌或冤家,但我因为年轻居然愤愤不平了。我对她一字一句地说,女人是要人家说的,哪能自己宣布。这句话非常过分了,这以后她不得不碰上我时,就一直拿很尖锐的白眼对我。

杨色啊，一个人对你说她是女人，本身就是一种恩德。你要知恩图报。一个男人可以很丑但要很温柔。主要的一点不是令许多男人气馁的钱，有钱固然能使鬼推磨，但钱买来的女人在推你的石磨时想的是别人家的铁磨。主要之点也不是什么我爱你我想操你，而是及时而巧妙地说些你很美之类的话，并且加上贾宝玉式的逆来顺受做小伏低。你对北方人说她特棒（听起来像是说特务的那根棒棒），对台湾人说她好棒耶，对上海人说不要太嗲。此外也可以化开，说她是无价之宝，是非凡的而且永恒，忧郁而神秘，你因此而魂不守舍夜望星空，等等。话说得艺术一些就要学学张三的那个白斩鸡女人，夸奖某个外国明星很漂亮这里漂亮那里也漂亮，随后看她一眼，恍然大悟地说，你跟她很像呢，就是气质东方化一些有古典的美。明星是大家的偶像，暗示她也是人们的梦中情人。女人可能有水性杨花和贞女节妇之分，但她们一概得意于被很多人梦中追求。你要是做到了我说的温柔，那么其余的就好说了。你要是某天仙逝，她也会真诚地想念你的。

我无疑是一个不会被女子想念的男人。她们会因为我说的许多不伦不类的话而记住我（严格地说是记恨我），但不会想念我。一写文章我什么都懂，但我烦生活里那种弱智般的谈话。我一般少说免得说更多的。我由着性子一说准要惹祸。你好看吗？我已说过你好看了，只要我没改口说你不好看，你就一直是好看的。你多问显得自信不足，你硬要去和别的女人比那叫臭美或自取其辱。你只要坚守着有自己特色的好看主义初级阶段就一切对了。再说，你要是难看又有什么办法呢，我连剥皮抽筋的整容医生也不是，除了叫你别上街不拍照，还能提出什么好的建议么？

（当然，这种绝子绝孙的话也就是在这里写写，我不说。）

我始终欣赏才女。和才女相对而坐，得之交臂可以避免这类蠢话。我们谈谈天，谈谈学术和神奇，谈谈远方。一个女人一想那种我好看吗的问题，难免会蠢头蠢脑。才女有才有识的,可以想的东西多得很,所以表情开朗四肢活泼秀色可餐。令我难过的是,这也是我的一厢情愿。有些女子是因为一直在问我好看吗问到伤了心才去当才女的,日后她在显摆学问的同时,必定不忘赏你一个尖锐的白眼。这个白眼比没学问时尤为冷酷。此外才女中的大多数,一旦成了家里的人,就和我的级级一个味道,还是要问我好看吗。她们以为男人成了老公就可以随意问了,就像可以在他面前抓耳挠腮掏鼻孔剥脚皮一样。我很痛苦。

我 好 看 吗

杨色,你老实说,我好看吗?

级级指名道姓地称呼我,事情就比较严重。我说,好看的。

完了?

你很好看的。人家都说你好看。很好看!

人家说好看,你呢?

人家是说的。

级级发火了,我要你说!

你让我说,我说你比一般马路上看到的女人好看多了。你比我也好看多了。

比你好看?

真的,你真的比我好看。

你,怎么能和我比! 笑话,我还用得着和你来比?

我想不出好词了。那么,那么,你比我妈好看。

我不和你妈比。

我最尊敬我妈了。我妈年轻时候很好看的!

你的意思是我年纪大了不好看了?

我的意思,我没有意思。我的意思是你最好不要来问我。

你这种男人懂什么好看!

是的,我不懂。我宁愿不懂的。谁也别来问我最好别问我。

现在我不那么激烈了。自从我认识到真正的生活都是日常生活即表面生活以后,我的意境开阔多了。既然迟早难免是要问的,就来问我好了。我将此视为一种空缺性高潮的叫床。这不是迫于淫威或十三点行为,而是出于深刻的理解同情然后提升到审美的境界。

每次级级问我,我都有点占了上风的愉快。她用的是疑问句,但我的回答是不能选择的。要是较起真,这是缺德的问法。你要是不知道,你就应该让我选择;你要是知道,你就不必来问我。所以级级的问其实是一种考试。(答案是Yes 或 No,就像扫描出来的 1 比特的黑白图像,非白即黑,没有 256 级灰度也没有百万色或亿万色,只要不是白统统都黑了,就像白人之外的人种统统被称作有色人种。)她一打雷我就闪电,我把标准答案毫不迟疑地语调积极健康地告诉老师了,大家就很快乐,晚上干活时腿举得高一点也是可能的。标准答案无限重要,它不被讨论。和它过不去就是和自己可怜的 ×× 过不去。假如你生下来的时候,两腿间就夹着那个孽障,这就是你终身的义务,原罪一样。我奉劝自己和别的男人把它奉为公理。一个人在别的事情上如此下贱也许可称无耻,但对女人例外。只要是对女人好,无论怎样都不算无耻。这是另一条公理。

花强和骗子

我说,女人!

女人又怎么啦?级级看着我问。她不爱听对女人的非议。

好了,没什么。女人爱干什么就干什么。男人能做到的女人一样能做到。西方还有女人站着撒尿呢。要是女人都变成了男人,想到这里我有点绝望,是的,我还干吗找你们?我想到这里有很多的伤感。我们献出了肋骨,得到了什么?女人也有献出肋骨的,那是为了减肥,看上去苗条一些。水蛇腰柳腰一线天的腰。这样作贱肋骨的一类哟,怎么能指望她们珍视男人的牺牲呢?

后来的谈话证明了这一点。

我对她说,我们共同认识的朋友花强苦恼死了。她看着一本《上海服饰》问,苦恼什么?她在梳头。我的朋友花强是个第二茬的王老五,早早结婚又早早离婚。如今他桃花运高照但死活不想结婚。杨色老兄啊,我真是吓死了!一没女人就想,一见女人就吓,真是吓也吓死了。她们一见你就跳出一个结婚问题,婚还没结上就有一个生儿子的问题,儿子还没生就盘算儿子长大了如何如何。我真是吓也吓死了!花强喝着酒人似乎在抖。虽说是自作自受,我看着他

103

鲜花和

觉得他真是可怜。男人的可怜才真叫可怜。

级级一遍一遍地梳着自己的头。你们这种男人骨头太贱，女人不要你们，你们叫什么孤独寂寞；一要你们，你们就把人家看贱了。女人一定要和你们生儿子吗？女人自己不会生吗？

我奇怪地问，女人自己生？

当然自己生。那还不容易，人工授精！

人工的？苦也！那精子到底也是男人的啊！

级级用鼻子出出气。那就不知道是哪个男人的了，不知道就是没有。一笔勾销。所以女人不靠男人也可以生孩子的，你们男人行吗？

我想都不用想就说不行。

孩子是女人的，和你们没关系。你们能证明这是你的孩子么？（我知道科学，现在的科学只能证明孩子不是你的，不能确切地证明他一定是你的。而且证明过程烦琐而不直观。）你们以为摆脱母系社会了，当起老子来了。真相告诉你，还是那样，只认母亲，不认父亲。

我闷头想了一会儿，豁然开朗。要是这样说起来，男人也做得到的。哪里去买一个卵子，浇点精液上去，再借一个女人的肚子种进去，生他下来。没准还生双胞胎呢。

施肥有什么用？级级用手中的梳子敲敲我的肚子。说到底，还是要女人的肚子！级级轻蔑地说。

我下意识地摸着自己的肚子，真是无地自容。我的肚子除了藏些食糜和大小两便，一点花头也没有。我即刻住口。肚子没有花头的男人一概住口。生育的钥匙在她们的手里。她们要生就生了心肝宝贝的，不生就去流他娘的产了。女行女素。她们连爱屋及乌也不肯了。男人们住口吧。

现在的男人真是越来越不像话了，连几个放在眼皮底下也看不见的精子也要和女人算账了。送也送给女人了,送的时候倒是慷慨得很,恨不得送一个倾家荡产洪水滔天,结果一送完算起账来一五一十的。你们请客却要女人买单。现在的男人真是越来越不像男人了!

我记住了,我的女人!我牢牢记住了,我不该把我的亿万条精灵一样的儿子送给你们。我服了。我不和你们做事好了,我不做事了,你们还有什么说的?

你不做事说明你根本做不来事。一个男人事情也做不上来,还要花头花脑,还要人五人六,还要仇视妇女,笑话!

我就此输给你,永不反悔。我输给你一万年。我的祖先亚当开始就输给你了。男人命里要输给他的肋骨。

级级冷笑一声。那当然!谁让他没去偷苹果的?亚当自己不偷苹果却要分享,坐享其成,坐地分赃,饭量比夏娃要大一倍。天下没有白吃的苹果。你们男人从亚当开始就背叛了女人,出卖女人。(你所赐给我、与我同居的女人,她把那树上的果子给我,我就吃了。)你们装得那么无辜,从来就不是什么好东西!上帝要惩罚你们的女人。(我必多多加增你怀胎的苦楚,你生产儿女必多受苦楚。)你们幸灾乐祸,站在旁边亲眼看着却一声不吭。连自己的女人也不能保护,叫什么男人?女人受罪了,你们捞到了好处。(你必恋慕你丈夫,你丈夫必管辖你。)你们,还有脸说什么女人是你们的肋骨,一根臭肋骨,招摇撞骗几千年,还敢来骗我?

我高举双手。我代表我们投降。骗子投降了。解放军不杀俘虏。您高抬贵手!

第三章

元　旦

今年的日子怪里怪气的,别扭得像浑身的筋长歪了。(我们级级爱烧香拜佛算算她的小命,而我不迷信不碰运气,不相信什么星相和手相。)人活着,有些年份好点有些差点,我把它归结为肠胃功能失调似的便秘或腹泻。在腹泻的年头,比如前年,我浑浑噩噩地过了一年,日子一串串地泻掉了。便秘的年头,比如今年,日子一举变得疙疙瘩瘩的,没了腹泻年的流利顺畅。

事情想必坏在元旦的晚上。那天因为过节早有约定毛阿睡在楼上,她听完张大胆过年的故事已睡了,级级回了她的娘家。我独自一人有了情绪,想计划一番今年的事情反省去年的过失。最后想何苦,还是看看书喝喝酒过了新年吧。我看的是老书《四个四重奏》,T.S.艾略特的诗歌。在特别的日子,总是诗。(在过去了的某一段时间,我非常想当一个诗人。)九点多了,我正读到《稻草人》。

我们是空心人

我们是稻草人

互相靠靠

头脑子塞满了稻草,唉!

当我们在一起咬耳朵

…………

门铃像诗一样响起来,我没料到这种日子和这种时间还会有人找我。下楼开门,一个年轻的姑娘欢喜地对我说,杨色,新年快乐!我记不起哪里见过她,她说叫诸葛优,同事简称她为葛优。我看她长得又细又高,头发很茂密。我说原来是你,请进来吧。她是我朋友的小朋友,我经常听说的,她生于我十八岁的那年,现在是个白领。她给我一盆深红的圣诞花后跟我上楼。她走到床边看看睡着的毛阿。杨色,你的女儿都这么大了,级级怎么不在家?我说级级回娘家了,她名义上还没出嫁呢总要回去的。新年的鲜花美丽动人,它大红大绿的照样毫不俗气。我们隔着花盆说着闲话。她说到童年,房子后面的花园,她的父母兄弟,关心,爱,笑声,教养与开明。高级知识分子,简称高知的家庭,一般总是这样的。她的眼睛里有感动的恍惚的光芒。我听了很羡慕也很感动,但不知自己的眼睛里有没有光芒。

她说,我的父母。

我听着呢。

小时候。

我说,我小时候。

我看看家,除了残存的几颗瓜子没什么可招待客人。酒倒是有不少,喝酒不好。鲜花和姑娘。新年的夜晚。我倒了茶。说话是一种良好的社交方式。我应该将这些感觉写进我的小说。我说和她说。其间我接了几个电话,其中一个是级级打来的,我告诉她诸葛优来了。级级说家里有什么招待人家吗?我说除了自己。她声音一变,你又要下流了!我原来倒没什么坏心思,只想幽默一下,经她一说发现果然太下流了真是该死,就不分辩。夜在不知不觉中深了,又有一个电话,好的,是的,找你的。诸葛优去听,应了几声后挂上想去坐下。刚挂上铃声马上又响了起来,她又应了几声,说知道了知道了。没等电话铃声第三次响起,我已坐不住了站起来走到它旁边,我在等着它响。它果然响了。我说,你母亲又来了,你赶紧回去吧。不要紧的,我父母一向很开明的很相信我的,她朝我微笑着说。我被她的笑感染,那当然,他们是高知嘛。她听完电话,沉默了一会儿,对我说,还是回去吧。是的,回去吧,不早了,下次再来,谢谢你的花。我把她送到楼下再见,关上大门回来,走到一半楼梯,听见电话铃急促地叫着。

是一个男人,没有称呼也没有你好,劈头就问我诸葛优还在不在。我心里一乐,不紧不慢地说她已经回宿舍去啦,您等会儿打到她那儿去吧。说这话的时候我甚至有些幸灾乐祸。您的女儿回去了,坐上出租车不会有事的。突然插进一个女声,声音较老然而尖脆。(年轻的脆是圆润的,老脆是干枯的。)你走开,我来说,我来跟他说!女声插进来,喂,你到底多大年纪了,你结过婚没有,你有小孩了是不是?你想干什么!我想了一想,不记得自己要干什么。我说是的,结过婚了,我有一个孩子,女孩。我看看我的毛阿,她睡得正香一副与世无争的模样。我没有搞懂女声为什么像人才招聘一样审贼一样盘问我。你知道你自己什么年纪了,你知道我们女儿什么年纪?你你你!我想了想自己的年纪和她的年纪。你你你!我突然明白她问什么了,我完全明白了。我本来以为自己一点事没有,经他们一问就有了犯罪感,我也许真是一个下流坏呢。于是狼狈地说,是的,我的年纪,她的年纪,您有什么话请说。我请不请她都要说,我没料到高级知识分子也这样说话。她狠狠地一个喂,喂,你晓得现在几点钟了你晓得!你晓得你多大年纪女儿也有了现在几点钟了?原来她是问时间,我抬头看看钟,十一点二十二分,我的钟没有秒针。我又不是报时台,她来问我几点钟好没道理。但我还是将钟点一五一十地告知她。她冷笑,一声接一声地追问,奋不顾身穷寇必追不问白不问地追问。我拍拍脑袋你给我清醒清醒,我的脑袋,人家要收拾你主人啦你快醒醒。试问询问盘问质问还是审问？脑袋被拍之后好像好使一些，脑中出现说话女人的图像主要是她的舌头和飞沫。脑袋想，我又不要当你的女婿你们不要搞错。我像是给人家当女婿的人吗？你应该去教育你的女儿，晚上不要上男人的房间，有部外国电影就是这么说的，没有感觉晚上不要上男人的房间，尤其那种你多大年纪的男人。你你你！假如你女儿万一偏偏要爱上我也是没办法的事情，天要下雨娘要嫁人你们二老要想得开，女儿总要嫁人给你们生个外孙隔代亲，想开了其实算不上什么事情。你们没嫁过女儿所以不知道女婿也是很难弄的，有一次我因为看不上我未来的丈母娘索性休了她的女儿。我咽了一下口水，忍气吞声地说，是的，我知道了，非常抱歉非常抱歉！我知道了。我要自己，你千万给我咽下去，你一咽到底，否则诸葛优就没太平日子过了你罪该万死。你不要去散布自己和诸葛优的流言蜚语，别造自己的谣别耍流氓。我很抱歉。经过一阵令人难堪的沉默，那个女声重复了几遍先前的话。我因为听过了，听了倒没感觉，她应该有一点哭的意思。要是我我会哭的。要是她哭我也会哭的，检讨可能会深刻一些。我等着，等她率先放下电话才挂上我的电话。我要是能挂她的电话就好了。我要是刚才说你等会儿来电话我们很忙哪就好了。我长出了一口气。我发现我的气都在喉咙口全是压缩空气。唉唉，真他妈的！我非要打个电话回去，就凭你们这样的父母，我就是应该勾引你们女儿的，将你们的外孙也一场戏解决了，我要不勾引你们的女儿太对不住你们的恐惧。我要将你们活活愁死吓死气死我才高兴。睡着的毛阿在床上咿咿呀呀地说着梦话，我忙转身叫她起来小便。毛阿你给我起来，乖孩子好宝贝起来小便，痰盂在这里。爹在这里，毛阿真乖！

算啦，我长出了一口气，看在我们毛阿的面上，算了。将父母当到这个份上真是够可怜的。算啦。他们比我更可怜呢，担惊受怕的，吓得连高知的面子也不顾了。可怜天下高知父母心。是不是让我妈打个电话给她妈，不是亲家对亲家,而去问一下,照样地追问一下你们几岁了我儿子几岁。我气疯了,尽想些无聊的念头。是怕我害了你们的女儿还是怕我代你们当了家长。所有的女儿都愿意和危险的男人对话,不对父母说实话。当母亲的是过来人当然知道男人是危险的动物,她还知道女儿都是脆弱的所以她们的获得一直被称为失身。她知道要是两个人有心做点坏事的话,有心的话早就做下了,做得飞快无可挽回回味悠长,充满了叛逆的和侵略的快感,今天就是值得一辈子纪念的日子。水能载舟亦能覆舟,防不胜防不如不防。你们知道又有什么用呢? 你们女儿说,父母是很信任我的开明风趣,你们当场给了她一个嘴巴。她曾做下了什么事情吗? 你们的女儿二十多岁了,不再是少女却被当作幼女。我心里开始难受,那种窝窝囊囊的难受闷闷的。想起来了吧,所有的父母都会有这样的下场。我要抽烟。我的确不是什么好人,我有色必好坐怀必乱。请不要随意坐到我怀,如果不坐我怀好色也就是隔窗望望而已。望了就不是好人了。贼。但在一个贼不想伸手的时候,别人认准他正在伸手,用上对贼说话的口气。他们怕他不是贼吗? 他应该证明给他们看让他们夸自己有个正确的判断好眼力吗? 他们爱自己的女儿所以一眼看出别人的儿子必是危险的贼。我被认出来啦,巴不得自己真是一个贼。元旦夜晚的惭愧,内疚,以及咖啡色的幽默。老弟,你最好的选择是不辜负老人家的大智大慧呢,你也是高知呢。老弟!

我这个没有赃物的贼啊。

电话铃又响了。我气哼哼地看着电话机。好吧好吧,我恨恨地去接,这回我要活活骂人了。一当父母就要不讲理,你就是罚我的款割我的××我也要骂人了。我和诸葛优没什么关系所以你们无权质问我,我和她有了关系你们就更不能质问我。我和她的关系同你们没关系。我和她没关系同你们就更没关系。我突然想到,既然没关系我骂他们干什么? 我拿起话筒,谁知听到的是诸葛优的声音。

杨色我到了,没事的。你放心。

我简略地说,你父母又来过电话了。他们盘问了半天骂了我。

她的声音还是很平稳。他们一直是这样的。他们也是爱我。他们一向非常爱我。他们是为我好。

我看看表,那好吧,你快睡吧。新年快乐!晚安。

放下电话,我后悔和她说什么。我应该将一切吃下去。

我们无冤无仇的让我们推心置腹吧。我也害怕呢怕得厉害。贼心在女儿们的心里。贼胆在女儿们的眼睛里。女儿们一到年纪都贼心贼胆的。心心相印就是贼心印着贼心。她们一发现自己其实不是自己的,就把不属于自己的自己偷出来,献给或失给。不能自由地贡献,一有机会就胡贡乱献。因为不自由所以也不能献得从容。我的妈呀,这次再不献就暗无天日了。贼心就是渴望被偷之心。

后来,我在躺下以后检讨。(我总是在躺下之后向自己检讨。只向自己检讨。)我应该理直气壮地慢条斯理地不卑不亢地冷嘲热讽地发言。不要做贼心虚似的,不要语无伦次也不要唯唯诺诺。我一点也不抱歉。我应该同样不礼貌,失态,尖锐而放肆,有必要耍点流氓。我不也是高知么?人的没劲往往因为他们不能及时流氓。我还看不上你们女儿呢,呼儿嗨哟,我还烦她的爹娘呢。他们必定不会嫌我的粗鲁,这是他们内心渴望的态度。

你们要知道,我是一个正常的人,会生气而骂人的。如果是一个不正常的人,会杀人。现在,我生气但不骂人,你知道我是怎么一种人吗?

你!你知道我女儿好可爱的。

是的,我知道。要是她不可爱我就犯不着和她说话到深夜。你要是巴望我认为她不可爱我也可以那么认为。我不和你赌气。可爱是一回事,但另一回事,你要是怕了,就让你女儿不可爱好了。不可爱是抵挡大多数失足的法宝。

你女儿认为我也可爱你有什么话说。你年轻时也认为某个人可爱而且不问问你的父母于是有了你的女儿你又有什么话说。人人都是这样的。人人有什么话说？和一个可爱的姑娘在一起，我觉得自己也被传染了可爱，要是你为我的可爱担心了我也就不可爱好了。我做得到说不可爱就能不可爱。你可不能为我的可爱来吃我，你吃了我我的可爱就永垂不朽了。你吃了我人家就说我可爱死了。

我在想诸葛优。她苦心经营恍恍惚惚，用孝心在我面前为自己的父母营造一个塑像慈眉善目，连光环都挂好了，她的父母却看也不看地将它捣碎。任何虚名都抵不上实利。我是她的父母我也会追问。在追问尚未发生时，她想充当一个自由的人，后来想扮演一个不在乎自由的人。最后，居然对一个无端受辱的人说，他们也是爱我，是为我好。那么有谁爱我吗有谁为我好？我看着那盆花，深深的红叶。鲜花种在花盆里。鲜花和。世上的女儿啊，我为你们难受。我只是自己要难受，为自己也将追问而难受。我管不了别人。你们总是父母女儿总是一家子爱来爱去，我管不了你们的家事好没名堂。我发现自己的多余也就发现自己的可笑。

我看鲜花。任何鲜花都是有代价的。我本来可以不在乎，现在有了花我就格外脆弱。

我为毛阿盖好毛巾毯。我在为她好。

隔了些日子，诸葛优又给我打电话，可爱地说想来告诉我一件非常有趣的事。我笑了笑，谢绝了。我不想有趣。

杨色，你很忙吗？

是的很忙，我说，不，我很空。人空下来就很懒。

（我想好不再说什么，还是说了。说了又不忍，就给别人准备了一个台阶。本性难移。）

我只是来一会儿,她说,我太想告诉你了!

既然她不走台阶,我像没听见一样和她说了几句别的。我不能解释,之所以这样做,是因为我怕自己不免要开罪于她的父母。我才不是唾面自干的圣徒,退避只会有一次请多多原谅。我的小姐,你有这样的父母你只能在家里了,你想当好女儿最好在自己的家里妈咪爹地。你能将放风当作旅行吗?你和自己有趣和父母温馨吧。有聪明人说过,除了自己的父兄,男人从来不是什么安全的东西。我说,好了诸葛优就说到这里。看看天,天色尚早,我不会做任何事情的。那盆花还在钢琴上,我爱花的美丽和无言,以及它们的没有母爱。

后来,我将事情对级级说了。级级听罢毫不迟疑地说,活该啊,谁让你和人家小姑娘说话说到深夜的。我不来管你,自有人教训你。她窃喜自有人教训我。我说不说了,到此为止。她说,我知道我不在家你就不动好脑筋,一来二去的看看也是好的。我看看她,好了,真的不说了。我他妈不愿再说了。我又在后悔了。每当我将事情告诉她换来的就是后悔,下次我还会屁颠屁颠地告诉她,这叫狗改不了吃屎。女人的坏习气都是男人宠出来的。当然我还有很多事情是不告诉她的。狗除了吃屎还吃别的。

在后来没有来到之前,我眼看着我的新年土崩瓦解。今天可是元旦呢。四个四重奏。我在昏昏沉沉的思绪中睡去。无梦的夜一直持续到毛阿将我叫醒,要我给她讲新年的第一个故事。她问我花是哪里来的。我一愣说不出花是哪里来的。窗外阴天。天在一年的开头就没精打采的。我的新年啊。

这是注定无趣的一年。

钱　记　者

　　上午我在等一个姓钱的报社记者。我不是资本家也不是白领老总，一般不需要拍记者的马屁不必送他们红包。一部电视剧要是颇有好评，从来就没编剧什么事，记者跳上跳下但不会找我。但是，如果，片子奇迹般地散发臭气，记者就会循踪而来，即便我不在本地也在劫难逃。记者是被导演诱导来的，导演总是善于说戏，还记得他的戏有一个编剧的唯一的原因，是他想把那堆屎栽到编剧的头上。摄影灯光化装道具演员都是圈内人，不便翻脸，制片人是财神更不能得罪，唯一能得罪的就是我了。这是行规，和导演的个人品质无关，何况有的导演本来就没品质一说。所以，这也是所有编剧的宿命。为此，我在写作之前总要摆摆架子，索取高一点的报酬，将此视为默认他们有权对我的劳动歪曲和蔑视的代价。

　　今天记者来找我，是因为我写的一部片子正播着刹那间变得臭不可闻，墙倒众人推报纸上讨贼似的连连发难。导演的脸苦得不行，招架不住便祭出法宝抛出鄙人。他抛我连个招呼也不打，眼见着七十几岁的人了这么不长进你除了打哈欠又能怎么办呢？找我的钱记者是个小伙子，大热天穿西装扎领带以西方的礼仪一坐下就开始寒暄，问道听说杨老师身体不很好，真是看不出来。我有了兴趣，问他听说怎么个不好法。他说，说你自称弯人十分独特说是关节变形十分严重。我听了一乐，那是本地另外的一个小说家，姑隐其名，小说不写却卖弄起自己的残疾，总说原先也是汉子有一米七五高，和我并不相干。我模仿了弯腰曲背分腿走路的样子，问是不是这样。他说对了就是这样的。我收起架势装扮残疾不人道，我的腿关节稍稍有点小毛病，与他不能同日而语，和他走在一起是班门弄斧了。他说，那好，那我就安心了。我看看他，他说安心，这话真不知从何说起。

接着，钱记者盘问我看过报纸没有一定有很多感想对不对，要是没看过这里有。他说着取出一沓复印的剪报送到我鼻子前。我闻了闻就放下了。我对钱记者本人并不反感，他们的职业本来就是哪壶不开提哪壶。这是他们的宿命。这个嘛。在这种时候我从来都不说什么绝对的话，今天心里窝囊级级也出走了绿叶也黄了偏要说它一说。我坐直了，要记者记下来，我是一个笨蛋，找我写戏的人没看出我是笨蛋所以我们都是笨了的蛋。他有勇气买下这么笨的剧本却不能将它拍得聪明一点你叫我有什么办法？拍片子是导演负责制我是编剧狗腿子一个有什么办法？

确实如此，我们见得多了，很同情的，钱记者边记边说。一旁录音机打开着。我想是他的自我保护措施，免得文章发出来我不认账。这年头打起官司来亲爹也不认，难怪他要武装到声音。

我说下去，刚才是就一般而论。这片子我本来就觉得这片子没他妈意思，但有人硬说有意思给钱我就写了。钱真是坏东西。我奉命写了七稿一稿比一稿愚蠢，后来就成了你看到的样子。导演改我的情节演员改我的台词制片人将费钱的戏删了，你知道编剧一向人尽可夫。自然我不说导演摄影演员的不是。他们没什么不是，因为在编剧面前人们总是对的。

那么说,是观众不对了? 钱记者警觉地问。

我看了一眼年轻人。年纪轻轻的就会做圈套了。我就是被打死骂死也不能说观众不对。群众是真正的英雄,这就是电视剧的真理。观众总是对的。投资人总是对的。你一边想人家的钱一边说人家不对,天下没这么便宜的事情。那些插在片子中的混账广告要靠观众看它下去。说真的,我不懂,他们连广告都接受了,怎么就不能接受我写的故事。

我说,我大声说,对录音机说,观众当然是对的。

他稍稍失望,停了一下,茫然地问,那么是谁的过失?

也许是电视机的错吧,我打了个哈哈。我对钱记者说,这片子还没被腰斩,在一集集地放下去。难说有天大家一起哄把它捧到了天上,难说转到北方播放时不会好评如潮人人哭肿了眼睛心里又酸又甜。

他疑惑地说,已经到了这个地步,恐怕不至于吧。

兄弟,你怕是新入行的,见得还太少。先臭后香和先香后臭都不算什么奇迹,需要的只是一根点石成金的指头。奇迹是那头克隆羊多利以及后来的波利,这妖魔般的东西都诞生了,还有什么不可能的。我恨不得给导演克隆一大群他的忠实观众。你要知道,人的想法也会克隆的。一个人这样想了,边上的人也就顺着想。这样想的人一多,克隆就加速了。否则你怎么解释纳粹解释排队买股票解释一个接一个地打呵欠。

记者客气地打断我,您说得很深刻杨老师,不过今天不谈历史不谈政治经济生理卫生,咱们还是接着谈电视剧创作和正常的文艺批评好吗?

我有些欣赏他了,这才是真正的新闻素质,什么可谈什么不可谈一清二楚。我突然泄了气。让他们批评好了。让导演把账算到我的头上好了。我已经将自己的那份钱拿了,分赃已毕,让人家去说吧。我自己都看不下去,还能让别人说好吗? 导演七十多了还在坚持出现场亲自端着女演员的手说戏真叫不容易,他就是拍出屎来也是贡献。我向老英雄致敬。向所有的英雄致敬。万岁,你们那些有船沉没在大海里的人,万岁,你们自己沉没在大海里的人。(这是老惠特曼说的。)这番话我是对着他的录音机说的。

可爱的年轻人大概觉得可以写报道了,遂停下笔说要问一些轻松的问题。他说,这只是他个人的好奇,不上版面的,随便聊聊。我点上烟等他的轻松。

杨老师您的文章自有公论,我是您忠实的读者。(我想,我还不是自己的忠实读者呢。)因为您是全能作家,近来除了电视剧方面还有关于您小说的评论,人们注意到您已经很久不写小说了,注意到您总是在写电视剧在为报纸写很短的报屁股文章。比较普遍的意见是说您把自己的聪明零卖了,当然也有个别人说您江郎才尽。您对此是不是略知一二,私下有什么说法?

我学某个大人物挥了挥手,我知道,都知道。不止一个人说过,我的同行王作家李作家张大作家也说过。他们可以有他们的说法,我没有说法。

他问,那么,您对他们有什么话说吗?

我没话说。这些话他们是写给大家看的,不是写给我看的。他们有话对我说可以直接给我写信,当然那就没有稿酬。人们对你还有议论总比没有说法好。人们是好意。他们说了我聪明,说我的聪明能够卖掉,能够许多次地卖了,这都是非常好的好话。我还能说什么呢?我再要说的话,就是,他们其实不买我的小说。

那么,您为什么要零卖呢?

我顺手拿过桌上那包毛阿的零食。现在时兴小包装,同样的一份东西,你的包装小了,卖的价钱就贵。当然要费事些。我的货不多,包装一大,一两包就卖完了。卖完了只好收摊,吃什么?就是这么简单,很俗的。

您是大智若愚,在开玩笑吧。

我哼了一声去找来一本《世界著名作家访谈录》,翻到314页。

记者:可是,像你这样的一位作家没有继续从事文学创作,你不认为不可理解吗?这应怪谁呢?

鲁尔弗:谁也不怪,完全是经济上的原因——需要维持一个家庭的生活。

当我看书看到这段时,觉得胡安·鲁尔弗真是没话说的。他答得那么自然简洁心平气和无懈可击。是他写的《佩德罗·帕拉莫》啊!

钱记者读完开始议论,不管怎么说,您不写小说是很可惜的。真是可惜啊。我很想要一本您的小说集。

我比鲁尔弗更可惜? 我要不礼貌了,你们要是觉得可惜,赶紧去买我的书而不是向我要书。有很多人读买我的书我就会写。你没想到,我不干别的也很可惜。借用我那大头大脑朋友的话,我不欠小说什么。我是一个祥林嫂嫁人多矣,当过工人农民教师职员,他们并没因为我改行而向我要求贞洁。只有小说在聒噪,有那么多人在向它献媚还不放过我,它自己一夫多妻,居然要求我从一而终。你还年轻,不懂,这是因为辛亥革命不彻底造成的。

您说得很有趣。您既然觉得经济问题很重要,那么听说您的太太要养您,被您谢绝了。您是不是认为男性公民靠女人养活不体面?

错了。一共两个错。一是我没有太太了,我有过太太的时候她也没说要养我,那时候我们共同养家。我以后还有太太的话也不会养我。第二个错在于我生下来就是男性公民就是女人养我的,我的母亲含辛茹苦恩情似海。体面倒是不要紧,重要的是有趣。卓别林很有趣,已故中国作家王小波也有点趣,但被太太养起来不会有趣。和你说一句贴心话,我们男人从没被女人养过,你不要傻了,母系社会也要去打猎的,她们只是分配食物罢了。

记者说,哦哦,我懂了。这么说,您以后不写小说了?

我看看他,觉得他有点装傻。傻一点没什么,装傻不好。写小说是一种慈善事业。人们出一元钱买书,我得到的通常不到一毛钱。我没本事每年写一本书,我手上的这篇写了两年才写到这里。不过,等我有一些钱了大概还会写。也许就是自己写着玩玩,写成奇文最多给朋友看看,不要编辑不要三审不要读者更不要评论评奖翻译外文,我不发表了你气不气? 我只是自言自语。我把它改来改去披阅十载真是有趣。写小说本质上是一种挥霍。能够挥霍的感觉真是好极了。

他沉默了一会儿,大概是没料到我竟然不发表。有小说才有发表,还是有发表才有小说?

他问,那么,你有钱了怎么办?

我有多少钱?

有很多,尽可能地多。比如像比尔·盖茨。

你不要对我说这个盖茨,我烦他。(他本身不烦,说得一多就烦了。)我有钱了就把苏州河边的旧仓库租下来给画家们开画室。阳光从天棚照进去,穿过一百年的蛛网照在模特儿的皮肤上。我要是有钱了就把外滩的防汛墙造成透明的。我有钱了就在每个厕所的旁边立一个书亭,不买也可以,出来时候把书还了就是。我有钱了就把闹市的灯箱统统租下来张贴李白李贺晏小山惠特曼艾略特和无名诗人的诗。我要弄出很多的草皮让孩子踢球让老人散步。我要我要真不能让我有钱,我有钱了上海就不是这样的上海了。

你还想怎么样?

我希望上海的三排房子拆掉两排种树种草。希望小学生只上半天的课还有半天玩一玩。希望这个城市赛赛马斗斗牛多造几条地铁。真是的我有钱就好了!

你不把钱给作家吗?

我还没想好。当然他们不应该很穷。开始我看到没钱的作家在乱写,后来我看到有了钱的作家更加乱写。我吃不准他们应该有钱还是没钱。我想也许不是钱的问题。

那么,说句笑话,有了钱,你会那个腐化堕落包二奶什么的吗?

他一说我就悲哀起来了。我连一个女人都玩不转还包什么二奶。我现在怕就怕自己的女人冷不丁领一个男人回家说你们哥儿俩好好跟我过吧。已经太晚了。我知道吃的喝的玩的操的其实就这样了,人的想象力不行。我要和自己玩了。还不如看看闲书下两盘围棋每天洗一个澡。

你是说洗桑拿吗?

去他娘的桑拿!我就在家里的旧澡缸里泡泡,乱唱歌曲你是天上的太阳心里很自在。我要自己别再和这小伙子说了,他荷尔蒙太多没法交流。

我正准备送客,他又提问了。

另有一个问题请教杨老师,有人说,男作家写起性来是写不过女作家的。对这个有趣的问题,您有什么精彩的看法吗?

我也没料到自己一下子就成了白三点。我兴致勃勃地说,你能说男人做起性来做不过女人就能说男人写不过女人。男人写起性器官写不过女人倒是真的,因为女人的器官比较复杂上中下一言难尽。我们的女作家写起性来前赴后继深挖细找一发而不可收,张作家,黄作家,赵钱孙李作家。虽然动作暂时比较少情绪比较夸张,心理活动还是比较强烈的,白描功夫也很周到。经常从乡下写到城市,写到香港台湾还有大西洋太平洋世界屋脊,还会写明朝清朝和旧上海的爱情。有一个题目本来是鲁迅想写的,他想表现一下唐朝的胖妞杨贵妃,他说得非常煞风景说皇帝已经厌倦杨贵妃了,幸亏老人家没来得及写就去世了,可不,也被她们写去了。

记者纠正我说,我不是说写爱情,是说写性。

咦,爱情就是性。我斩钉截铁地说。

他推了下眼镜又去喝水，疑惑地说，还是有些区别的吧？

我伸出手指，你看着，区别在于，一个说法是两个字，另一个说法一个字。这是全部的区别。这个东西，我将手指朝自己指了指，朝上，这个东西，你能叫它面孔，也能称它脸，我又朝下指指，屁股还是臀部，全看你高兴了。

小伙子想了一想，在一定的条件下当然也可以这么说，但是，但是性是不是等于爱情呢？

我要是说对，他一定会问我，强奸和非礼也是爱情吗？我劝小伙子不要咬文嚼字歧路亡羊了，爱情也罢性也罢都是做的东西，说了白说。这几十年我听够了名词，尤其那种高尚雄伟噎死人的名词。我现在只对动词和叹词感兴趣。把屁股叫作臀部有什么用呢？在替换的过程中，生气勃勃的气息和敦厚的质感丧失了。现在不缺名词，不缺真理，缺的是常识。几乎所有的真理都被发现了，不过我们不以为已被发现的是真理是自己的真理罢了。所以，现在需要常识。是人都要吃饭性交睡眠，走路要走人行道，有痰要吐出来但不要随地吐痰，太阳会发光月亮会反光，原子电子质子。也许还有更高级的真理有待人们发现，我等俗人用不上还是先把它忽略了吧。我说小伙子，我们要做的是创造动词使用动词让动词动他娘的起来！

我听见小伙子的磁带到头了。它也烦我郑重其事地宣传常识？

我也动起来，记者站起，我要告辞了。我的最后最后一个问题，杨色老师今年还有什么创作计划？

我想到这个问题应该问我的毛阿和级级，她们允许我创作我才能创作。我的开关在她们的手里不依不饶。我深思了一下，郑重其事地说，计划自然是有的，（神秘地笑一笑），但现在无可奉告。我加了一句，彼此有言在先，这是商业秘密。

楼下有人打铃，小月要去开门，小伙子说他正要赶去报社发稿，门就归他来开了。我送他到楼梯口给他开了灯然后回房间，一屁股（不能说一臀部）坐在刚才他坐的那个位置唉声叹气。

人虚伪起来真是无药可救。我也宣布拥有了什么商业秘密。真是笑死人，这个整天在家和保姆孩子级级这三个女人厮混的人能有什么像样的秘密。我所知道的秘密除了人人听见的流言蜚语之外都是床上的秘密。我知道某男在哪座城市有一个红粉知己年方三八，我知道某女的肚脐下藏有一颗长毛的痣不痛不痒，仅此而已什么玩意儿。呔，商业秘密！我对自己相当厌恶，以至客人上来我都没情没绪的。

我听见客人的脚步声了。请等一等，我先说点别的。

鲜花和

做　小　姐

不出我所料，又有人指责我的落伍，写不出新潮都市第二次革命第三次浪潮第四类接触，因为先生不懂得高消费。不跳舞又不进 K 房，不打弹子，不玩保龄球高尔夫蹦极，不健身不养狗不洗桑拿不吃宵夜，人家说摇头丸你也不知是什么东西。人家说这是一个好东东你好青春你还以为是排字排错了。真是无药可救的我！我对着报纸窃笑。先生们哪，不要自作聪明呢，以为我辈对城市新宠短少见识，我辈只是不宣传不做出幌子罢了。我当然到过舞场，去过夜总会。一个人要是没见过那些狗东西，会忍不住去见一见，见过了也没什么。它们缺乏想象力，其实不见也没什么。我抡起高尔夫球杆在想还不就是抡锄头种地，这么多土地几个人在玩伤天害理。你不能指望人人都稀罕吃蛇，我在农村经常吃蛇，那东西实在没个吃头。高消费总还是公家倒霉。我去消费多半是朋友请的，大多花的是公家的钱，某些公家不在乎花钱。我坐着，吃茶吃烟吃酒吃水果。残疾人一样的水果，千刀万剐，头上插一支牙签，牙签上飘着小日本的膏药旗。你们去跳舞吧，我不会跳，我看看风景蛮好。没人知道我是要留着舞场的贞洁，日后和我的毛阿跳哪。我是一个老派父亲。我在家是个跳舞高手，跳的是虾米舞螃蟹舞走狗舞海带舞飘飘欲仙。毛阿看得直笑,她朝我吹一口气我就晃个不停向她演示弱不禁风。

我在外地。一个一牵一牵地笑的小姐扭坐到我身旁,朋友怕我一个人寂寞为我点的。小姐在我旁边落座,我看她一眼不愿意自己变成她的小羊就模样老练地问她这个还有那个。她说,是的,不是,嘻嘻,先生你好聪明!我当然聪明,被她看出来了。我聪明,知道她对我说的全是鬼话,连她姓什么都是鬼姓。这类窍门黄色小报上经常披露的,而我爱好看报。鬼话很好,逢场作戏不要认真。小小的台上唰唰扭起来了,歌子和曲子,唱的是革命歌曲大家唱穿三点式的红太阳唰唰。小姐无聊了邀我唱歌吧跳舞吧人生就是及时行乐好花不常开。谢谢小姐,我不开花的也不唱歌,小姐请抽烟要吃什么随便拿吃光再去要。她先人后己拈起牙签送将上来,我接过千刀万剐的水果嘴一闭一刀两断。先生,你这样的先生是很少的耶,一不爱唱歌,二不爱跳舞。我说是呀是呀,一不二不,还有,三不爱小姐。我对她笑了笑,她也对我笑一笑。我们相视而笑,很开心。我倒不是故作正经,而是临时找不到感觉。说得刻薄点你对着公共厕所能有什么好感觉,当然这也是没被尿憋的。我知道她的意思是说我巴子,就是以前上海人说的阿木林也就是北方人说的傻×,直译就是乡下人。我知道她们出身乡下更鄙视乡下人。你就当我巴子好了,我一巴三千里。朋友气喘吁吁地从舞场回来,一把将小姐搂去先下后上,老兄你真是个巴子,到这种地方还讲什么狗屁感觉。他一手端了端小姐的奶子,要她招呼好我们老大,我们老大在上海发财,上海滩没人不晓得我们老大的。老大我谦虚地笑一笑,想,有人知道我倒是没假但是不发财。朋友将小姐的手顿时抛锚在我的腿上。指甲红得要滴血可惜坏了一块油。这很开心。我抽烟,说话,不看她的手。很开心。我忽然记起卡夫卡的笔下有过类似的场景。理论上,花已经插过来了我应该有所表示的,人要凑趣才有趣。男人要有教养。我没有教养地抽烟,吸烟有害健康焦油含量中。

我想就当没有这只手比较好玩。她却不能当自己没有那只手,于是那手摇了摇悄悄抽了回去。是不是很好玩,这叫胳膊扭不过大腿。小姐始终没明白为什么要叫她来坐台。她的经验不够场面没做出来,可见行行出状元。那边有一个梁山伯在对付两个祝英台。又有一队做小姐的走过来,年轻的妈妈桑低下身子客观地推荐,这个那个,全是好的。小姐们牵着笑站成一排,品种很多个子有高有低但裙子的开衩一律很到位。都很不错先生挑两个。朋友正和我说话,停住,烦了,看也不看,挥挥手,去去!

开衩的裙子,一开一合地过去了。

我抬头目送她们离去,真是很想留她们的,我一向小气但此刻愿意付钱。这样对待女性恐怕大概简直太岂有此理了。要是她们不做小姐,男人想和她们说话搭讪心里会打鼓说话要发颤,护花的卫士怜香惜玉只不过得到一个白眼。做小姐。去去!她们的脸上没有表情地去去了。我初次知道,女人是可以这样去的。我试着挥了挥手,去去,真是很爽气呢。身旁的冷落的小姐活跃起来,哇,先生真是有意思耶!我有意思有趣吗,我问,有趣大大的吗?挥挥手,挥挥手,去去!小姐两只小手一合,哎呀呀,先生好有趣耶!

经过这么些事情你他妈就会写小说了?要是不去去而将文章做足由表及里就会写小说了?好像小说是女人屁股写出来的这个意象比较色情。宗教信仰自由我偏偏不信仰宗教。我从来不管你们,我信不信仰与你们同样没有关系。

出来以后我走在陌生都市的大马路上,阳光被挡在八十米外,身边除了形迹可疑的人只有拼命打转的怪风。空气里充满了车屁,耳道像茅坑一样丰富。妈妈,我要回家!我要回去了,不看,我回去了马路上会少一个人多一份空气。我回去空气会凉些影子少叠一个影子。我的毛阿一到这种路边就要发哮喘。我不发的,我发的是另外的毛病。我要回家。

妈 妈 桑

　　我的朋友三教九流,我没吃过还能没见过?人们愿意把他们的故事告诉我,多么现代的故事啊。你们号称现代时髦跟踪新人类仿佛同步轨道上的卫星,其实你们和我一样,多买几块钱的股票罢了,大家不要扮酷了,你们乱过伦吗,变过性吗,吸过毒吗,文过身吗,三维文身?

　　以下的故事你们听过吗?

　　她是好人家的女儿,后来去了南方,本来想去做事业却做上了小姐,一直做到妈妈桑,她吸毒。吸毒的人都是坏人,她说,我也是坏人。我爸爸一直被我骗,以为我这次学好了,他想不到我坏起来没药医的。我要是做官,就是贪官。我要是有枪,就是女强盗。我啥也没有,我就吸毒。我的男朋友教我,你下次看到有人吸毒,最好走得远一点,我没走开,就和他一起吸,打针。每次他让我先打,他用我用过的针头。他用这样的方法爱我。一个人,被这种针打过了,就不要男人来打那个针了。他戒了三次。后来他一个人走了,我不知道他到哪里去了是死是活。他给我留下三克,还有一包没用过的针头。我把三克白粉吸光了,就卖淫。我长得还可以是不是。有人卖毒品得到钞票再吸毒,买进五克自己吸

129

三克卖掉两克,急了就把剩下的两克也给自己吸了。吸毒的人不要面孔。有人叫我脱衣裳我拿到钱就脱,男人急了要我脱得慢点他需要觉得很性感很癫狂,他不要搞错,脱不脱其实无所谓的。被毒品搞过了男人再来搞就太小儿科了。我现在已经戒掉了。只要没人在我旁边吸毒,我就不想。我要规规矩矩做人了规规矩矩做人了。我就是规规矩矩比起人家还是不规矩的。现在我要学好了。只有一个人可以叫我再变坏,只有我的男朋友可以叫我,他一叫我我就会像狗一样过去的。他要我死我也会死的。我们都不要吸毒了,我要他像刚认识时候一样干我。我现在知道了那种事情最好了最健康一点也不无耻。一个人还能干说明他是一个美好的人。他总是拿没用过的针头给我用,很新很新的针头。

肥　皂　剧

那些天,辛普森被审来审去结果判个无罪。看着他大模大样有头有脸地走出监狱,看他煞有介事心情沉痛地说,追缉凶手是他毕生的使命,就觉得这二十世纪实在太他妈的长了。我听到上帝的窃笑。这个辛普森在众目睽睽之下流窜,他花了很多的钱请来大律师,用那个合众国做舞台,演了一出票房极好的肥皂剧。相形之下,好莱坞显得那么没有想象力。我的剧本更没想象力。演出就是一切。我们这些剧场外的人也伸长颈子急于看个热闹。杀人真是有非常大的娱乐性啊! 凶手是谁并不重要。

肥皂剧。离开肥皂剧你(也就是我)就找不到真正的生活。你鬼鬼祟祟,无论在生活中如何换频道,看到的只是肥皂剧。不要羞人答答的,你离开肥皂剧就不能顺畅地呼吸。你太想把从恐龙到今天的所有的肥皂剧都看一遍。二十世纪就是一块大肥皂。人生如皂。生命真是太短暂了,只是肥皂剧中的一集。我的剧本要上演了,人们会跟着唱那首《没心没肺》的主题歌,唱得如痴如醉。既然不是演员就是观众,你甚至希望自己也去找一个出类拔萃的化妆师,像调定音鼓一样绷绷自己的皮,一直把脸皮绷得一脆一脆的,不管演什么总要演一

131

演才死心。

级级说，我也很想当辛普森的。

要是有足够的智慧将人头看成橄榄球，人生会放松许多。橄榄球是一项比较放松的运动，允许推拉扯抱和猛力冲撞。当然，人们追求的放松要比在球场上更放松。球场的放松实在过于肤浅。我真心希望即便这场凶案真的与辛普森无关，凶手也是一个橄榄球员，真心希望。

电　　话

　　进了旅馆我去总台给级级打电话。级级喜欢我从外地打长途回去，一接到长途声音也好听了，我享受县级市长的待遇。我从家里给她打电话她总是推三阻四说过一会儿我打回来，结果说忘了你再等一会儿。总台小姐在看远方，你自己看规定，写着呢看不懂再问。须知。第一个三分钟十元，以后每一分钟加上人民币五元，我打了不到三分钟结果加了两个五元。磁卡电话的没有。级级，我们已经挪到山里了，刚到。吃饭好睡觉好玩得好拉得好，一来就洗澡讲卫生少抽烟不骂人什么都好，还没有女人来勾引我我也没有勾引人家，大家不来不去请你放心。我一个房间的是晚报的老孙你认识的。昨晚没人和我同房，不是下流话，就是没人同屋只好一个人看看电视。晚上有电话来问先生是不是要服务，我说服务不要了先生不是不想是没钞票。床倒是很大很干净睡三个人没有问题，其实也不很破费。老孙不知哪里去了，早上他说打了一夜牌不知是真是假。我也很想你的你不要我想就算了。好了好了不聊天了这是和人民币过不去，明天要是能打我再打一直打到回来。你费心看好毛阿晚上早点回去，我姐姐在看她总是客气的你也要客气一点。我还没看到合适的礼物总要买的你和毛阿一人一件或两件。太贵的不行便宜没好货,反正我的审美还可以。好了不打了我先挂了。电话刚挂上账就算好了,对对是的我照付不过是否算错。你这姑娘长得聪明相怎么就不明白咱们住店是花人家的钱打电话是花自己的钱,不一样。不开票也可以,报销,我向谁报去?我笑笑。那姑娘纹丝不笑我就严肃起来。

红　　娘

　　杨色,大姐来给你当红娘啦！她热情的脸上放着红光。钱记者开门放上来的是我大学的同学,也姓木易杨,杨海红,比我大一个月所以自称大姐。她从来就助人为乐天生一副好好心肠。上月同学聚会时干完杯她问起我老婆,我怕多话只说早没老婆啦王老五一个,她就记下了。不等我倒上茶水,她将大我一个月的上身倾过来,胖胖的手指毫不含糊地指向我,说吧,你要什么样的姑娘?

　　她说得绝无问题,但我听起来像是问我要个什么样的马路天使。我不好,不正经。姑娘是不能让人要的,她们不排队稍息不听候你的点名。只有那种小姐可以要来也可以去去,要来的小姐连半推半就也不演一下一下子就是生意。我从来谢绝一下子的买卖,这是我的弱点。你问我嘛,听到了,我在想呢。我想,我的脑子临时转了个弯,我是要一个喜欢看书的。对了,生来爱看书的。爱看书的姑娘文静,内秀,干净,好说话。

　　哦哟哟你不要开玩笑,杨色,现在还有什么人正经看书了? 要一个姑娘看书,先生你居然想得出来！

　　我有点尴尬。我的大姐说得对。姑娘才是一本书,让人远看近看。那么,我想找到感觉了,假如,姑娘是一本书,我要那种百看不厌的。我要一本好书,经典名著。

你又在开玩笑了!有什么书是百看不厌的,我给你一本《圣经》你要吗?

这下我真的不知该怎么说了。我当然愿意那个女子是有教养的漂亮的,甚至是个乳房高耸臀部浑圆小手冰冷头颈会说话,这种念头无法表达。人人皆有的念头从来不被表达。我不要那种恨不得将我掐死的,或掐得我半死不活的,或掐得我痒死的,或根本不想掐我的。七要八不要。所有的念头都无法被完整表达。我只有看着一个人,说,爱或不爱,好或恶。要了,不要。给了,不给。

身高,体重,年龄,职业,家庭出身,居住环境,学历,戴不戴眼镜,白一点的是不是?

当然当然。她要知冷知热,像是某种牌号的空调或一碗好汤。我又不正经了。抽象的不能描述,具象同样不被描述。我不能说,还有许多敏感的问题同样重要。某些那个那个的眉清目秀,很重要。但更重要的我说不出来。不是碍于文明无法吐口,而是有关叙述的文明没有深入到这一步。我们的文明尚肤而浅之。文明尚未成功,欲望不被表达。读古书时,我看到嫣然一线四字头就一昏,代今人自愧不如。我笑一笑。大姐她不明白我是为肤浅的文明而窃笑。

不要笑,男大当婚有什么好笑!你做王老五才好笑。你说,要个什么样的太太?杨海红苦口婆心地说。

我只知道自己要一个什么样的情人,什么样的女儿,什么样的女朋友,不知道要什么样的老婆。我做不好老公,因此不敢谈论老婆。我的要求是悖论。既这样,又那样,非常忙,非常无理。

我手里正有四五个姑娘,你不说,大姐怎么帮你考虑呢?你都很不小了,白发都很多了牙都缺了(她看得很仔细。她照顾我自尊心没提到我的蠢相),还不幸离了一次婚有了孩子,俗话叫拖油瓶真是造孽。一共这么些本钱,你不能挑剔了!

　　我说,我比较该死。我要是挑剔,就没人能帮我了。我其实也很可以不挑剔的。我只是要找一个女人,不必一定是姑娘当然也不必一定不是姑娘。女人就很好,还挑剔什么呢? 眉清目秀和浑浑噩噩全没关系,这不是实质。我要实质。我怎么就说不出自己实质些什么呢? 我因为离了一次婚,所以更不知道自己要什么了。我看着她的脸。全世界的女人在这一瞬都写在她的脸上,任我君王般地挑选。一份无限厚的菜单。我苦啊,不明白自己要吃什么。我饿。只要我一说,我所说的必定是梦呓。是她让我做梦的,要我在梦中为醒着的自己点菜。我点我点。可口可乐汉堡包和一块炸鸡最好是一碗拉面,大家都吃的我也能吃下去。我对她说,我为自己的待业青年找一个窝,还是为我的孤立的心找一个伴,不知道。我差点脱口而出,像你这样就很好,有你这样的就对了。这太冒犯人,我无意唐突,不是那个意思。我们中间从来从去都不会有别的意思。我恨透自己。在仇恨中突然发觉,操,我其实并不想走出自己的孤立。(我不愿说那个常常被非礼的孤独,我说孤立。)我要厮守着我的经历与空想,厮守着空缺的情感。只有空缺方能体会自己。牙疼时才感觉自己的牙。拔了牙才感觉到牙。我歉疚地看她。我对不起。她好心好意的,为我做嫁衣裳,谁知我本质上是一个天体主义者谢绝衣裳。我是一个叶公好龙的天体主义者。

　　你就说说你自己吧,大姐来为你挑一个般配的。其实呢,好婚姻没别的奥妙就是门当户对,日子要过得长。她做了个手势,表示很长很长。她说得真好,手势也很美。

　　轮到自己被自己所想。我的身高,体重,白不白? 不白。职业,财产,遗产,年龄。经历。癖。性取向性能力。房子和父母。家庭出身。籍贯。我的祖上不是这个城市忌讳的那个地方的人,这值得骄傲吗? 抽烟和喝酒。慢性病。狐臭和口吃以及香港脚暂时没有。我津津有味地想自己就像在想一道好菜。活到

137

鲜花和

这么大,从来没有认认真真地想过一回自己。填表时也没想得这样细致与肉感。我将自己当一个标本来想来琢磨和研究。我为自己设想,什么样的人才和我门当户对呢。我的门和她的门。我的身高门和她的身高门。我的钱门和她的钱门。斗蟋蟀的时候,拳击的时候,举重的时候,事先称体重。教练说降体重太剧烈会脱水乏力苍白,影响比赛的成绩没有名次奏不成国歌比较苦恼。我的×门和她的×户,门户之见。我想得好烦。宁可是畜生门对畜生户的,做就做了,完了就完了,再做就再做。不妨如此。坚决不称体重。

我诚恳道歉,我的大姐,很抱歉呢,我说不上来。

她惊讶。怎么了,连自己都说不上来?你不要搞笑了是想隐瞒什么吧?

是的,我隐瞒。我对她笑笑。我找不出别的词来代替隐瞒一词。隐瞒总是有动机的,它被动。我要交一个把柄到她手里,否则太对不起她了。我说,不好意思,我怎么能不隐瞒呢?

你这个家伙,大学里就不老实。你这种人,不跟你说了!

我说,好的好的,不说了。不过,我大学里还是很老实的你要为我平反。

她只好眼巴巴地将我放弃了。无法落实的好心好意在迅速枯萎绿肥红瘦有谁堪摘。看着这样的老同学当然令她没有信心。我给你讲一个故事,信心就是有两座高楼,离地一百公尺,相距只有两公尺,你站在这个楼顶上,望着那个楼顶。跳过去和跳不过去。跳得过去的判断和立即起跳的动作就是你的信心。她面对我没有信心。我甚至连赌注都算不上,垃圾股都算不上。我不是高楼,跳过来以后我不堪接应。无法拿我下注。我算了大姐,多谢你的好意请你饶了我,小子没福,不好意思,我的门只和自己的户相对。

换一个女人,五年前我会觉得是个好主意。虽不敢阅尽人间春色,多阅一个总是好一个也算艳福。现在想开了,无论什么里格美人一招回家就要变色,脸总是要黄的脾气总是要长的。一黄就换一换就黄,换得勤快就同喜欢跳槽的朋友,走路老是一颠一颠的。毛病在于我们的生活方式,什么方式做成什么人,就同什么藤栽什么瓜。新人到家彼此要摸底红黄蓝白黑的,白白费了时间耗了精力败坏心绪。况且给毛阿不好的暗示,等到成年也要几天换个朋友怎生是好。

你的前妻现在怎么样啦,听大刘说有男朋友了,不知他们什么时候结婚。她换了个话题。

前妻。我怎么还能管她的事。她有没有男朋友要不要结婚我全不知道。她犯不着和我说的对不对,我也犯不着问她。既然分手了,就没有关系了一切行动都自由。既然没了关系,还有什么可打听的。一个人有一个人的日子对不对?

你女儿也不和你说吗? 杨海红很不可爱地狡猾地问。

我女儿不说这些。我的毛阿傻傻的不管大人的事。她就是说和什么叔叔伯伯出去吃饭,我也不问她。我凭什么去问她? 我自己的事情都管不好,管不了别人了。

其实,有时候也会想问一问的,问一问没什么不好,她推心置腹地说。

不,我坚决地说。我不想再多说了。

后来我们说了些股票和磁卡,等她终于看到了级级的照片于是恍然大悟,她很漂亮有气质她叫什么。我说谢谢了她是级级。她说难怪一个都不要,杨色你真是有艳福。她不仅没生气,还来了精神,很体贴地问了我这个那个。问到钱。

我很难对她说清楚我们其实不是一家人。级级参与了一种生活而不是共同组建生活。钱,终究是个问题。一天级级没回来的时候我就把台词想好了。第一稿比较义正词严。级级,我原先以为不要你付钱是一种好,是男人的做派,但现在不是了。你不付钱就没有责任感。你把家里所有的灯都开着最好白天也开着,你小便一次抽三次水东西掉地上也不捡一下。从前男人要是这样胡闹他的老婆会教育他的,当家的老婆真是好老婆。我这样说你我是男人就显得猥琐。你要是肯当家我把每月的工资统统给你,你要是不肯当家你付给家里你工资的三分之一。反正你负责三分之一,我们月底结账多退少补老少无欺。她一定会问,假如我不付呢?如果你不付,明天起停止供应伙食。或者你吃一顿饭付一顿钱,睡一个晚上付一晚上的房租,我们算得比高尔基他姥姥还过细。级级你长大了,应该知道,一个家没钱是不能存在的,一个人到了一定的年龄要对家庭负责。我想级级会朝我看一眼,鄙夷地说,吃你几碗泡饭就来算账了,女人小便也要数着,你这种男人!我说,我就是这种男人没有办法想了。她会伤感,你还敢跟我说什么钱,你从来不给我买衣服的。人家男人都给女人买衣服,买首饰,上饭店。我委屈地说,我请你吃饭的,每天请你。你这种男人请我吃泡饭还要说出来,什么爱情我现在全看穿了!这时级级有两种可能的动向,一是义愤填膺,二是泪水涟涟。第一种可能更大些。

天地良心,她吃泡饭是她自己喜欢吃。家里所有的剩菜都归了我还被她们耻笑。级级动辄要倒掉,我说家里不是宾馆你不吃我吃。一个在家男人不吃剩菜还想怎么样。我倒真是给她买过衣服,一次参观完工厂买了一件女式的T恤。没进家门我就招呼她,级级快来我给你买衣服啦,她从厨房出来兴冲冲接过一看,化纤便宜货,乡下人穿的,扔一边去了。我以为她会给我一点面子,比如谢谢我,或者吻我一下,等等,至少不能当我的面将它扔了当抹布。她给我买来的便宜货我从来是欢天喜地的。我想爱一个人不在于便宜不便宜,我们祖宗说的是礼轻情谊重说得多优美。我想,除了你爹和我,谁会每天请你吃饭哪怕是泡饭?我想,每当剩了一个人的饭我总是自己不吃让你吃饱了去革命。我想,我其实也请你吃过螃蟹的小是小了点,一人两只吃完你就忘了。收好你的钱包吧级级,我知道你有很多用度,刚才是说着玩的。你再白领我再庸俗都一笔勾销了。我虽是你说的亏损企业的下岗职工,也会继续向你提供泡饭以及夜晚的灯光。我们从此不再讨论钱。老早也是这样的,我亲眼看到一个在家的女人向她丈夫要钱,丈夫今天推托明天。我在家但我是男人。在我为家用发愁时你可以继续买你的奢侈品。女权争取的从来不是为家庭买单的权力。我真他妈的太贤惠了。

我对你说,贤惠是无能的别名。

杨海红问,你说什么,什么贤惠无能?

我说,一句笑话罢了。没什么,一句笑话。

她的最后一项活动是向我讨教电脑的问题,单位要求两个月里掌握办公室现代化。这比较轻松。说到电脑,我立刻愉快多了。

电脑和日记

电脑运行时有嗡嗡的声音，你一不打字就听到了。打电脑是一种谈话，电脑坐在你的面前，一个永恒的倾听者。它守口如瓶——只要没人去倒它这个瓶子。

修改或篡改。比较符合现代的意识。要是不将过去一次次修改，今天还有什么事情可做呢？我用上电脑后文章改动得非常频繁，几乎每看一次就改一次。问题出在修改太方便。储存在电脑上的那些字，你可以说它有，也可以说什么也没有。如果像我的朋友硬盘突然坏了，顷刻倾家荡产。你看得到它但摸不到它。抽象得像时间一样。

鼠标。光标在屏幕上划来划去。应她的要求，我打开数据库和工具软件。演示 VCD，放唱片。

你必须注意了，电脑病毒的传染方式和艾滋病的传染方式是一模一样的。你和张三有关系，也就是和张三的朋友的朋友的朋友有关系。这些关系结成一张网，足可以网住地球上最大的动物鲸鱼。很从前的时候的那个遥远的地方的一次普通的运动形式决定了你的出生，同理，遥远的很平常的一次拷贝决定你电脑硬盘上的文件命运。为了这些该死的文件,你吃了许多苦,你自己的感觉很好,竟然有一些久违的骄傲,你说自己写得比最近死去的那个女人还要高级,说得大家都在翘首盼望你的大作。病毒会兴高采烈地毁了你。所以你要知道,一个萝卜一个坑的方式是宇宙间最安全的方式。你不能见软盘就插到自己的电脑里。你实在太想插了,就应该先查毒。你的软盘也不要随便插进别人的电脑。你要写保护。就是这个开关,你将它关上,它就只能读出而不能写入了。你的软盘别被人乱写。这个开关你要记住,开关,它是你这块软盘的避孕套,全世界都一样的。要及时套起来。你记住了吗?

她叹口气说,我好像知道一点了。是不是说,打电脑也要讲个贞洁?

有点这意思,但是日后都上了网,贞洁起来困难了。在网上如同在一个游泳池,是人就可以扑通跳下去,池水干净不干净只有天知道。网是一个大海滩,天体运动一样的,网上的电脑没有秘密。你想看别人先要让别人看你。当然可以设口令,但是有些高手破译起来脱衣比你穿衣还快。

我不上网不行吗?她怕怕地问。

人人都上网了,你怎么会不上网?你想啊,当年人人裹小脚,你会不裹?人人装电话你不装?

倒也是,到时候再说吧。杨色,键盘我倒是背下来了 ASDF,我的问题是看不懂电脑书,那种书一看头就痛了。

我也有同感。所有的电脑书用的都是术语,通常写得刻板。你不是文盲但你看不懂那些书籍。更有整页的外文,看它要叫它爹的。要是有时间有合作者,我愿意自己来写一本,有关电脑的介绍和常用软件的学习。我要用小说的笔法来写,写得像色情读物一样好看,令人过目不忘。

我会了,我已经会了按照你教我的办法会了,打开文件了。你说得对,真是太容易了!看你做比看书容易多了。

大姐你真聪明。我教你拷贝教你删除其余的我们下次再学。我将命令给她写在纸上，在 DOS 下这样，在 WINDOWS 下那样。这是冒号你不要当成分号。电脑是死脑筋你多了颗痣它就不认你。

学完电脑，我们说些别的话，问一问近况和同学的事情。同学之间上学的时候不觉得什么，毕业以后倒是感情深厚起来。她去了厕所，回来看到门口的白板上有张表格就很有兴致地研究起来。她看到墙上还有一张写着星星索，就问你们家怎么像统计局一样。墙上的那张是我梦想买房子，每挣到一千元钱就涂去一格。等到这张稿纸涂完有了三十万我就行了。我给它取个好听的名字叫星星索。她数了数涂着红色的格子说你差得远呢杨色。是的，差得老远。等你有了三十万，房子就要一百万了。是的，我贴在墙上是让自己高兴高兴让你见笑你就别数了。我把事情做在这里，级级就知道我心里有她，要为她买房子。即便买不成，即便八十年以后再买，反正心意到了。她说，你很狡猾啊。我说，是有情有义。她笑笑问，门上那个表格呢，好像是你女儿画的？我说，那是罚款单，我们毛阿画的。小家伙爱画画。

罚　　款

我的毛阿如今乖乖地在家，不给别人送花不赶去对别人说有趣的故事。这是父母的幸福时光。我的毛阿一不顺心就说，你们虐待八岁儿童。在她小时候，我和其他人教她一些奇奇怪怪的话。比如，她见我和客人坐着说话，就过来说两个字，无聊！她指着大人说，不识抬举。她边说边笑说完很得意。

（细细一想，大人们果然很有不识孩子抬举的时候。）

毛阿喜欢钱，从小就知道钱能买东西，这导致我们家最终实行罚款制度。有奖有罚。毛阿，我奖励你吃中药，按时吃完，每天一角。做数学十题允许错一题，也奖一角。不骂人，一角。要是你每天做得很好，月底可以有十元钱，买你的小东小西。

那阿爹呢？你也不能骂人。

那当然。我骂人罚一元钱。

毛阿有了兴趣，她要和我探讨骂人的界限。阿爹，怎么算骂人？

就是不能说妈什么的。

也不能说娘，毛阿补充说。

鲜花和

对,不能说。妈和娘都不能说。可以说你妈我妈不能说他妈。(这种分类的根据真他妈可疑,毛阿和我都意会了,不追究。)但是,说你真笨不算,说滚蛋不算。

好啊,她对着我说了几个滚蛋,说,这是不算的。阿爹,罚出来的钱给谁呢?

罚下来的钱放在一边,我们去淮海路吃炸鸡吃好东西。

毛阿说,你不洗脸,不洗脚,不刷牙,都要罚。一样罚一元。

这不行。乖孩子,阿爹干活到半夜,到天亮,累得坐都坐不动了,哪里还会去洗脚。我和她开始讨价还价,一共算一元钱吧。

级级说,我同意毛阿。二比一。

毛阿高兴地跳起来,二比一!

好吧好吧。我认了。

老级级也要罚。晚回来罚一元。

对的,过九点回来罚她一元。要是超过十点,罚两元,十一点三元。(说完我在想,要是不回来呢?)不回来也是三元。如果超过零点再回来,就要罚五元。因为骚扰了别人还不如不回来的。

级级反击了,罚就罚好了,那你抽烟也要罚款。

毛阿说,哈哈,公共场所抽烟都要罚款的。一元钱一根!

这是我自己的家,小姐们,家里不是公共场所,要不然就没私人空间了。你爹不抽烟不行。你爹在你出生前就抽烟了,你来得晚,要戒的话只好把你戒了。

那么,毛阿和我商量,你到我的小房间抽烟罚款好不好?

好的。我从来就不到你的房间抽烟。

毛阿高兴起来,快乐得无法形容。她赶紧将罚款的条例一五一十地写在纸上,画了表格,贴到门上。

这天,我和毛阿都被罚了钱。毛阿的数学题错了三道,而我打电话时骂了人。我说了个妈的,条例规定,凡是说了妈说了娘就要罚款。我还说了滚蛋,毛阿要罚我,我说蛋应该可以说吧(对吃素者来说,蛋是小荤),再罚下去中国话里没话好说了。她高兴起来,滚蛋滚蛋地说个不休。还可以说赤佬,小赤佬老赤佬大赤佬统统赤佬统统滚蛋。罚款的本意是说话文明。本意,天哪!

阿爹,还有什么要罚款的?毛阿兴致勃勃。

行了行了,这些够了。要是再罚下去,明天咱们没钱买菜了。

以后,早上,毛阿的第一件事就是去摸我的毛巾和牙刷。要是干的,她就将我推醒,伸手要钱。

好啊,阿爹,你又不洗脚,罚款!

是的是的,我认罪,我交我交。

我交出那种一元钱的硬币。一元钱的硬币可以在街头打三分钟电话。我喜欢硬币,金属比起纸张真实得多。袋子里放着一把硬币,有一种有钱人的感觉。罚款真好,罚一罚家庭气氛活泼多了。可惜级级不肯交钱。她宁愿请我们吃东西不愿交罚款,其中似乎有一个面子的问题。

我们去听音乐会。我们三个去看电影。我们到西郊公园去看猴子。也有我赖在家中,她们两个去逛街。她们有说有笑地到商店去参观她们关心和羡慕的东西。她们会买回一堆实践证明没什么用的东西。我在就不会。

阿爹,这里面有很多奶奶头,毛阿指着商店橱窗说。

我一看,笑笑。那东西摆在那里煞有介事确实好笑。

橱窗里摆着挂着许多胸罩,各式各样。有的戴在假人的身上。男人通常表示自己的正经,走过时装作没看见,连眼睛也不瞟过去,头颈硬硬地走。很好看很花哨的东西请不要看。这东西只有在卧室里才能正视。这东西只有连着身体拦胸一绑才好看,俗话说,戴在头上像个飞行员。

阿爹,什么叫发育?我们小朋友说她发育了。

鲜花和

我心里一惊。

什么叫发育？这个问题提得好，让爸爸想一想，发育的女孩就是胸挺起来了，很神气的。发育就是一个人转眼之间突然快速长大长高，很有力量。我还是找本书给你看吧，要不你去问你妈妈。女人怎么发育爹也不懂。

我愁眉苦脸看看毛阿，她很快对发育不感兴趣了，要买铅笔。好的，赶快买铅笔。没什么事情比小学生买铅笔更好了。

跳　　楼

学完电脑我拷了几个文件给杨海红,有小工具也有小游戏。我留她吃了便饭,饭后我去签名卖书。我们一个车出去,路上将她放下我去了书展。书展的读者居然很少今天又不下雨,我和一起来签名的同行寒暄了几句就站到自己的位置。我今天卖两本书,一本是根据电视剧改的小说,一本是散文。小说卖得还可以因为有电视剧托着,散文就惨了。签名的诀窍是慢慢签,别管人们排得多长,有一搭没一搭地和读者聊聊,他要是想在书上写一句话就给他写两句。我曾和一位老先生一起签名,他说话,签名,写格言,画一朵花,盖印。就数他的队伍最长。队伍越长买的人越多,书也是买涨不买跌。我没耐心,又怕读者久等,名就越签越快,没一会儿,门口空了。我正和几个看热闹的人说话,回答他们关于某女作家近况的问题,可巧看见我的朋友花强走来。你也来了,你来一本? 他要了我的散文。我不要你的小说,那小说没看头。我说都是电视剧害的,我的小说真是美不胜收呢。他还是不要,并且不要我的签名。我的书为什么让你写字? 他不要我签名我乐得不签。他说,杨色,远看你像是摆摊算命的,摆测字摊而且没生意。我说我给你测个字就测你的花,花者,妖艳而不耐久,见草即

鲜花和

化,可见兄乃拈花惹草之辈,路边的野花都是你采。化由人匕组成,小心身上一刀弄出人命玩得大了。他忙说你太毒了坏你的良心! 我说你不如说我坏死了更加时髦,可惜我们级级从不对我这样说那就拜托你说。你小子又交什么桃花运了? 没有,我改好了,一概谢绝。我看看他的脸,他的脸倒是认真的。有人来买我书了,一买两本,问我最近在写什么电视剧。我说不写电视剧了,我不会写了。花强说,你别听他的,他一直说不写一直在写。我朝他笑笑,注意到他的身边有一个女性,想说话没说。这时花强说有人在南方的报纸上批评你哪,爱好给大众签名俨然是著名作家推销自己的书不择手段。我听了一怔,我签名是看出版社的面子,卖的书虽然有我的名字但我卖书没有实际的好处。我赔上时间和出租车的钱来签名居然落个这样的说法,可见人心险恶江湖水深。

我对主办者说,没人来了,我去看看其他书。主办者谢了我我也谢他。花强陪我走了一圈。我一看到《灵地的缅想》和《红楼梦魇》就拿在手里,各买了一本。花强问我什么死人书一见就买,我说你的嘴比我还毒这两个作者真是死了。他拿过书翻看,张爱玲我知道,这个是谁?

我的朋友跳楼而亡。满天风雨下西楼。我真是他的朋友吗?

那天电话铃响,毛阿听。我接过后听到是一个坏消息。昨天晚上,我的朋友跳楼自杀了。

阿爹,轮到你了。

毛阿,我们不玩了。阿爹的一个朋友死了。

他是谁? 是谁的爸爸?

毛阿对我的朋友是用谁的爸爸或妈妈来记忆的。毛阿,谁的爸爸也不是,他没结过婚,没有孩子。

毛阿说,没有孩子,死了就死了。

我刚要训斥她,发现她说得也对,没有孩子,死了就死了。事情真是那么简单。

　　我记着他的直接的眼神。有的眼神闪烁,有的修长,他直接。朋友的善意。他过年给我寄卡,贺词之后签着挚友某某某。我见过他两次,第一次见他的衣袖中拖出一根长长的毛线,心想他缺少女人的照料。我们邂逅于一个朋友的家。他探出身子,倾听我的讲话。我往后靠去,找一个合适的距离。女主人给我们端来食物。我的发言禁不起这样的探询。我说的都是可有可无的话,一点真理一点学术也没有的。他真挚地倾听。在这样的真挚面前我无法发言。我已经习惯言不及义了。习惯别人的似听非听和自己的似说非说。我在想,要是他俗气一些多好啊,俗气了我们就有很多话说,说得一点也不累还很好笑很快乐。笑一笑十年少。真理和学术,苍蝇和蚊子,既然不能消灭它们就不要睬它们。它们飞过来了,就挥挥手赶开一些。他的书里有对我的批评,他死了我不能和他争论,就珍惜他的文字记在心里。我的朋友是个纯粹的人,他一死,这类人绝种了。第二次见他是在殡仪馆,他的脸红得没有道理。我一遍遍想,他要是有一个女人就好了,他要是俗气就好了,俗能渡人。这时我想到级级,她纵有千般不是,也是我的救星。她和毛阿都是我的救星,双重保险。我们本来都是脆弱的,禁不住漫天风雨,女人伸出她们的手。谁复挑灯夜补衣。只要还有一只伸来的女人的手,男人就要为她活着。我看看花强,他说一概谢绝了。我该劝他算了,我可不愿他也变成这样一本书。

不 速 之 客

　　我刚回到家,正要换鞋,保姆过来说有客人在等我。看,原来是刚才卖书时想和我说话的女子。我停止换鞋进了房间。

　　是你啊,有什么事吗?

　　杨老师,我向人家打听到你的地址,我是你忠实的读者,想请你签个名。

　　她是外地口音,年纪不大不小。我一般不欢迎不速之客,何况要签名刚才就可以签了壮我门面,家毕竟不是给人签名的地方。但既然来了就请她坐下。她从包里找了张皱皱的纸给我,我在纸的中间签了个大大的名。

　　你能再给我写一句话吗?她胆怯地问。

　　我在纸边上添了一行,有话则长无话则短。她把纸收起来,折成四方,握在手中。看她的样子不像要告辞。

　　我问,你还有什么具体的事情吗?

　　她朝着我说,我其实也没读过你的作品,我是看到书店外面贴着布告进来的。杨老师我想写作。我别的做不好,我想,我也不知道自己要什么。我嫁了一个男人,暂时不想工作。我是一个没用的人。我太敏感,管不住自己。我叫你讨厌了。我真是太不好太没用了！

我点上烟，我是说，你有什么具体的事情。要是我能帮你也许会帮你，但我能做的只是具体的事情。

杨老师，你是下逐客令吗？我太不安了。她脸色果然很不安，双手在纸上搓来搓去，那个签名有话没话都完了。我知道你们作家的时间是很宝贵的，是我不好。

我本来是有逐客的意思，被她点破，竟觉得不好。一是从无逐客的经验，二是逐一个女人说不过去。我看着她，不说话。任何人的时间都很宝贵，我不喜欢这种事情。不要勉强我。

我特地想拜你当我的老师，学习写作，或者学习电脑。她看了一眼我的电脑。你是人民作家，是有责任的。

对你我怎么会有责任，银行是人民银行你能随意拿钱么？我看着她，事情必须立即结束。我说，我不会教你打电脑，也不会教你写作。写作从来不是教出来的，我在书店说过了。你要学电脑，社会上开了很多电脑班，比我教得好。你去工作吧，工作会令人愉快的。

这时，毛阿回来了，还带来小朋友。她按惯例见了那女子就叫阿姨。那个阿姨似乎没听见，还在不停地搓揉签名的纸。毛阿瞪着眼睛看她，我要小月将毛阿她们带到亭子间去做功课。

你不肯教就只好不教了。我叫你讨厌了。我没想到人民作家也会讨厌我的。不过，我很想知道，刚才很多人同你说话，你为什么会记住我一个人？我只想知道你为什么会记住我？你好像一看到我就记住我了是不是？她问，手臂忽上忽下的，似乎很激动。

真是麻烦哪，老天爷，我一早起来还没睡醒呢。有人吃了鸡蛋，不光要认识那只生蛋的母鸡，还要知道它是从哪个肛门生的。我认识那么多的人，人人问我为什么记住他,我宁可立即去死。你们要这么问我,我就不认识你们好了,我不是非要认识你们的。你看到我讨厌你了你还要让我更讨厌这真是麻烦。我升起了恶意,很想说,你还不明白,我就是因为讨厌你才把你记住的。但是,她是一个女人哪,不可以这样对女人说话。我只好胡说,很简单的,从来没有读者要来向我学习电脑,你是第一个,所以记住了。你还有什么问题吗?

我看了她的眼神,明白了,她是一个精神有卫生问题的人。很抱歉,那就不说了。很遗憾,我不是医生,也缺乏这方面的知识,不能对她提供什么帮助。我不能逐客,也不能拖延下去。这时,我猛地想到了一贯的法宝。倘若我是一个在家的传统的女人,她是一个不受欢迎的男人,女人会怎么办呢?我应该像一个女人一样保护自己和家庭。

她的眼神越过我在看我身后的什么东西。她说,我是不是太敏感了。我从来不能和别人好好交流,别人对我没有耐心。你不要赶我走,杨先生杨老师,时间一到我自己会走的。我只有一个小小的要求,你能借一本书给我吗?你有那么多书,借一本书给我吧,借我一本,我看完一定会还你的!

我想,我怕就怕你来还书。从书架上取了一本自己的小说,就像传统女人在厨房取了一只大蒜头,我送你一本吧,不用还我,这是送你的。

她接过书,没看一眼就说,最后我还有一个小小的要求,杨色杨先生啊,你能够为我示范一下打电脑吗?我从来没看到人家用电脑打字。

我要沉不住气了。我是女人早沉不住气了。真是够了,我要是打电脑,她会说你能让我自己动手打一下吗?她会说,我有个字不认识你帮我查一查有一句话是什么意思。她说,你别的事情就别干了,我还有一个问题。

即便我要自己别像个泼妇,语气也变得非常不中听。很抱歉,你明白我不是卖电脑的,你可以到电脑公司去,要他们示范给你看,他们都很乐意的。如果你这样问下去,只会使我害怕了,以后绝不敢再接待任何陌生人。(说到这里有点推心置腹了,我立即换了语气。)我不是你的朋友,我对你没有责任,我也帮不上你什么。我和你是一样的普通的人,有自己的许多事情,请你原谅。

我终于要小月送她下楼。她看看我脸色,嘟囔着走了。

人刚走,毛阿上来,问我,那个阿姨很奇怪的,她是谁呀?我说,没什么,爸爸的一个读者。小孩别管大人的事情。毛阿不满意了,我问一问也不行吗?

小月上来,说,她走到楼下又想上来,被我拉住了。她问,那个照片上的女人是谁。我说,是杨先生的太太。她一路说,我使他不高兴了,我不知怎么才能使他高兴。

我让小月去做自己的事情,要她以后别放陌生人进来。好了,把这个人忘了吧。我接待你了,送你书了,回答问题了,我没什么可不高兴的,当然也没什么可以高兴。你真要想我高兴的话,最好别理我,由我干自己的事情,守我的妇道,这样我一定会很高兴。

我同情她,但我没任何办法。她可以去找找心理医生。他们是专家,我不懂这些。我家也不举办宗教活动,不收灵魂。这是有教训的。我曾想帮助一个人,耐心地和他谈话,后来发觉,谈着谈着他的问题更多了。我不光没能拯救别人,自己也差点被拉下水,整天去想我们为什么活着,生活有什么意义。后来我醒悟了,不能再问了,问得太多也要跳楼。我们要吃,所以我们活着;我们要操,所以活着;要游戏所以活着。我们活着所以活着。做做饭管管孩子看看电视不是很好吗?拉拉广告也很好。我们都是凡人,很脆很弱很虚,实在是做不了耶稣的。

复　　习

　　毛阿马上要期终考试,要放暑假了。在兴高采烈之前,学生们的灾难来了。我平时不常管她,现在要紧了得给毛阿复习功课。对小月说,有电话来,要他吃晚饭时再打来。我下楼去,毛阿和同学在玩游戏棒,我残忍地说,今天到此结束,放假了好好玩吧。她的同学有点怕我,知趣地回去了。

　　要我帮毛阿复习已经有了问题,我懂的英语,除了 Long live Chairman Mao(毛主席万岁),还知道香蕉叫剥了皮吃,葡萄叫吐了核吃。滑稽戏里是这么说的。此外,我只懂一点数学,语文就很差了。我认为很好的作文,老师必定说不好,所以我不敢教毛阿写作。

　　我们曾经说过作文。毛阿懒得很,说话却勤快,于是我们一人一句。我说,我的家在淮海路的附近。她说,我们学校也在附近。一人一句的好处是,当我发现文章走远了可以及时将它转回来。小时候毛阿时有妙语,她说自己要去捡垃圾,捡垃圾桶里的好东西。她要弄路的机器(压路机)把她弄弄扁,特快专递。她说小鱼游过去了,水很活泼。她说阿爹写文章,吹牛不打草稿。说我的稿费是不义之财,说完就窃笑,表情和很小时候说大人不识抬举一个样。

我说她像只老乌鸦,她说我胡说。后来我说,她不是乌鸦,就是乌鸦嘴巴。

我们去看动物。华南虎,人工豢养着四十七只,野生的约二十只。这么美丽的动物要灭绝了,老虎也要死光了,人活着还有什么意思。

牧师还说,上帝每时每刻看着我们,不过我想上帝看的话,那么别的教堂说上帝每时每刻看着我们,上帝有这么多眼睛吗?

我把她小时候的作文本子留着,要她把老师布置的日记本卖给我。她说你不能看,我说好的,你封起来。你卖给我,我付给你两元钱稿费。我的毛阿,过了这些年龄,你永远不会写这样的话了。你很难将自己和别人区别,你只会唱人人都唱的流行歌了。

毛阿在朝本子上贴 OK 改正纸。广告词曰,谁能没有错,只怕不改过。她贴狗皮膏药一样地贴。你的白雪修正液呢?

现在的董老师不喜欢修正液。

我真是很希望在毛阿的什么地方点上修正液,将她的毛病改一改。比如写字的姿势,比如总说等一会儿。还有,她的动手能力。我说她,她说有其父必有其女。我说,毛阿,聪明的人才有权懒惰,你聪明一点却懒惰两点,不好。她小小年纪就自暴自弃了,不好就不好吧。

毛阿一生下来就把我吓了一跳。医生说她的肠子可能出毛病了,吐出咖啡色的物质。医生真是文雅的职业,不说吐血说什么咖啡色物质。我心里一急,自己也差点吐出咖啡色。我这时才知道当爹的利害。后来检查出来了,只是少了一点维生素 K,凝血机制有了一点小毛病。医生开了药,我去药房取药,药方被那个小姐丢了出来。我结结巴巴地问她,她反问我孩子多大了,我说三天哪,才三天就要吃药了。她说你去找开方子的医生,他把剂量开大了八倍。我说好啊八倍我去找,我心里真是谢她给她磕头我也愿意但我没法表示。我上楼,那个主任医生很忙,我等他一空立即插上去并告诉他剂量大了八倍。他像没听见

　　　　　　　　鲜花和

一样笔在纸上画了画还给我,还和一个男人继续说话。毛阿睡在小小的木头的箱子里,人家告诉我第七个是的我就一二三四五六七地数了一遍。一个个婴儿看上去都差不多。我的毛阿的额头上插着一根挂水的针。她刚学着吃奶就挨了铁做的针,小小年纪真是命苦。

毛阿的问题是和这个世界格格不入。她吸着空气就过敏了。你不让她吃鱼虾但不能让她不吸空气吧。她的手弯腿弯和耳朵的后面要发出东西。她的皮肤要粗糙眼圈也发痒。她说手腕和脚腕酸得要命。她的呼吸道发出可怕的哮鸣音。她奇怪地学不会吐痰。她来到这个世界上,活得一点也不痛快。她的眼睛都近视了考试还是一筹莫展。她把加法做成了减法少写一个零将自己写的0看成了6。阿爹,这是我做功课的特性,又慢又错。小小年纪戴一副老气的眼镜狐疑地看着世界。

毛阿喜欢买很多印有彩色小人的书,一本书上有二十来个,那些小人手扯扯就能撕下来,都穿着好看的衣服戴好看的帽子。你能把这个头换到那个身子上,你能把他们排成三行你就有了很多的朋友。毛阿一有钱就买,一直买到她有了一个纸人的国家。她在自己的国家里当一个女王当得非常专心。

你快点写我的优点,阿爹。是喽,毛阿。我写你的优点。好孩子你说说你有什么优点。爱玩,爱拉屎撒尿,喜欢弹琴,喜欢看电视,你不是长着眼睛吗?毛阿你太没规矩了!我眨了一下眼睛,我长着眼睛,看见你一有什么好东西就鬼鬼祟祟地偷带到学校向你的同学显宝。你希望借此成为人群中的中心。我看见什么好东西在你的手里三天两天就坏了就不见了就将它弄丢了。我看见你的好客和你的善良。你唠唠叨叨地说事情,不记别人的恨。你的不上心拯救了你,所以你总是快快乐乐的。我愿你是一个傻乎乎的孩子,生活刺痛了你你就不会过敏。

在一个深夜级级说,我想起来很没劲的,想起来害怕。等你死了,我老了,毛阿要把我赶出去的。我对她再好也没用的。

我问毛阿,会吗?

我 No 知道! 毛阿快乐地说。

我无言地摸摸她的头。我不能代毛阿承诺。但我想种瓜得瓜种豆得豆,我的毛阿不会那样的。你要是这样,你的父亲在阴间也不会安生的。毛阿你记住。

鲜花和

遗　产

　　在一个心绪非常恶劣的日子,我留下一份未经公证的遗嘱。我将财产留给不写遗嘱也是她的毛阿。我怕我突然死了。等我死了,会有遗产吗? 人们不在乎我的书,我家的纸张最多了,报纸杂志书籍以及书信。

　　毛阿,爸爸死了,这些书都是你的了。

　　真的送给我了? 毛阿追问,电视机也送给我了?

　　都送给你。阿爹的全部东西都是你的。

　　阿爹,你什么时候死啊?

　　我一惊,这是小恶魔啊。怪不得不能立什么继承人,一立,他就盼你快死。我不该对孩子讲这些,对她,是太大的诱惑。

　　我说,还不知道呢。

　　毛阿有些失望。但转眼她说,阿爹你不要死,我不要阿爹死掉。

　　好吧,那我就不死。

　　毛阿做作业我继续读报。我人生的一半功课就是读报。读到令人丧气的消息,知识分子的平均寿命只有五十三岁。死。比上几年又少了五岁。这么说还有十几年我就完蛋了,我的毛阿该怎么办呢,级级怎么办?

我曾用报纸上的一个游戏一样的题目做过自我测定。抽烟减去一个数,性格忧郁减一个数,锻炼身体加一个数,加加减减的结果是我能活到五十八岁。够了,我满意了,松了一口气。毛阿飞快地算了一下,她那时正好是二十六岁。我只有二十六岁,阿爹你可不要死! 好吧爹不死,爹要活一二百岁呢。

我的毛阿,等你二十六岁,大学毕业了,也许结婚了。到那时你的爸爸如果不在了,那时你要靠你自己,靠自己才是最靠得住的,靠自己才有好感觉。等你二十六岁,你爸爸真是可以瞑目了,再不死,就要拖累你了。

我不要自己养自己,我要阿爹养我。

爹养到什么时候?

没有时候!

我的傻孩子,爸爸妈妈总要老的总会死的。我的傻孩子!

那么还有级级呢。

但愿我们还是一家人。我说,级级也要死的。

她想了一想,没关系,还有姑姑。姑姑死了还有赵磊呢。赵磊是我姐姐,她会管我的。

她说的赵磊是我姐姐的女儿,她们从小很要好。我的孩子,你不能设想一辈子都由别人管着自己。世界上有那么多的人,只有你的父母是应该管你的。

吃　晚　饭

我们在天上的父。愿人都以你的名为圣。愿你的国降临。愿你的。

饭桌旁，毛阿双手合十，念着主祷文。我拿着筷子，等她念完。保姆小月不管这些，先吃了起来。原先小月不懂毛阿在做什么，要和她打岔，被我阻止了。宗教信仰自由。后来，小月懂了，就管自己吃饭了。

毛阿响亮地说，阿门！

阿门，该我吃饭了。

念不念主祷文全凭她高兴，毛阿不是每顿饭都念，忘了的时候通常是有好菜的时候，看见鹌鹑伸手去抓，主祷文就省略了。人不能拎着鹌鹑祷告。她不念我也不管她，她也有不信仰的自由。毛阿的这一套是从她母亲那儿学来的。她的母亲是个虔诚的教徒，带她上教堂望弥撒，她就知道了上帝和圣母，还知道主祷文。她的父亲不敬神佛，但似乎没理由不让她尊敬，就由着她了，我听之任之。饭桌上有个人在念念有词，不念的人便有些难堪，那时只好看看窗外。我有时会想，上帝会不会在窗外听着。

晚饭的饭桌上是我和女儿聊天的时光，她会告诉我当天班级里发生的事情。

阿爹,今天老师表扬我了!

是吗? 我显出一副很高兴的样子。

老师表扬我的手工做得好,小朋友做的没有我好! 女儿说着去将她的手工拿来。

一个小牛的图案,彩色的牛,钉在一个纸圈上,想必是戴在头上的。我将它戴在头上。

阿爹,你的头太大了,我另外给你做一个大的。做一匹马。

我来了兴致。放下碗,从床下拉出摄影包,取出相机和测光表。我的相机比较老,国产的,没有内测光。背景就用那条红色的羊毛毯。我打了一下光线,将光圈调好,距离对好。女儿叫我等等。她很老练地在纸上写了一个日期,放在小牛的旁边。是的,应该有个日期,爸爸忘了,对不起。我拍了两张。再拍一张,阿爹。好的,再拍一张,这张要换个角度。阿爹让我自己来拍! 她说着来抢我的相机。好的,你自己拍吧,你的手不要抖。女儿也拍了两张。这下跑不了了,这头牛永恒了。这是作品。老师表扬过的有历史意义。等照片冲出来,我会夹进女儿的成长档案。我做起档案来,比中央情报局还仔细。

饭桌上有四菜一汤。一个是剩菜,红烧的鸡,吃了两天了,毛阿和级级对它不感兴趣。毛阿快乐地吃着汤里的蘑菇,我是蘑菇的克星。阿姨,你明天买蛋饺,买很多蛋饺。小月答应着。还要蘑菇。小月也答应着。我喝着啤酒。我自斟自饮。啤酒是好东西。我喝口酒吃口饭,给毛阿夹一筷子菜,一边翻看着报纸。毛阿的头偏着,看着电视。这是她每晚必看的节目,动画片。正看着,她突然跳起来,将电视频道转到中央台。中央台正好开始放动画片。她熟练地操纵录像机将节目录下来,又将频道换到有线一台。毛阿换起频道来眼明手快。她什么都不会错过。

电话响了。要是毛阿不看电视,家里的电话都是她先接的。我走过去。是级级打来。杨色你给我找一下电话,宋真真家的,她的拷机也要。毛阿在一边问是谁,我说是级级。你让我跟她说,老级级你回来吃饭吗?你太忙了就晚一点回来好了,你记住太晚了要罚款的,我要看动画片去了。我把电话号码告诉级级。她对我说,你别跟毛阿讲我们分开的事。我说好的,我不讲分开。毛阿问,阿爹谁要分开了,你说谁呀?我看看她着急的样子,说,是两只猴子。这个孩子从小就吃了分开的苦,再也不能对她说分开了。我说再说吧就挂了电话。毛阿问,猴子怎么要分开呢?

等到所有的动画片都结束,毛阿才开始吃饭。她是很想接着看下去的,看香港或新加坡的杀千刀的肥皂剧,我走过去,将电视机关了。你快吃饭,毛阿。级级阿姨回来吗?她看着我问。也许回来的,要晚点回来。毛阿说,她总是晚点回来,她说晚一点其实是晚很多点。这话是我常说的,在孩子面前真是不能乱说,你一说她就记住了。你要她记住的东西她永远记不住,这样的话一说就记住了。我要毛阿别管了,快快吃饭,吃完饭还要弹琴,还要做一点功课。

阿爹,我肚子疼,我的肚子疼死了!

我摸了摸她的肚子,很柔软。你去沙发上躺一会儿,休息十分钟后弹琴。

我休息一刻钟!毛阿总是盘算时间。

我的饭早已吃完。我把瓶里的酒都倒进杯子,拿着杯子离开饭桌。那张报纸也看完了。

阿爹,今天报纸好看吗?有什么好听的事情说给我听听吧。

非常好听。你听着,有一个八岁小女孩克莱斯塔和她的弟弟比利上树看鸟巢也就是小鸟的窝,一口气爬上了七十英尺高的松树树梢(我比画了一下),二十几米大概有七层楼那么高真是不得了,但不知怎么才能爬下来。故事发生在美国佛罗里达州博伊恩顿滩。邻居偶然发现,报警,孩子的母亲雷妮打电话给消防队求教,云梯消防车来了,花了三刻钟才把孩子救到地上。地上,克莱斯塔在索索发抖。你看照片就是这张。你看小孩子不能乱爬高对不对?

毛阿看了看,说,这故事一点不好听。

那么还有,美国康涅狄格州十七岁中学生维斯特顿忘了带家的钥匙,自作聪明地想从狗洞钻进去,头、右手和胸进去了(我边说边做钻的动作),卡住了不进不退,深夜的蚊子赶来聚餐,五十小时后才有邻居听见。报警,电锯,送医院。

毛阿喜欢听这个故事。下面的那个故事不能对她说,新西兰的卡特登城选举世界上第一个做过变性手术的女市长。三十八岁的乔治娜·贝雅在一九八四年接受变性手术从男到女。当一个女人多么豪迈。虽然我不知他变性的理由,作为一个男人,本能地觉得他是对的。当然,现在他是她了。

还有呢,你听着,有个女工,受伤后脑子就乱了,不会说话,只会骂人。粗话和脏话。

罚她的款!毛阿毫不留情地说。

我说,人家已经糊涂了罚不成了。这故事是不是很好笑?毛阿同意我的看法,但是抱怨故事太短了,她对一切长长的故事抱有好感。我想,骂人的故事怎么能很长呢?哪天我也受伤,就伤到这个程度非常过瘾,我太需要骂一骂了。毛阿批评我,就这点故事,你还要看这么多时候!

阿爹喜欢看报纸。我沾沾自喜地说。

我真是非常喜欢看报纸,虽然从来记不住报上三条以上的新闻。我有二三十种报纸,日报,晚报,周报,旬报。到了时间还没报纸我会像到时间没香烟一样难受。看报是男人的最著名的无聊之一。级级过去很少看报,看的话主要是看一些和妇女有关的消息。后来做了广告,也经常看报了,还看电视新闻。她能记住大字标题,我记不住。她知道报上经常出现的一个个名字,什么职务,什么背景。知道那些公司,每年的营业额是多少,广告费花多少。我不记这些事。

你看报看得那么热闹,看见什么了?级级问过我。

我其实什么也没看见。我看个热闹。我不出家门,就在报上看一看。我们在家男人又没个沙龙,不能家长里短地谈谈,只好看看报纸。

级级拍拍我肩膀,善解人意地说,不要说得小可怜一样,不要抱怨了,我会带你出去玩玩的。

我说,那就早一点好吗?

眼下,毛阿回到桌边啃完最后一个鹌鹑,回自己的房间不知干什么去了。小月将桌子擦干净,问我是不是将剩菜盖上盖子放在一旁,等级级回来自己在微波炉里热一热吃。我说不了,她今天不回来。一年之中我们在一起吃晚饭的日子不会超过十天(那是何等幸福的日子!)。通常是菜和汤放在桌上等她。她也许就不吃了,假如有人要在傍晚和广告结缘,她就不吃这饭菜了。要是累狠了,也不吃,回来洗个澡就上床,在床上打许多电话。她的胃是被广告活活弄坏的,令人痛心。以前的在家的女人是不生胃病的。现在的我也没有胃病。

圣 诞 夜

　　后来,我和毛阿真的有幸应邀去级级的公司做客。这事情很难得,我要慢慢说。那天我费心刮好胡子穿上我最好的一套服装,破例用梳子梳了头。级级在我身前身后绕了两周,批准了,你这种人再收拾也不会好看了,我们要了车就走了。那是一个圣诞夜,街上和平时差不多,但级级说,你知道什么,星级宾馆里完全是另外一个世界!我不管宾馆怎么样,我想的是她的公司。果然公司也是好的,另外一个世界,拉了很多彩纸,立一棵毛阿一见就欢呼的圣诞树。灯光变成彩色的,把人照得妖怪一样。级级轻声埋怨我,你不会说话就不要说,照得精灵一样!我说那个精灵本质上就是妖怪,当然还是你说得对。在圣诞的夜晚,在做客的时候,我不和她拌嘴。我们要显得很和睦,这对她的事业会有帮助。毛阿一转眼就和小朋友去玩耍了,我回头看级级,她也不在了。自己去临时吧台取了杯啤酒,找个角落坐下。

　　人和灯光,暗香浮动。

　　我又想起那个叫人感伤的舞厅之夜。始作俑者。否则我怎么会作为家属坐在这里,喝一杯加了冰的啤酒。那边的角落也有几个家属模样的,一副被人带出来的样子,理不直气不壮地在一起端着酒说话。我在想是不是应该和他们在一起。我们很少被人带出来,带得多了,也会习惯的。

级级一阵风到了我面前,快站起来,我们老板来看你了,你也不把毛阿管好!

我连忙站起,微笑,将目光调整到不卑不亢迎接她的老板。

级级有两位领导,一姓李,一姓曹,均是杰出女性。当今有一点模样的都称老板,我随俗在背后名之李板和曹板。李板正职,五十末婚,青春、小阳春和后青春都献给了广告事业。据级级说,她睡在公司,早上眼睛一睁就上班了,晚上很晚休息,做梦做到好的广告创意跳起来再干,打给级级的夜半电话想必是这样来的。领导尚且如此,在她的精神鼓舞下,小白领们都很努力。另外的曹板倒是回家的,她早婚,儿子如今怕有恐龙一般大,早已自生自灭,她干脆可以从家里脱产。她也是眼睛一睁就上班。每天早上,她是闭着眼睛上了接她上班的车,一直到公司才睁开。然后快速刷牙洗脸梳头吃饭,然后干活。所以,她们是杰出女性。

级级向她的老板们介绍我,这就是我的假先生。这是我们李老师、曹老师。

我第一次听到假先生的说法,这说法很好。

久仰久仰!我忙把啤酒杯换到左手,伸出右手握住老板热情的手。一一握手。

李板非常亲切,握完手就问我的身体,问我女儿的学习。我谦恭地一一作答。

听说,杨先生在本市还有一点不大不小的名气?

不敢不敢,就是臭名也不能昭著,一点小名也是托传媒的福。

级级说,没有我们传媒,只有你女儿知道你!

我说,是的是的,托福了。

李板的手往下一劈，这就是广告的力量了。当然话不好讲得这样绝对，主要还是杨先生自己努力，有所天才。我们的这位级级小姐别的非常好就是说话太麻利，有香港的朋友问我，你们上海的女孩子怎么都比较三八？李板说着亲切地笑了起来。我说你们朝我看看，我三八了吗？

大家也笑了一笑。

曹板说，什么时候介绍我先生和你认识认识。你可以向他取取经，早年他也是搞文学的，现在为我做了贡献对付后顾之忧，和你一样，在家的男人。

我说，当然当然，您先生是前辈，有机会一定要请教的。

级级当面称她的老板李老师曹老师，叫得十分亲切。当年她也叫我杨老师呢，所以，听到有人叫你老师你不要兴奋。

曹板说，级级真是一位杰出小姐，先工作后家庭女性优先这也是时代的风尚。当年女性被束缚在家，白白浪费了多少才情！

我说，是的，女性是应该走出家门。我们级级不懂事，真是您二位照顾。出差都出到风景好空气好蔬菜新鲜的好地方，住三颗星的宾馆，热水洗澡，免费牙刷，睡一晚上席梦思还要领睡觉补贴，真是享福了。

李板说，小意思了不好意思，主要是精神鼓励。

我说，听说你们公司以后还要分房子的。领导真是很关心我们的。

谁知李板一听就生了气，误传！新闻导向出了问题。曹你查一查，怎么会有这种舆论。房子，港企从来是不分的。你想一想，要分也只好分在香港，没有身份，就是分了也是住不过去的。浪费了，所以是不分的。再说，香港一般不作兴分房，先生太太自己供楼，银楼里按揭，港币还是美元，七成八成九成最多九成，香港按揭按起来是很结棍的。她以一句上海话作结。结棍的意思是厉害。

我附和说，那就算了，我们就不按揭了。外国钞票我们没有的，何况那房子揭过来也没用。

私下说说,我倒是有几个外国钞票的,在级级的领导面前没好意思说出来。我有一些硬币,好几个西方国家的流通中的真钞,朋友送给毛阿玩的。

级级朝我白眼睛,大概是嫌我的话多。我想不清什么话得体什么不得体,于是不再说了,只是朝领导微笑,不说话。她们彼此很专业地说着广告那一行的事情,似乎忘了我。外面的世界真是精彩。我听不太懂,但我好学,所以还是很认真地听着并微笑着。接着李板提议大家碰一下杯,她们又去看别的家属了。

我发现身上已经汗湿了。这比国家领导人接见还要累人。

毛阿过来,阿爹真好玩唉,还有化装舞会唉,等一会儿还要摸彩耶!圣诞树上的好东西都是奖品耶!

好的,乖孩子,去和小朋友玩吧,摸彩的时候你来叫我。

阿爹,你摸到的彩也算我的好吗?

好的。阿爹都给你。

很早时候,毛阿就惦记这圣诞。她很早就把家里的微型圣诞树找了出来。没地方放,就放在钢琴的边上。阿爹,今年圣诞老人会给我礼物吗?

毛阿早着呢,现在还是秋天。我想会的,他老人家年年都给小朋友送礼物。等你十六岁了,他就不送了。

为什么?

你长大了,不是孩子了。

那我不长大好了,毛阿说。过一会儿又问,不知道今年圣诞老人送我什么礼物?

不清楚,你要看了才知道。

我做一只很大很大的袜子,让他放很多很多礼物。

你就是将袜子做得像房间那么大,他还是放那些礼物。圣诞老人的礼物都是事先想好的,他要送给那么多的小朋友,每个人都不能要得太多。

白胡子老头,背一个大口袋,里面装满了礼物。铃儿响叮当。雪地里的马车。鹿拉的马车。圣诞老人不偏心眼,他是所有孩子的好朋友,孩子们童年的天使。我愿意充当圣诞老人,从烟囱里下去,在孩子的靴子里袜子里放很多的礼物。

精灵一样的级级过来了,毛阿,快把面具拿出来,我们要化装舞会了!

很早就听说级级的公司要开一个无法无天的化装舞会。自己做面具。毛阿想到动物面具。级级说做鬼的面具肯定很好玩。好耶,我要做一只鬼,把你们统统吓死!毛阿开心地大叫起来。真是个傻孩子,你吓不死我们,先把自己给吓死了。我非要把你们都吓死!不行的,我的女儿,爹最多被你吓个半死。级级说,我吓得四分之一死。

我负责裁纸,级级画图,毛阿涂颜色。

阿爹,你是一个什么鬼?

我是一个烟鬼,我是一个酒鬼,我是一个小说鬼,我是一个音乐鬼,我是一个小丑鬼,我是一个阿爹鬼。我说,我是一个愁眉苦脸没精打采没心没肺鬼。

毛阿兴奋地问,老级级,你是什么鬼?

我是美丽鬼,年轻鬼,我是梦露和麦当娜鬼。

那么我呢?

你是机灵鬼,捣蛋鬼,级级说,他是色鬼。

毛阿问,什么是色鬼?

我朝级级白了一眼,说,色鬼就是有颜色的鬼。

毛阿快乐地说,那么我也是色鬼!

毛阿快乐地说,我是黄色鬼,我是绿色鬼,我是红色鬼,我是蓝色鬼,我是所有颜色的鬼,一百种颜色!阿爹,你是黑色鬼。黑色鬼最吓人了!

鲜花和

千万不要是色鬼,一个色鬼就把其他的鬼都毁了。我们就做嬉皮笑脸的鬼吧,皮笑肉不笑的鬼。

级级说,你爹他是一个有色鬼物。

级级说,他是一个弯弯鬼。

从广告公司回来一点多了。级级和我很累,只有毛阿是高兴的,满头大汗。她摸奖摸到一个铅笔盒子,加上级级的一只卡通狗。我的奖品是一只没吹过的气球。它很奢侈地坐落在一个外表贴着三点女郎广告的大盒子里,令我怦然心动。打开后我朝巨大空间中的渺小物件看了一会儿,发现它可以编许多故事,可以赋予深奥的象征意义,可以比喻。此外就没什么了。

早上,我看见美丽的三点女郎被丢弃在灶间的垃圾桶。长得那么好,拍得那么好,纸张那么好。昨天毛阿拿回家的。上面的烟头和果皮。你好美人,你将自己开放在精美的广告上,你的微笑非常动人。垃圾桶的微笑。三点楚楚,三点之外的肌肤同样楚楚。垃圾桶是所有收费微笑和楚楚动人的当然归宿。

弹　琴

在我非常忧郁的时候(不好意思,用了忧郁这个词),煞有介事地坐到钢琴前,按下一两个音。我懂一点点和声。我不会弹琴,小时候姐姐给过我一只口琴。面对这个能够发出美妙声音的好东西,我的心情会开朗许多。我经常给它擦灰,擦到琴身那块破损之处,总要叹口气。那是买琴回来时弄破的,楼梯太窄搬不上去,十条汉子出了半天的死力琴还卡在半楼梯,在退下去时擦坏了琴身的油漆。(后来请了专业搬琴的工人,他们拆了键盘四个人很轻巧地这里一转那里一翻就过了槛。)买琴时我想,要是会弹一二十首大作品的前面二十小节就好了。只要二十小节。可是不行,二十小节也拿不下来。

每过半年,必须在钢琴里添加樟脑丸,以防蛀虫对毛毡的破坏。我加了十年的樟脑丸了。白色的晶体,一个球一个球的,用草纸包好,放在纱布袋子里,一边挂一个。手上沾有白色的粉末,看起来和海洛因差不多。这就是钢琴的节奏,半年吸一次毒,每年要调一次音。我打电话,请调音师来。江是熟人了。朋友告诉我他在做离婚,老婆非但不离还每天给他烧好吃的一天五顿。江你不要离婚了,玩得不好的人才离婚哪,离了婚就更加玩不好了。江你为什么离婚,你有情人吗,她有情人吗,还是都有情人,一人三个? 江你是怎么知道的,是睡觉时感觉出来的,还是看她的皮色看出来的? 你看出来了你有什么感想? 是的是吧,你就太平一点了得过且过。

是给她调音时调出来的,江说。他顺手敲了一组不协和弦。

女人和钢琴是一样的,需要不断地调音才对。你要放樟脑丸,东边一串西边也是一串。(一棵是枣树,另一棵也是枣树。)更重要的是,你要经常打开琴盖弹一弹。你不能将琴当成柜子,哪怕存放《卡萨布兰卡》中的要命的通行证也不行。你的手指要有良好的触觉,勤剪指甲或根本留不住指甲。你有时微风轻拂有时疾风骤雨。带着乐感和爱带着急于表演或宣泄的情愫。

我真心认为女人原本都是好琴,出厂时都好,多半运输和保存时出了问题。不是她们的错。对琴挑剔是一切低能乐手的习惯做法,如同低能导演诽谤剧本。可以这么说,琴永远比弹它的手出色。你认真地弹一直地弹,琴声就会好听起来。问题是,永远会有人在这架琴上比你弹得更动听——至少琴是这么相信的。那个人弹上一曲就走了,琴却记下了他。琴听见自己是可以发出那么美妙的声音,它为自己的声音感动。

江说,一架钢琴,假如修的费用比买一架还贵,修它干什么?

这叫什么话,钢琴是艺术,你怎么能用钱来衡量真是太俗气了。买琴人人都会,修琴就是手艺了。修好一架破琴那是积德的。人人想买新的,社会上的破琴越来越多,社会怎么会优雅呢? 你看人家欧洲,从来不拆老房子,这体现了文明,老房子着火把火扑灭了修一修还是老房子。那样的情调我们中国人真是学不会。你不要以为买了新琴万事大吉,它还是要破的,黄脸婆一个你还要再买新的。

江说,我宁可买新的,宁可没琴。

道不同,不相为谋。我和江没有共同语言。我想着他自己老老的,坐在一架新的钢琴前是什么模样。新琴新心思，摸到熟了，人也没了精力。我看着江灵巧的双手，他还有非常灵敏的耳朵。他有仪器也有音叉但更多用耳朵听音。经他手调出来的音十分饱满悦耳。我想，其实我心里也是羡慕他的。不行了就换一架好生干脆。一个人一生弹它许多新琴未尝不是福气。是的，要有购买力，要有好手段。

我对女儿说，毛阿，江叔叔给你调好音了，你来弹弹。

我不弹。我最最讨厌弹琴了。毛阿头也不抬地继续看电视。

江自己弹了起来。他是即兴的弹奏者，有些段落非常流利，有些十分艰涩。他在听琴的发声而不是自己的技巧。经他的手，琴声真是好多了。我谢过他，坚持照章付费。

江走后，毛阿还是看电视。我把她抓到琴凳上。

你是坏爸爸！

我的坏毛阿，你听爹说，按理讲，凭你的学习成绩，数学语文和外语，还有写字，加上看电视和玩一玩，你是不该再学钢琴了。你没有时间。爹也烦每次押着你弹琴，这又何苦。你要是真的不想学琴，阿爹就和钱老师去说。

毛阿想了想说，我现在不学了，我以后再学可以吗？

我的孩子，你要是现在不学琴，就永远不会学琴了，毛阿，你永远没有学琴的时间了。你只会越来越忙。不学琴了，这钢琴就没用了，卖了……

这个钢琴是我的！她站了起来。

是你的。但你的琴放在爸爸家里。卖了琴，家里也空一些，可以放一个衣柜，找起衣服来就方便多了。或者放点别的东西。这块墙壁哪怕空着也很好。我们家不需要一架没人弹的钢琴。

钢琴是我的，我不要卖掉！毛阿开始哭了。

这钢琴真是毛阿的。除了她的衣服玩具和文具，这是她仅有的财产了。她的父母在分手分家分财产时总算最后合作了一次,这琴本来就是为女儿买的,琴不可分,就留给女儿做个纪念,以后女儿到哪里琴就到哪里。这样的琴父亲是没权卖掉的。但是,我只要一生气就说把琴给卖了。什么东西只有到卖它时才显出它的可贵。毛阿为了钢琴不被卖掉而学着弹琴。身体坐正,手不要趴在琴键上,岂有此理,弹琴怎么能跷起二郎腿!好的,好的,不错,就这样弹下去。非常好!是高音谱表,你看看谱号再弹,四三拍,也有的书上说三四拍,反正四分音符当一拍每小节三拍!弹琴要看着谱子,你不要数线,你从中央 C 数到高音的 F 手就没事情做了,就只好停下三拍了。弹琴和尿尿一样是不能停的。要数你至少也该从中间的那根线数起吧。你看着我的手,一线一间两线两间三线三间,老师要你早就应该将五线谱看熟了。中指是中音的 7。一共就五根线,你怎么数起来像爬奶奶家的楼梯似的。

毛阿看看自己的手若无其事地弹了下去。

错了!我对她毫无办法,指着谱子。又错了!你就在这个 7 上同样地弹三下,听着,一,二,三,全都是一拍,不是一,二三,你抢了拍子后面就没法弹了。一,二,三,唉又错了。

阿爹你来弹,你说起来是很容易的,你两个手弹给我听。

你爹要是会弹,就不要老师来教你了。你弹琴的时间还不如对你讲道理的时间多。(说到这里我心烦了。我最烦那种无限说理。毛阿和级级都爱和我说理,即便是公理也非要说一说。)没什么说的,你马上给我弹下去!

阿爹我不要弹琴了。她停下,望着我。我真的不要弹琴了!我真的学不会了!我真的累死了!

毛阿痛苦地对我叫着,哭着叫着。是的,我也很想叫了,我要叫得把胸中的闷气统统叫出来。我早已经烦了,烦透了,我每天在钢琴边傻头傻脑地当着纠察,烦了。我不听大师的唱片而去听无休无止的夹生练习曲早就烦了。我不学琴,花的时间比学琴还多。我知道毛阿没有许多音乐的天分,不管费多少力气她也不会成为钢琴家的。她最大的可能是在日后的沙龙里,随手弹一曲《致爱丽丝》或《祝你生日快乐》。有钢琴的地方就有爱丽丝,毛阿是无数爱丽丝中间的一个崭新而别扭的爱丽丝。但是,不学琴就应当将琴卖掉。这不发声的钢琴放在家里真是讽刺一样。不发声的钢琴放在家里就是放了一具音乐的棺材。可怜父亲又不能去卖女儿的琴。

你听好了今天必须弹下去。你要是不弹,你的父亲只好打你一顿,还是要你弹。毛阿,你现在弹还是打一顿再弹?

毛阿放声大哭,如丧考妣啊。我开始打她了,打烂你的屁股,今天非打她不可了!我记起她几乎所有的事情都有始无终,所有的困难不肯克服,所有的学习都三心二意。我要是再不打你,你就是废物了!

阿爹我不是废物呀,你不要打我呀,我会弹的呀!

那你弹呀,现在就弹!

级级正好进来,她一见打孩子就要哭的,奔过来插在我们中间。你不要打她,杨色你不要打呀!毛阿你快弹,你弹了爸爸就不打你了。你不要打她,你对她好好说,不要打她!你怎么可以这样打她!

我说你走开,你不走开我连你也打!你他妈给我走开!

阿爹你骂人了,毛阿哭着说。

骂人怎么啦,我还打人呢!

忽然间,级级指着我的鼻子说,又不是我的女儿,我起劲什么!你要打你把她打死好了,打死毛阿你就有好日子了!我算你什么人啦,你也不是要打就打要骂就骂!级级哭着走开。这次她是为自己哭。她永远是一个动辄拉架结果自己和人打起来的人,偏偏还喜欢拉架。她是一个从来不管自己的男人是什么情绪的人。她可以在你的生日无端发火,可以在你气疯了时要求温柔。她从不

177   鲜花和

认错,不说对不起。

（后来我想通了,你不能要求她们公正和客观。她们永远是从自己出发判断一切是非。这是因为,几千年来她们更容易受到伤害,一旦受到伤害便无力复元。自身的安全感。无论今天她们成了什么豪杰,惯性依然存在。）

此刻,我不能想任何道理。鬼哭狼嚎啊,你的家一片哭声如丧考妣声震四方。你们要哭你们就哭吧,你们要我来哄你们真是没门。牛还要发发脾气呢,兔子急了也要咬人一口。今天,杨色没任何道理和你们讲了,我操他娘的道理操操操!

毛阿鸡零狗碎地弹了起来。刚才她在大声喊叫但几乎没有眼泪,她一个劲地擦没有眼泪的眼睛。现在眼泪落了下来,一串串落在琴键上。我要毛巾呀!级级将刚擦过自己眼睛的毛巾给她。她用毛巾在眼角擦来擦去。我把毛巾抽了。你弹不弹!毛阿看着凶神恶煞的我,把手放到了琴键上。连贯的哭,断断续续地弹,琴声也是抽泣。

妈妈来呀!毛阿哭着。妈妈快点来!

我一愣,接着走开,将自己扔回到床上,抽烟。我只会心灰意懒地抽烟。琴声。我不打你也不骂你了,我发了狠打你真是干什么呢。你叫你妈妈吧,你妈妈要是在场见你这样她也会打你的。但是,但是,你的妈妈不在。她不在。我不打你了。

阿爹,这个曲子弹几遍?

你不要问弹几遍,不叫你停你就一直弹下去。一,二,三,三个7。弹错了!人家聪明的孩子弹三遍就会了,你不专心就只好弹一百遍。三百个7弹下来肯定会弹了。毛阿一遍又一遍地弹着那倒霉的三个7。她的哭声渐渐小下去,琴声响起来。那第三个7不再和前面的7分享一拍。好的,就是这样,乖孩子。好了,会弹了,我们不弹这个曲子了。你再练一下音阶就完,F大调。

我开始平静,我想巩固成绩。我到钢琴边,蹲下身子说,毛阿,停下来,你想一想再跟爸爸说,你还要不要学琴,要是真的不学了,就把钢琴卖了。你要把钢琴卖掉吗?

不要呀!我不要把钢琴卖掉呀!毛阿又哭起来,声嘶力竭地叫嚷。

级级说,刚刚太平,你又惹她干什么?

真是我的好女儿啊,叫得这样惊心动魄。无论怎么讨厌弹琴,她都不愿将琴卖掉。她的潜意识中,这钢琴是一个什么东西呢?

你们去吵好了,我不奉陪了!级级说走就走了。我再不走说不定被你打死呢!

我看钢琴。没完没了。因为我和她谁也不想把琴卖掉,毛阿只有弹下去。别人也许是为音乐,为艺术,为工作,为情趣而弹琴,我们只是在为琴而学琴。毛阿一反常态地将那个曲子弹了一遍又一遍。她喜欢这曲子,老师示范时就喜欢上了。她喜欢左手在键盘上的笨拙的敲击和右手的灵活的跳跃。我靠在床上,听着,忽然觉得大师也不能弹得这么动听。大师的声音通过一重又一重的机器翻译过来,而我的毛阿就在我的身旁,我甚至可以听到她的指头打在琴键上的声音。阳光照进房间,照着一半琴键和半个毛阿。阳光下,毛阿的右手在键盘上蹦蹦跳跳。她不怎么会弹琴却热衷于学演奏家的摇晃。她摇得有些僵硬,可笑。她的左手一下下提起来,提得有点夸张。声音连续奔流。我也想学钢琴了,我要和我的毛阿四手联弹。我弹粗音,她弹细音。(毛阿一直这样称呼高音低音。)我们坐在一条琴凳上,琴凳里有我们的琴谱,许许多多粗音和细音。我们把世界上所有的琴谱上的粗音和细音都弹完,我们弹得作曲家来不及写。粗音和细音。我们要把世界上所有的钢琴统统统统弹坏!

好了,不弹了,把琴关上吧。你去洗洗脸,毛阿。

毛阿洗了脸回来,吃级级买回来的柿子。她给我和小月各拿了一个。阿爹,柿子真好吃耶。认真的父母这时候是要问一下孩子的,爸爸打你,你恨不恨爸爸? 嘴上不恨心里到底恨不恨? 你知道爸爸为什么打你吗? 你自己说应该不应该打你? 我觉得这些话是多么地问不出口。我不要她说应该打她。打她永远不会是应该的。一个好父亲应该从来不必打孩子。一个聪明的父亲永远不会黔驴技穷。是的柿子很好吃,毛阿,爹抽烟,不吃柿子,你吃吧。

阿爹,猜是一种什么动物?

你说什么?

猜是什么动物? 猜是反犬旁的。

猜不是动物。也许古时候是动物,爹不知道。

阿爹,我可以再吃一个吗?

可以的,你去找一根粗粗的吸管,插在柿子里可以像吸汽水一样吸的。

阿爹,真的可以吸耶!

喝　　酒

　　我摆好两个杯子一瓶酒,坐到饭桌边,一个人喝。没菜。两个杯子都倒上,轮流喝,给自己敬酒一杯又一杯。我的好兄弟,你喝!

　　我们在一起真是不错。你写臭臭的电视剧,我笑你。你谈恋爱我接吻。你把我当自己人,我们配合得真是不错。真正的喝酒都是自己跟自己喝。我满上,我们一个人喝两个人醉。傍晚时大黄来,他夹着一条大肠的屎一个胃的酸臭食糜以及鼻涕耳屎来和我说话。膀胱的充盈。你领带系得再好有什么用,你敢和我喝酒吗?他不喝,说晚上有个宴会还不知过得了喝酒这一关不。你去赴你的宴会吧,宴会上没我这么好的酒。人头马一开的你没有。我是比喻,我是金雀十二年你也没有。你没有五加皮和老白酒。老白酒甜甜的是土酒可以一斗一斗地饮。你不跟我喝去喝他妈的傻酒去吧。你是男人,要不要我送你一盒ob 棉条,我的女人有很多存货,将你的嘴堵上免得喝醉坏了风度领带。你不要ob 我就给你一个谜语。倒了就喝喝了再倒要命一条,打一种动物。你猜得不对,我们毛阿说,猜是一种什么动物,你猜得不对。谜底是王八蛋。就是你和我,我们其实都是王八蛋。

大黄忙里偷闲和我下围棋。输了。我的大龙被他吃了。吃得好！我本想吃他的大龙，一不留神忘了自己的龙还没活净。这条大龙是我四十几手的本钱，一手一手棋苦思冥想，结果被他一顿乱拳转眼吃了去，想也白想走也白走，落下个死无葬身之地。我的大龙没酒喝。李昌镐的大龙也会被吃，我的龙不算什么。你晚上要去吃宴会白天还有这么大的吃性。我做人做成一条大龙，没有眼，没有眼位，一转眼就被吃了。我是一条死龙死在你面前让你高兴高兴。你要打长途电话你他妈的就不能用你的手机信号不好你要耐心，手机是公费。我们同学多年一同被老师考得焦头烂额你连酒也不肯跟我喝要去吃宴会。你摸出手机却打我的电话你想害我不过没关系你打就是了。既然你打不通我就问问你，你要不要赤裸裸的爱情？我不是说下流话还没到时间，我是说，只剩爱情。纯粹没有了。一个纯粹的人，一个高尚的人。别的都有，纯粹没了。爱情会冻死或晒死，爱情需要空调。我的确很扫兴。你不要伪装浪漫你怎么骗得了我。女人听好了，一个男人说我爱你，就是说我操你。爱是动词。你骗不了你。去他妈的时装街，专卖店，商厦商城，去他妈的卡拉 OK 温水游泳馆保龄球房高尔夫俱乐部发廊里的猫腻。但我不能丢了房子和床，丢我们的口粮。你要房间就要装修，要床就要有椅子有厨房从此有了一切。我抛弃了一切回到这里还是要有一切。我外婆家成了高架桥的墩子。一个桥墩就把她的卧室和阳台全占了，外婆幸好去世了，免去了动迁之苦。她永远留在了这个地方。每次我坐车经过那里就要想起外婆的样子，想起外婆干枯的手指夹给我吃的零食。现代婚姻的感觉，就是你不知道你老婆今晚是不是回家，或者，不知道她这辈子回不回这个家了。世上有些发明真是绝了。扑克，麻将，烟，酒，茶。你别和我说什么女人，我们只说男人。我昨天读小说看到一个情节，有个男人去和女人上床，他摸黑解下女人的奶罩居然里面还套着一个。他一惊就不解了怕遇上博尔赫斯笔下的中国套盒。小姐要么不戴一戴就是两个，一个套着一个一戴就是钢筋的支架还有人居然塞进私货。他原先认为真的假的解开就知道了,现在不明白要解几层才知道。也许全都解开也无济于事,还有手脚做到里面的天衣无缝。含蓄的奶罩。中国女人胸无大波过去用抹胸正好,戴的什么奶罩,真是岂有此奶。还说是要国际接轨,奶罩上出了鬼!

大黄看看我,拍我的头,呔,你小畜生醒醒,你他妈的就是吃这岂有此奶长大的,你居然出言不逊!

我幡然醒悟一下子搂住他,骂得好啊大黄我的兄弟,不愧是我的老同学了焦头烂额,我老杨如梦初醒庄生梦蝶要敬你一杯。

鲜花和

写　　信

我醒来毛阿已经睡了，左右无人。推开酒瓶，去了趟厕所后我回复到那种古老的习惯，写信。

绿色的。邮筒。邮差。信要慢慢地走。想念和等待，或者恐惧。

其实我是欣赏你的，级级。我一边说着你的刻薄的话一边欣赏你。假如我不是你的男人我会更欣赏你。你具有很强的可观赏性。女人是花，你就像花一样。有些女性之花是塑料做的，而你是真的生物的花。你开放着说谢就谢了谢得没商量。人不能老将花做成糖桂花，然后放一勺在绿豆汤里说道好香。我不迷恋绿豆汤里的残花败柳。级级你要是长在树上就非常好可惜长在我的碗里。你要是开放在枝头非常美可惜插到了牛粪上。你终究也会凋谢的所以你只好提前做成了糖的桂花，糖桂花无论怎么没趣总还有一点花的影子怜香惜玉。问题是你早了一点，所以你不甘心我也不乐意。你早早地将自己投到了碗里和煮烂的绿豆为伍。后期的乳房像后期的花一样耷拉下来才是腌制的时机。需要成熟到涣散涣散到溃败。你年纪轻轻的就插到了牛粪上，牛粪就坐立不安自惭形秽自卑得一塌糊涂。好端端的一块牛粪插了个幌子，就不能像牛粪一样过牛粪的庸常的幸福日子了。多好的日子！牛粪被插上一朵花就奢望再插上孔雀的羽毛或者插个生日蜡烛。牛粪还以为自己是西饼屋的鲜奶蛋糕呢祝你生日快乐。我用牛粪的逻辑来思想言语，你用花的精神，我们以对话的形式在自说自话。我被错放到温室里而你总在窗台上，这样的错位十恶不赦。

已经发生的一切历历在目。我记得你的好，级级。我记得。我母亲说，吃拳头的时候要记住吃馒头的时候。

级级，有一天，我会写下一本书做一个纪念。有一天我死去你可以将它翻一翻。（当然要避开你的男人。）有一天你也死去，看到这本书的人可以想象一下从前有两个这样的人，一个男人和一个女人，异性之恋。那个男人愿意留一本书给他的女人，为她写书。他想的和那个没出息的贾宝玉想的一样，别的东西都不是他的，只有这字是他的。书是一种没用的东西。书不如房子不如金子，但书是自己的。那个女人说现在没人看小说了不要神经分分你写也白写，他希望今后有人看小说。我在这里说了，希望今后有人看小说。我的这篇小说就算是写给今后的人看吧。我希望你是一个这样的今后的人。这是我的永远占有。

后来我想到，亚当和夏娃相识于伊甸园的安宁，你我相识于喧嚣。这个做爱也不专心的季节。我看你在舞池中旋转，我是旁观者。直到现在发觉了，这个场景有象征的意义。那里和我格格不入。

级级，老天有眼，我是爱你的。假如爱起来太累太烦，那就算了。

级级，我是爱你的。假如爱得恨死自己，那就算了。

假如爱得令你苦恼，那就算了。

问题的焦点在于，你不是我的女儿。你不承担我的基因。这就是我基因的自私。

那就算了。——这是我，一个在家的男人，献给世界的致命的格言。

晚　　上

　　现代就是凡事有很多的选择,每样东西有几个牌子的货色,就是你其实没有选择。我躲不开城市也就躲不开噪音和废气,躲不开人流。我不能选择安宁,不能拒绝电话,不能躲开广告。我需要电,也就是说,我不能早早睡觉。在乡下,我们一直很早睡觉。没有灯,有的话也是煤油灯。没有书看也没有电视广播。没有客人。没有娱乐的场所。半年放一场老而又老的电影,我们像看新电影一样热情。天黑了,我们的精神不想睡觉,但眼皮要睡了。缺乏光的刺激,头直往下垂。八点就是很晚了,九点就是深夜了。半夜十二点,只有鬼在外面游荡了。村子里没一点动静。而我的城市,九点才开始活跃。街上的出租车亢奋起来,霓虹灯亢奋起来。远方的比赛才开始。张德培和贝克尔,法兰克福,ATP网球赛的总决赛,实况转播。娄一晨和译男在解说,他们的专业很好,英语不错,解说得有激情还有幽默。他们热爱体育。人在话筒前做到放松是很难的,他们做到了,说话得体,不哗众取宠卖弄聪明。你很难拒绝娄一晨,就一直看到0∶3结束,贝克尔夺冠。他打得真是太好了,他的发球世界第一。本来你想看他和裁判吵架的,他今天打得太好了于是没怎么吵。你总说自己记不住人名你还是记住了太多的人名。世界上有多少的事情值得自己去关心而不关心自己，世界上有多少事情等自己去评说而忘了评说自己。直到睡下了，手里还拿一本《围棋》或《收获》。你想到古人说的秉烛夜游实在说得很确切。我们多害怕睡觉啊，害怕得像是不会醒来了。

电脑在报时。十二点了。日光灯贼亮贼亮。咖啡的作用还未消失。墙上去年的一张挂历。也是一个晚上我发现它的好就贴上了墙。晚上挂历上的那个女人在看着自己，二加一，她额头上的那只眼睛，第三只眼睛死死盯着我我不能说不。眼睫毛像羽毛一样。画面上的大片绿色。她的嘴唇令人遐想。在绿色的中间另有一副嘴唇般的物体。眼睛却是素描般的冷漠。脸蛋粉得像塑料的。November，后面一张必定是 December。十一月了，十二月。我的整整一年就要永别了。我又消费了一岁。虚弱的感觉冉冉升起。我是一个透支的男人。我把岁月预先支取了，将工作留到了以后。我把对生活的感觉留到了以后。我的书架上有几千册书，买来，不看。我说以后会看的。我一点都不知道，我的以后会看以前的书吗？书安静地等着我。书跟随我搬了好几个地方，一直在书架上站着，站得笔直，等我。我怀疑自己的许诺。每天我睡到床上，看着那片书墙，心里疑疑惑惑的。要是真的不看了，不如早早解放它们。它们的身上落满了灰尘蒙受油烟烙下岁月的印记。我写的书也在上面。我写的书也在别人的书架上。它们站得比仪仗队更挺拔，最终不免送去打成纸浆。需要脱墨的工艺将仓颉辛辛苦苦造出来的字、我费尽心思想出来的字统统一概脱去，然后做成再生纸，粗糙的卫生纸，这才是它们正经的用途。

年轻的时候我是一挨着枕头就睡着的，现在毛病多了。我听着老鼠在屋子里不停地走动，它轻轻叫了几声，也许是试探有没有猫。我代猫叫了几声。我不能老是学猫叫不睡觉了。老鼠向我这只假猫走了过来，它离我很近了，近到我的皮肤都有了感觉。我朝空中挥了挥手。我见过你的，你曾蹲在饭桌边的角落里,目不转睛地看我。我想到过借把气枪打死你,借个笼子抓住你,弄些胶水粘住你,养一只猫逮住你。你们家在这屋里住的年头也许比我还长呢。别以为你住在这里就是这里的主人,你没有房卡不付房租。你和级级一样说来就来说走就走,你从来就听不进我的话语,你似乎怕我但我拿你没一点办法。你是老虎就好了,我就可以治你了。我不是武松但我不怕老虎,我要弄你到动物园里关你个无期徒刑。你是老虎就会恨恨离去,因为我养不活你。但你是老鼠。自从有人类开始你就有了,人类没法驱逐你。人对挨着自己生活的东西没有办法。苍蝇蚊子和你都没办法。

那个夜晚以后的一个白天我把自己的灰色思想告诉级级。级级睁着她的浅度近视眼,吃惊地看我。她像老鼠一样看我。她告诉我,她是自己在养自己。你才是老鼠呢,半夜里不睡觉,起来偷吃东西,弄出不伦不类的声音。别人没有他人的帮助可以活得很好,你没他人的帮助活不到下个星期。我哑口无言。从此以后,我看到老鼠有了一些亲切感,再也没有剿灭它们的念头。我设想自己就是一只大老鼠,半夜小人得志地走来走去,见什么吃什么,你们拿我怎么办?我已经是老鼠了,你们还能有什么办法?

看 到 日 记

　　级级的妹妹打来电话,要我去接她的姐姐。我问是谁的意思,她说是她全家的意思。女孩子总有点脾气的,你不接她不会回来的。我问,接了就回来? 她说,你怎么能这样说话,三顾不行就五顾,实在不行你的意思也到了。我想弄来弄去为了到一个意思,有什么意思? 我说,你让我想想。她说,这是你最后的机会,错过了会后悔一辈子。我说,我现在就后悔了。她听了这话才有点满意,说,我也是为你好。

　　本来我以为这一天就这么过去了,谁料电话铃又响,听,我顿时目瞪口呆。

　　杨色,我打开了,你教我的,文件一打就打开了,打开以后看到谁的日记。

　　什么日记?

　　哦,真的是日记,你今天给我的。她又是很晚回家,并且不肯交罚款。有一个 X 是什么意思? 记得很详细的。

　　我的妈呀,我的日记详细不详细还用得着别人来告诉我。我非常想就此一头撞死。是我自己一不留神亲手拷给杨海红的,打拷贝命令时一糊涂打错了。

　　好像是你的日记,我念一段给你听听,你听着,今天是一个好日子,走在街

鲜花和

上……

好了好了,我的大姐圣母玛利亚,求求你不要念了。你给我把电脑马上关了,我的文件有病毒,把你的硬盘感染了那就完了。我立即到你这儿来!

我的硬盘会完了?

是的,一感染全都完了,你的电脑要报废了,会烧坏的。我不跟你说了,你把电也拔了,越快越好。我马上来!

我扔了电话拿了几盒工具盘就冲出门去,在马路边上拼命挥手挥来一辆车。师傅你给我快开,别管什么单行道红灯越快越好。罚款算我的你千万快开! 司机朝我疑惑地一看。我要镇静一些,别让他以为我是逃犯,送到警察局问半天事情就麻烦了。我点上香烟镇定自己。我的感觉是 ×× 被别人攥着,他只要一用力我就会昏过去。

日记里真有什么见不得人的东西? 我平时谨慎,不记那些要惹麻烦的信息,不记过于阴暗的心思。但是,日记是人的私处,即便生得堂堂正正大大方方还是私处谢绝参观。

记起刚买电脑时,帮我安装的小伙子对我说的话,你千万不要让别人接触你的电脑,是比你的私处还私密的东西。当时我笑了笑,因为他使用了一个很少用到的词,私处。我没想到它的致命,没想到电脑是人们思想的垃圾桶,装着不见人的阴暗。不幸在于,是我自己将私处亮出来的,我还给别人观察的工具,亲自教授观察的手段。

车一停我扔下钱就飞奔而去。一进门我将那块软盘要来,只打了 DIR 确认是它就将它彻底擦干净。我恨不得将它千刀万剐。我不由分说地将她的硬盘给 FORMAT 了,再低级格式化了,重新分区。干完这一切我开始抽烟。杨海红看着我停下才敢问是不是好了。她的电脑成了没有软件的白痴,离好了远着呢,但对我好一些。可是,我想也许已经晚了,她已经记住了,更坏的是在我到来之前用软盘做了备份。这是我白天刚教会她的。备份很容易,一条命令一分钟一个盘足够了,可以放我十年的日记,与原件没一丝一毫的差别。假如她的电脑和 Internet 连网,我的日记几分钟就会传遍全世界。这太恐怖了!

要是杨海红不说,我是不会想到已经春光大泄的。假如她是一个高尚的人,看到是别人的日记,赶紧关机赶紧删除,那就非常好。但是,我连自己的高尚也不敢指望,又怎敢指望别人。退一步说,假如她悄悄地看完,将文件删除,天下还算太平。假如不删除,存放在硬盘的哪个角落,一直放到她死,日记被别人发现,当作我的遗作发表出去,理论家们广泛深入地断章取义地引用,来证明某个王八蛋问题。这是不是天意?

我将必要的各种软件安装完,回到家里已经凌晨两点,杨海红送我下楼大家一句话也没有。回到家,我立即给自己硬盘上的敏感文件设了密码。我用了以前学的各种欲盖弥彰和烦琐复杂的办法来使文件不被别人也不被自己一下子打开。所有的密码都是可以解开的,我自己就会解一种常用字处理软件的密码。强密码技术使世界更安全。密码是一种自我安慰的东西,当你自己打开文件时,电脑要你说出口令,你就好像看到别的什么人被口令拒绝。它是你的内裤。现在,重要的是必须将口令记住,芝麻开门,麻子开门,王八蛋开门,宝贝开门,印在脑子里,融化在血液中。

鲜花和

出　　国

　　做完这一切我仍无睡意,就将日记打开,看看自己写了些什么。我的日记通常很简略,记得最详细的是几年前级级的出国。

　　(那时候。倒叙。)

　　杨色,我要出国去啦,她夸张地给我看申请护照的表格。我打不起精神,你去就去好了,不要三天两头地在我耳边聒噪。你拿到护照去签证时再和我说。你他妈的给我走得远远的,我当你没有了,这辈子不想见你。

　　你这人真是怪怪的,我是你老婆吗? 我要出国人人都知道的,我骗你了吗? 就是你老婆就是骗了你,公民人身自由你能不让我出去吗?

　　她说得很对,人身自由万岁,可是,不是说,还有爱情吗?

　　爱情? 她诧异地问,我们不是爱过了吗?

　　那段时间是我心烦意乱噩梦频频的坏日子。级级办的是留学,不是嫁人或劳务。对我都一样,对我来说现在的日子过到头了。本来也没想这样的日子能地久天长,但是丧钟一旦敲响,发现事情就怪怪的了。又何况级级的丧钟一旦鸣响就从不停息。她说到西藏去三年吃够了青稞再回来,说到北京落户那里机会多北方男人比较大气,她要到所有中国人热衷去的国家去,到她自己热衷的苏联去。至多不过三个月,她会换一个方向。每次的前奏是买地图,在厕所里张贴着。我家的厕所是一块他国的飞地,她坐在马桶上面对心理上已经去了的国家千娇百媚哼哼唧唧。我对她说你不如买一张世界地图算了,她说太小了看不清楚。毛阿为此懂了不少世界地理,她建议级级到非洲去,因为那里最多的是毛阿爱吃的香蕉。级级说会去的,生几个混血儿小贝贝回来和你玩,我们还一起过日子。级级你就去生一打杂种好了,日子是不跟你过了,你爱和谁就是谁吧。很长的一段时间,我每天必须面对级级想去的国家头痛欲裂,我骑在马桶上对每张地图也就是每个国家送了一个字,操!我操美帝操苏修操你们世界各国的王八蛋!我把它恶毒地设想成我胯下的马桶,可是为了它的清洁我还必须放水冲刷。

就和蚊子来了,要是打不死它,最好由它猛吸一口然后歇着去。缺德的蚊子它不吸血要在你耳朵的边上唱歌,它想催眠你,而你只好失眠了。它也吸血,每次叮一下之后喝白酒一样舔一舔,味道不错等会儿再来,你就浑身燥热两眼血丝东抓西挠手舞足蹈。不过,既然是蚊子,你还能指望它的德行么?

杨色,我们说好了,要是签证签不出来,我们还和过去一样。

签不出来也不要回来。我又不是待签室,不要你回来。你一走我就去找一个不去外国的女人断你后路。

既然这样,我走之前给你找一个吧,我走了也放心。找个小保姆最合你心思了,每天在家围着你一声声叫你大哥。或者找个有孩子的父党母党,省得人家缠着你要生儿子。找一个难看得要死的,你一看就对女人没兴趣了,可以爱惜身体。级级笑得那么得意。她说给我找这般的三种人请不要客气,说完就肆无忌惮地笑了起来。我看看她,你走你的,不用小姐费心了。她善解人意地说,走也要走了,你就不要客气了,我怕你饿死冻死没有女人上街招妓惹上脏病。

我给你找好了,我走就放心了,我呀惦记着谁来接过雷锋的枪。

级级,是枪是炮你都不要操心了。你到国外也不容易,不如现在回你的娘家快快学点外语。要不然你读书没门想嫁人也找不到话说。你只会做手势,要不然买上一块大饼一根油条到外国去看图说话。你要是去美国,请代我向美国人民问好。你回来前通个电话我到机场接你,到时候你领着一打红白黑孩子排着队走出虹桥机场全世界人民大团结。

我们拼命地伤害对方。我们把关于以后的话都说尽了。这样好。将感情在今天消耗尽了,比在明天哩哩啦啦要好。没他妈明天了。比还存着什么感情来一句酸话好想你要好。我有一种想把家砸了的感觉。我们依然睡在那张老床上。我说咱们闲着也是闲着是不是干点什么,想到要干活我就觉得占了日后的什么洋人的便宜。她说杨色你不要这样讲话,你要是这样讲的话,我就要为我以后的外国老公讲一点贞洁了。我的长着密密胸毛的洋人兄弟,我恨你还不知道你他妈是谁,级级预算已做但也不知道这钱给谁去花。她木知木觉就要走了,吃不来面包说不来洋话连南半球北半球也没搞清就要走了。

白天家里没人。我在读我的朋友章鲜写的《美国妻子》的话剧剧本。章鲜是男人,只忍心写女人的留守。现在开始,男人也留守了。男人要是留守起来天也要落泪的。我想到贫穷的山村里的那些光棍儿。他们的肋骨不见了。我说一个落后的氏族最先交出去的就是他们的女人,从来如此,天昏地暗。这是进步,智者说,小康往往从这里开始。我不由得欢喜起来。我把难题扔给洋鬼子了,让他们乐呵呵地去领教东方妇女吧。祸水。我开始窃笑。你们洋人早几个世纪就编好了黄祸的神话,现在终于要兑现了,外星人真的来了。

我可是领教了,她们走了还要糟蹋俺呢。嫌我们钱少也罢了,还嫌我们的家伙不行要掘祖坟啦。居然有一个小贱人,一被洋人上身就喜滋滋地弄出了统计,中国男人十个有八个不行,外国毛人十个才有两个不行。洋人家伙大汁水多什么什么。(我见过此人,你见了她不闭上眼睛那就怪了。)八退二进一,你他妈就是那个不行的家伙揍出来的,你他娘的找头驴子算了,十头驴子十个非常行。

半夜,我在看书。级级从噩梦中醒来,伸手给我,拉我。我将她的手放进她的被子里。我看书,看西蒙·波伏娃的《第二性》。道可道非常道。级级不说话翻身又睡了。我看书。

大师,我害怕!

我的朋友,一个向来勇敢无畏的女朋友青平,迷惘地对我说,怕。我在一刹那间体会到了她的无助。她一直嘲弄地叫我大师。我搂住青平,她在发抖。让我搂住你。一个即将留守的看不住自己女人的中国男人搂着你。级级不会对我示弱。此刻,我不知道是否有另外一个中国男人也在搂住级级的肩膀,她也许对别人说怕。我搂住我的朋友,右手握住她的肩头,这是我们这些男人硕果仅存的动作。青平已经拿到了签证,行装已准备就绪。她的英语不错。她的目光迷惘。泪水渐渐涌上她的眼眶。我知道她是在为自己而哭,如同旧日的上轿前的新嫁娘。一走出这个门,我就帮不上你了,我们帮不上你。一走出这国门,全靠你自己了。你要是过得好就会将今天深深忘记,我要是旧事重提你会不以为然地断然否认要我别搞错。是的,我等待你的否认。愿意你有否认的一天,那是你拥有明媚的未来。而此刻,我将自己的肩膀批租给你,让你有最后一次的软弱。要是还不行,我们就做得更多一些。恐惧是因为动作还没开始,恐惧是鬼,是自己在吓唬自己,动作往往能战胜恐惧。当然这不表示什么,性是一个杂种,它什么都能表示所以什么都不表示。此一去就是永别了。将来你回来对我们说一点各国风情像放映一部风光片。你每两分钟就说几个洋文来难为我,说完说一声 Sorry,并给我翻译。我也说,说上几个新流行的市井俚语,近乎黑话。我摸摸她的头,她的头很乖地靠在我的肩上。我们从来授受不亲,从来不

鲜花和

动口也不动手,今天管他娘了。有狗日的美帝,就要管他娘。她的头。手。只有中国的女人才有这样好的头发柔顺如丝光亮似煤令人过手不忘。我不爱金发女郎棕发女郎红发女郎不爱蓝色的眼睛,遗传规定我看不得这样的黑发和黑色的瞳仁。

我愿意自己搂着的是级级。我们不要冷战了。要是迟早有分手的一天,冷战变得过于无聊。在一种更大的伤害面前,无论嘴上发表什么说法都是无足轻重的。我愿意搂着她,静静地在我们临时的共同的家坐一会儿,想一分钟过去的日子。

我的朋友一个战栗后冷笑了一下。站起来,整理一下衣服,对着镜子照了照身首笑一笑,平静地对我说,好了,我走了。大师,我们以后总还会见面的,你多保重,记着给我写信。我立刻想起她来的时候也是这样的平静和清醒,拿出签完证的护照给我看时甚至有一些欣喜。我本来不走的,我们单位的头头对我不好,她补充说。嫁给谁不是嫁。(一个女人是否成熟的标志在于是否说出这句话。)不管你是什么人种,到老一样的,一律银发。我送她到楼下,我们在门边说不上为什么聊以塞责地吻了一下。

我在级级终于走的时候没有吻她。我站在机场要自己去想今天实际上是在送一个不相干的人几多有趣。我们各自买保险受益人从来不写对方的名字。今天丧钟停息了,周围很安静。她的全家人都在场,父母特地赶来摸她的头,我显得有点多余名不正言不顺就在一旁接连抽烟,看着别人摸她的头摸她的肩膀摸着她的手。级级的最后一句话是对我说的,她朝我走近一步高声说,老兄要是不行我还要回来的。我记起她没有把家的钥匙还给我。我的泪水夺眶而出,仿佛此时此刻就是生离死别心乱如麻。我觉得最后的那句话是反话,一切都已宣告结束就地出殡。可能还有一张圣诞卡,或者还有一丝有闲时的牵挂嗨你好吗。我愿将泪水即刻流去作为我最后的礼物,以免日后积成一潭死水豢养孑孓藏污纳垢。级级朝我点点头,做一个似乎安慰的手势,朝大家摆摆手,入关去也。

要是我知道她八个月后要回中国,那天是不必那么失态的。这八个月里她欣喜过,咒骂过,迷惘过。后来很长时间没有来信。似乎没挣到什么钱,似乎没读成什么书,风景也看得不多。但是,重要的是她去过了。要是不去那么一下子,一辈子不会宁静。

这八个月里,我管管毛阿,做做自己的事情。非常难耐时,我把某个女性当成级级的替身做些必要的事情。真是对不起,她没料到我把她当作级级,我自然也没通知她。夜深人静,肌肤相亲,猫儿叫春,狗儿怀孕,路漫漫其修远兮,吾将上下而求索。在最手忙脚乱的时候,她突然高声一连声叫了,Fuck me! Fuck me! 我完全没有料到,我被吓住了,当场偃旗息鼓。真是吓死我了! 对方要是一个洋婆子还不至于此,我会有心理准备。局面有点尴尬,事后我急中生智解释道,你冷不防换了口令,我做不上来了,没想到你在这节骨眼上练习口语。她不以为然地说,你太挑剔了。我承认自己挑剔了,我就提前当她是外国人好了,想通了这是咱们第三世界男子的特殊待遇,就渐渐学会在西洋口令中坚持着把中国人之间的事情做到底。兵来将挡水来土掩。不过,我坚持不说 Fuck you 之类的外国粗口,我只说,操,这个字有力,亲切,民族。如果她也说这个字,我不知会如何地感激她。

(口令非常重要。比如,我不能设想见我母亲叫她一声亲爱的妈咪,她从来是我的姆妈,不是任何其他。姆妈。无论我走到哪里,我成了谁,只会这样称呼母亲。口令就是一切。)

从小姐口令也变了,就知道她也是魂不守国的,彼此已经说清楚是临时的关系一夜春梦,还要提早实习预习演习,相煎太急。后来我发现,除了床上用语,她的英语很有问题。一天毛阿问她一个小学生课本上的问题,她支吾了半天,翻了多本辞典没说出个所以然。我很为她着急,你出了国总不能随时放个床在身边。

我们的关系还是说得过去的。经过这些日子,我已不怕任何人的走。你说你怕,她们就不走了?我只消把自己的日子过好了,有人来欢迎,有人走欢送。不怕才有日子可过。这样过日子倒也爽气没有老年问题,权利义务一清二楚。

在我渐渐把她当外国人时,级级居然孤身一人回来了。我告诉某女性,真是对不起,我的女朋友回来了。那时她已经说走,一听级级回来就不走了。我偏不走。有人抢的东西才是好东西。我没办法了,就觉得有人抢自己也挺好。这时,毛阿出场了,她每天和我和某女性大吵大闹,要老级级回来。没有人顶得住一个孩子的哭闹,我和某女先后举手投降。更重要的是天公作美她的签证下来了。她和级级变得非常友好,甚至请教了级级出国的须知促膝长谈。

在一个风和日丽的早晨,级级当仁不让地搬回我家,一进门就要把别人睡过的床换了。我说,不换。她说,我出钱你换了。我冷冷地说,就是这张床了,换人不换床。她被噎了一下。我心一虚,说,那么把床单扔了吧。她头一仰认了。

后来,我问起她在外国的遭遇,她翻翻眼睛,说,我没去过外国,你认错人了。

那段历史就永远隐在了黑暗里。

死　亡

　　早上级级要上班去,照例在镜子前左照右照。我躺在床上。她的毛巾毯没叠,还做成一个人形。枕头歪斜着,上面有她的几根头发,她最近掉发掉得厉害。她的妹妹给她送来黑芝麻她一直没吃。昨天晚上她说的话跳了出来。

　　你不要死,我不要你早早死了。

　　我想,死不死怎么是我说了算的呢? 我说不死就不死了吗?

　　级级朝我靠了靠,我不要你死,你一定不要死!

　　我安慰她,我不会死的,我活得很长,到八十岁还要和你性交呢。

　　她说,十三点!

　　是的,我不死。我要等到你习惯了牛粪的思维我也习惯了花的梦想。只有和牛粪在一起,花才更显得是一朵鲜花而牛粪就更像牛粪了。我不死。我好端端的凭什么要死。我不把你改造过来,我的日子就没有安宁,而把你改造过来,我的精神也不安宁。我欣赏你的张扬,新鲜到滴着露水,只有做不完的功课没有做不成的事情。我欣赏你做的和我没有关系的事情。一个漂亮女人,不能事事与我有关。但是,我总是在家里遇见你。这是问题的症结。我会想到你把家

鲜花和

当成旅店将旅店当成家,把老板当丈夫把丈夫当伙计。我会想到我在你的生活中其实无足轻重,还不如你内衣的花边。我们像是因为血统而宿命地绑在一起,不是由于爱情或欲望。很习惯也很平淡。任何追求不平淡的企图都将导致一场冲突。我们都是没什么可供对方改造的人,我们提不出让步的清单。我们渐走渐远。

等我们老了,八十岁,也许绕地球一圈又走了回来。地球是圆的。圆形对老人具有特殊的意义。

我走了,今天晚上不回来吃饭,有个重要客户要谈,不要等我。

电话来了,级级听后递给我。电话是个乌鸦,传来一个朋友查出肺癌的消息。放下电话,两个人一时无话。生气勃勃的人,还想做很多事情的人,乘风破浪过江越海,一个电话就他妈搁浅了。过一会儿,级级说,你不要抽烟了。你要是爱我,你即便不爱我,你要是爱自己,爱你的女儿,你就不要抽烟了。

她说得很感人。我想了想,郑重其事地摇摇头。

那你抽好点的烟吧。人家问我,你抽什么牌子,我说抽骆驼,人家都很吃惊,骆驼是很凶的烟。

对,我知道骆驼很厉害。我抽的白骆驼比黄骆驼稍稍淡一些。据说这烟在美国是大兵抽的,一些嬉皮的知识分子抽的。我不嬉皮。但我习惯了骆驼的气味。这烟大概有一百年历史了。我太平静了,我的烟不能再平静了。

她在床边坐下,对我说,你抽好点的烟吧。我补贴给你钱好了。你抽好点的烟,活得长一些。老爹,你要活得长些,你死了,我怎么办?

我摸摸级级的梳得光光的头。谢谢你的好心。你费心了。你不抽烟是不知道的,什么样的烟都是害人精。要死的话抽好烟也一样要死。我对她没说最后那句话。她不喜欢说到死。我死过一次了,所以不怕说死。有人要你活总是一个好消息。好死不如赖活,哪怕预约了化蝶也不干。香烟是毒物,但它那么忠诚,横尸烟盒排着队送死,从不让我失望。香烟是男人的小婊子。我安慰级级说,一种毒物毒害人几十年还不一定把人毒死,这样的毒物未免太不精彩,对不对?

级级说,也不是说一定毒不死你。你死了,我怎么办?

我笑笑说,还不知谁先去呢。即便轮到我,我死后,你是说还想美好地活下去?

那当然! 你要我殉葬啊?

我没再问。问了,她会说,你要我守活寡啊?殉葬和守寡的主意太没意思,我并不要求她如此。这些年来的所有白天和一半夜晚,我每天在家为她守活鳏,不要她偿还我。我在想我死了她究竟怎么办。她应该活得很长,活得很好,美丽而且年轻。(说梦?)至于我,要死最好现在就死,她的办法还多一些。

老爹,你要为我活得很长。级级诚恳地说。

我摇头。我答应了母亲,答应了女儿,现在又到答应第三个人的时候。一份生命送三份礼,我摇头不做。

你为我也是为你自己。

不一样。你想想,是不是不一样?

她想想,说,是不一样。

不知生,焉知死。今生的日子还不晓得如何打发。当然,不妨碍我们沉浸在你死我死的想象中,想得入神。死亡真是一个与生俱来的游戏,非常耐玩,捉迷藏似的,人从生下来一直可以玩到真的死了。等级级走后,我才想到,将我的垂死的朋友忘了。他不是游戏,而是真的要去设想今后的故事。他没得玩了。阳光下,人们照旧过他们的日子,至多留下一声长叹,转瞬再去喝酒或唱歌。人,只有自己忘不了自己。只有你伤害过的人不会忘了你。只有需要你的人不忘你。无论他们忘记与否,你都进入了另一个世界,你毫无例外地将全部统统遗忘。只有死者才有权忘记。

　　级级将自己定位在被众多人的欣赏之上花红柳绿。这是应该的。长得那么美丽,不被很多人看见很不人道。对一个女性,看见就是祝福。那么,聊以自慰,我首先做到了。我一如既往地欣赏着你。不管别人怎么看你,我都是你的崇拜者六神无主五体投地。没有条件。你不必也欣赏我。我们不必相互欣赏。欣赏只有远远的才能做到,于是我们身在曹营相距遥远。我期望的是相互斗嘴、焦灼、叹息。她离开家的最后一个镜头总是在照镜子。脸的位置决定了它是生给别人看的,还有 × 的位置也是,给别人看的器官都很重要。出牛粪而不染,濯广告而不妖。人的自我感觉在于别人对这些位置的评价而不是其他。因此,必须到街上去。

第四章

小 雷 子

级级的精神领袖小雷子来电话找她，我告诉她级级走了，再不回来了，你还不知道她出走了吗？小雷子说刚从外地演讲回来，她断定又是我在无事生非兴妖作怪，杨色你太不像话了，这么好的女人都留不住，你他妈的还想怎么样？我想了想，发觉自己不想怎么样，就请她找到级级后为我美言几句，我盼望级级能回来。她生气了，我能给你拉皮条吗，这事没完，我要问问清楚，我们级级可不是你招来挥去的。她急着找级级就放过了我，但是预约了一定要来给我洗洗脑筋。

小雷子与我同岁，原名雷金妹，本业是医生，目前在电台主持一档谈话节目，小雷子就是她自定的播名。这档节目谈的是她自己从没有亲身经历的核心家庭夫妻子女以及半夜三更的悄悄话。夜半打开收音机，一定能听到她大声雄辩地说着悄悄的话，肥皂剧的形式一集一集。客观地说，节目很受欢迎（性的问题是个热点问题，从来深受欢迎），我家小保姆就曾一夜夜地听下去，以致白天萎靡不振。据说小雷子为成功所鼓舞，有意向电视发展，那将更著名了。她生得当然是很美丽的（我说过，只要是女人我都形容为美丽。男人别的不能给，这样的评价是一定要给的）。她长得比较高大粗壮，或者可说是伟岸，因手臂过于修而不长（相对修长而言）无法继续从事职业铁饼运动而改读了医科。记得我认识她的时候她还比较苗条，我说的是幼儿园。我们在一个班级，每天中午睡在同一块地板上，危言耸听也能说是同床，集体洗澡时我们相互欣赏过对方的光屁股。那时她倒从没给我气受脾气很柔顺。自从学校出来在医院的妇产科工作了几年，对妇女姐妹的痛苦有了痛切的认识，今天她张口闭口要说女权的。她不说妇女，只说女子，显出和别人的不同。女子的权利。记得以前她不是这样的，那时候她对男子还有梦想，说话要热情得多。她总是来去匆匆，因为她总把约会排在差不多的时辰，为的是使自己喘不过气来。她那时的口头禅是我忙死了！她没耐心听任何人说话，光是自己说，说完就忙死了走了。在小雷子的百忙当中曾有一个大家认为很般配的男人走进她的生活，那个人来得太早了，小雷子还没舍得放弃婚前的游戏，结果为了一个中年小黑脸将这份前世姻缘活活放弃了。黑脸的事情最后总是黑了。小雷子回身一看，游戏场变得小多了，从那时起她对那些爱慕者的小花招不特别上心了，而是关心有没有结婚的诚意。她把男朋友分成允诺结婚和不允诺的两部分。大多数的人回答她，我们再看看好吗？另一部分人油滑地说，都世纪末了结什么婚呢？据我所知，为了结婚她和不少人上过床（有时贞洁的人比水性的人上更多的床，真是滑稽），婚姻离她始终很远。这么说，她的激愤也是有理由的。

那时她一来我们家，我就知道她又失恋了。忙死了的时候她从来不来。她来，级级在就和我俩说，级级不在就和我说。要是我们都不在，甚至会和毛阿说。毛阿，阿姨真的好痛苦哦！毛阿不解地看着她，听从她的吩咐去拿来零食，看着她流着眼泪一口接一口地吞食着。

阿爹，小雷子阿姨为什么好痛苦？

可能是她的朋友走了。朋友走了心里会难过的。

她是不是失恋了？毛阿小小年纪居然也知道失恋这个词了。阿爹，她再也不要失恋了，她再失恋我的零食就没有了。你要赔我！

你不要小气。小雷子阿姨给你买东西的时候你忘记了，只记得吃你的。

阿爹，小雷子阿姨再吃就更胖子了！

我的小祖宗，你在她面前千万不要说胖。你说胖她要杀了你的。

毛阿问，她胖子得想杀人吗，胖子都要杀人吗？

不要问了，你给我记住，不要叫她胖子！

阿爹，我不叫她胖子了，反正我叫她烂大块头。毛阿说着嘿嘿一笑。

毛阿用了上海话，这更要不得了你赶快住嘴。烂大块头还是胖子一个，香港肥肥的级别比胖子更胖，翻译成北方话是贼胖贼胖。肥胖可能是一种毛病，毛阿，一个人生病是没什么可嘲笑的，笑胖不笑瘦非常没道理。

有一段时间，还没胖起来的小雷子总是给我打电话。她只要想不开了就抓起电话，一个个打出去，谁在就和谁说。而我一般都在，所以经常和我说。有天，我说，我有朋友在，你晚上再打来好吗？她一言不发地挂上电话，晚上十二点很守约地重新打来。那时经过许多轮电话会议我已无话可说了，说服一个将要胖起来的人比说服十个胖子还难。她一二三四诉说了一大段，然后等我发言。我想怎么像是听过的，于是疲惫地说，小雷子，你是聪明人，道理你都知道，我说不出什么新鲜的话了。她聪明地问，你是烦我了，我真的那么讨厌了吗？我怎么能说一个女人讨厌呢，我的意思是，你这么过日子，不是跟自己为难吗？杨色，你就不能说点温柔的话安慰安慰我？我需要的不是狗屁道理而是朋友们温暖如春的安慰，你知道我心里有多烦！我说，既然你烦了，就念一个古时的民歌给你，我刚才看到。她说，民歌都很黄色，我不听。我说民歌淫而不秽，你不听就念个不黄色的很雅，《想嫁》。嫁了罢。嫁了罢。怎么不嫁。说许他。定许他。怎能勾见他。秋到冬。冬到春。春又到夏。咬得牙根痛。掐得指尖麻。真不得真来也。假又不得假。

听完之后,她沉默片刻,发火了。你这是安慰我吗,我本想朋友安慰却招来嘲笑,杨色你真不是东西! 你怎么知道我想嫁?

我想,这就对了,这是问题的所在。嫁还是不嫁,这是一个问题。她果然很需要安慰,但找我又有什么用呢? 我也是一个需要安慰的男人哪。我们每个人都很倒霉啊。我不诉说不是因为我没的说,而是男人这个词限制了我。我们相互诉说好吗,彼此卡拉 OK? 人生会变得很不公正昏天黑地,但生命毕竟是可爱的我们无权这样说它。我想到一个恶毒的说法,旷夫怨女。我安慰你等于给喝醉的人再来一瓶。雷金妹,我可能不够温暖但诚恳地和你说,你去嫁人就好了,你一时嫁不了人,也可以去找个人先做做体操的。(小雷子说,杨色你不要下流! 杨色还是下流地说下去。他知道她在听。)那个问题解决了事情就解决了一半。你别以为是物理现象或者下象棋车二进五,人做这般动作本来就是一个心理的毛病。你要是以为(她多半会那么以为)你们做过体操了你就有绝对的权利痛说脚上的一个个鸡眼可能又会坏了。要是不想贬低自己,记住不要和男人再说那么多的麻烦了,麻烦女人从不受青睐。每个人只有将自己的事情解决好了光鲜夺目,才好和另一个人相处。没人找朋友是为了添麻烦。对不起我又要和你讲你厌烦的道理了,小雷子小姐,你的宝贝儿子阿毛就是被狼吃了你都不能一遍遍说我真傻,所以你不要傻了。

你就是一只,披着羊皮的狼! 小雷子突然恶狠狠地说我。

我明白自己又犯了错误。她们从不爱听这些,我也真傻。我要对她说,你还是非常可爱的,会有很多人梦里也爱你。(仅仅说这些她们也不信。何况她现在要的不是人家梦里的爱。)再添上一句,我每次看到你都觉得你真是非常可爱(这就对了,劝说者必须交出一个人来,她们对实在的东西有感觉),当然我是不配有什么企图的。我也不敢有什么企图,因为我不能将自己奉献给任何一个人。

级级曾把我看成男人的代表,教训我说,你们男人瞎了眼睛,这么好的女子不爱,要去爱十三点小姑娘。(后来,小雷子自暴自弃了,级级不说了。)那时我已经见到过长成的雷金妹了,于是希望自己瞎了眼睛。级级一次次将小雷子发牌一样发出去,每次都在祈祷,这次不要回来了阿弥陀佛,结果还是回来了。我想级级,你真是错了,她就是有什么好也是她自己一个人在好,和别人没有关系的。你们女人反正不会爱她过一辈子日子,级级你在慷他人之慨啊。级级气愤地对我说,某人对小雷子始乱终弃,你们男人没一个好东西!我说,此君本来就是有名的始乱终弃之徒,你还指望小雷子把他改造得情义无价?我后面的话没说出来(级级会跳起来的),始乱未尝不是恩惠。要是我足够恶毒,我就夸小雷子贞洁娴静不起波澜,令她对欲望有一种犯罪感,现世和来世都被败坏。然而,你欲望哟。(说到欲望是要做诗的。)

就是说了级级也不会相信,我和小雷子差一点就做下事情。我外婆在世时说过,男人女人这种讲来讲去的事情讲不出好事体。老人家真是一针见血。小雷子在电话中发出邀请,让我去她那儿说,见我懒懒的不去,终于自己来和我说。那天我喝了不少酒,听了半天发觉绕着圈子说话不就是因为没摆平器官的位置吗?于是我看着她诉说的嘴,心一烦就伸出右手直接握住她的乳房,犹如某作家直逼张爱玲。她连吃惊也没有就用扔过铁饼的手掌捂住我犯规的手,嘴里还在不停诉说。我的手在她的手里苏醒过来发觉了柔软和坚实,她靠过来她的诉说变成了耳语。过了一会儿,在各自脱去衣服后事到临头时她表示了吃惊。你怎么可以这样的,你把我当什么人了?本来问一问就过去也是一种必要的程序,但她说个不休脸上的表情很奔放,我就撤退了说对不起。我意识到自己真是混账昏了头真是对不起。她撑起半边身子说,杨色你,你怎么可以做到这样不管我了你太岂有此理!这话听起来费解。我还是按照最无辜的意义说,对不起,然后将我小时候就见过的那个屁股遮掩了,还将所有的纽扣扣上。她怅然若失地看着远方听之任之。事后我对这个结局很庆幸。几分钟后级级竟早回来了,她要去五星级开会回来换衣服。她看到的是我坐着抽烟小雷子去卫生间了。小雷子从卫生间出来,见了级级一愣很快拉着级级的手很亲热地说,你可回来了!我冷眼看她做戏心虚地想幸亏她会做戏。她们撇下我说起了说不尽的知心话,空闲时分小雷子要级级好好教育教育我。级级说是的,男人不教不成器的,只怕我家的男人朽木不可雕还是你有空帮着敲打敲打他。我想她刚才差一点被我敲打,你见了才知道好呢。级级总以为她和某些女友的感情是牢不可破的你们臭男人懂什么真正的友谊。她对男人的评价向来很低,所以应该知道那个明白人的话,这个世上,对女人来说,除了你的父兄,没什么男人是可靠的。但她没想到自己的亲密朋友基本上也不可靠。她没料到,孤独和欲望是一条虫,会咬破任何规范穿城而过。级级也曾孤独得要死要活,但她们从不将心比心。

以后我和小雷子倒是没有这样的危机,一个对不起隔在我们中间。她还是会来电话,谁在就和谁说。每次被一个人拒绝,或者见别人要走抢先拒绝别人,小雷子都要哭上一场。只是一场,不会更多了。第二天醒来,她又朝气勃勃地走出家门去征服社会。这是她最可贵的地方。

那些男人拒绝她的理由五花八门,最常见的一条倒是我妈不同意。她看着一个个孝子乖巧地走开,心里想着这辈子定要生一个儿子,也要他去说,我也罢了,我妈妈不同意。

不知从哪天起,在别人缺德地断言她再不结婚真是个祸害时,小雷子突然信奉吃的哲学。她超量地吃,于是超重地肥胖。她吃穿用减肥药品物品,越减越肥。我想到食色性也的古训,可见食和色是可以相互转化的。(杨色在一定的时候也就是杨食。)我舒了口气,知道自己使命结束了。她已自暴自弃。她闭关锁国了,你们不要再打什么鸦片战争去害她。正在我庆幸之际,传来一个惊人的消息,小雷子成了一位著名的女权活动分子了,她的舞台就是那档电台的节目。落寞的女性和一部分吃饱了的男人为她鼓掌喝彩在报纸上张扬,一些听了悄悄话后有所觉悟的人举手叫好希望再听一遍。经过许多不同意的我妈妈和减肥的洗礼,小雷子彻底成熟了。她再也不避讳用词,经常使用的词汇有处女膜乳房奶头子宫阴蒂,反正是男人没有的那批东西。从此这些生理学医学名词就变成了她的哲学社会学词汇,发扬光大攻无不克。她用来做例证的材料中,有一个中年男子死乞白赖地解开女人的扣子长叹一声随后抽烟去了,这是为什么,她向听众发问。听众不明白,她就自问自答,她把抽烟解释成男人的自渎,因而得出结论,在女人的健康和美丽面前,当代男人是自卑而且猥琐的,无力而且无颜自举。

我在远处观察着小雷子的举止。我对她的半吊子女权理论半窍不通,但我怀念幼儿园里的那个小姑娘。她头上的蝴蝶结比别的小朋友的大,好看。她的脸干干净净,总有笑容。我已经记不得她的小屁股是什么模样了(孩子的屁股几乎是一个样的),不能瞎说。我想,要是我真的觉得自卑那是因为她的美丽的蝴蝶结和干净的鼻孔,而不是她频繁提到的阴性名词。

有一次一群人去外地,坐在面包车里,旅途枯燥窗外也没个好景致。说了很多废话最后说了更废的话男人女人,大家讨论男人女人谁更辛苦。一位女士说自己的先生真是辛苦死了我看男人太不好当,小雷子激动得立即站起来气愤到脸儿红红地大声驳斥,你你你这样说,广大女子是要气死的!我看不过去,问气个什么,女人固然伟大,男人不是要承担很多的东西吗,战争工作灾难甚至非正常死亡的也是男人居多。小雷子说,你们死了算什么,我们女子还要破身还要生孩子呢!

从那天起我彻底服了小雷子,杜绝了联想到幼儿园小姑娘的荒谬。男人的死还不抵女人的正常性交和生育,这就是当代的最新鲜的逻辑。我看看小雷子,肃然起敬,她是最怕死的一个,她从没生过孩子。我从这句话里知道咱们男人的罪孽有多深了。因为女人破了她的身生了她自己的孩子,他们死有余辜。

一 杯 咖 啡

　　我从窗口望出去,看不清是谁,服装鲜丽坤包小巧,我不好意思要她仰着脸让我看个仔细。女人的声音,级级在吗?我说不在。她愣了一会儿,似乎没听见,又说找级级。我要她等着,我就下来开门。我把衬衣塞进裤子里,将沙发和床快速整理了一下,下去开门。

　　对不起,杨老师,我是张四新。

　　我知道你,级级的中学同学,我们见过一面,吃过你的喜酒。我和她握手,请进来吧。级级不在,她还没回来,也许今天回不来了。要不要我叫她回来?

　　我是虚晃一枪,级级怎么叫得回来。幸亏她说,不在也没关系,我路过这里,想借你家的电话打一下。路边的电话亭吃了我的硬币连拨号音也不给。

　　没关系,请上楼吧。

　　我要她走在前面。我的腿关节有问题走路的姿势不美,所以不爱走在头里。我跟她上了楼,进了自己的家门。你家里真凉快,她将包放下,从包里拿出一盒进口巧克力,是给毛阿的礼物。我谢谢她就代毛阿收下了。(我们毛阿常常收到各式各样的礼物,礼物多了她就怠慢了它们。)倒上水,我和她一时都没找到继续的话题。我微笑着指指电话机,让她打完电话再说。

是我,对的,我找了你一天。我现在一个朋友的家里就是级级家里,她先生你知道的杨老师很著名的专门写爱情电视剧的。你帮我想想我要不要去,想好了你打个电话到我的拷机上。之后她给三个人打电话,说的是同一件事情,明天要不要见某人。其中的一个电话打到外地,打外地的电话时她的语速快一些,匆匆说完,没给对方留什么时间就挂了。

张四新打着电话,我看一本漫画集《双响炮》。一个叫朱德庸的人又写又画,对男人和女人说了许多的俏皮话,有的幽默,有的粗俗。这很正确,男女关系确实又幽默又粗俗。我翻几页就笑一回。

你们家很干净。好的,你也坐。你都听见了,这种电话在家里不便打。杨老师你说我明天要不要见那个朋友?她坦然地看着我,问我。

我不习惯女人的坦然。我表示听是听见了,但听得不明不白。张四新就和我大致说了一下。将要到来的人是她旧日的情人,中国北方人,有美国绿卡的留学生,现在可能毕业了。这次回国探亲,特意绕道上海来看她。昨天,她的拷机上出现了日期、航班号和名字,那个久违的名字。

我想了一夜。他是为了我才到上海的。我没要他来,他来了。我不见他他到上海就没一点意思,他过去就不喜欢上海。他来了,为我来的,可是我一点不想见他。那段感情早就过去了,张四新说。

你要是不想见就不去见好了。人也是美国人了,不见也没什么关系。我顺着她的话说,美国人的臭脾气不好捉摸,一见面就和你讲什么人权,弄得一点情调也没有。(我一个童年的好朋友,回来住在五星级饭店给我打电话,一开口就说你们中国人。我说,我操你妈!他一愣问我怎么可以骂人。我再会骂人也不如你说你们中国人。我不怕闹出外交纠纷,他说你们中国人,我就坚持要操他妈。)对美国人,要会一掌推出去,说——不!你一不他就怕你了。我顺水推舟,那就不见吧。

我要他怕我干什么？张四新很诧异。他不会说你们中国人的。他骨子里还是我们中国人，只不过有一点西方的生活方式，吃吃面包奶酪喝杯咖啡。我不要他怕我，而是想，这么多年不见了他再看我一定会觉得我老多了，见上一面总要有点理由吧。

她似乎在苦思冥想，我看了同情，忙说她不老，我在代她想理由。

用两分法来看，要是他带了礼物，你不去接，他的礼物只好给了别人或带回美国去，有点可惜。要是他不带礼物，你去机场接机，接不到礼物难免有点扫兴。不去接可以免得扫兴。

你错了，杨老师，我不是贪图他什么的人，除了鲜花，我从来是不要他礼物的。我先生经常出国，我的家里，外头的东西很多的。再说我认识他的时候，他有什么？

我知道，凡是被女人认识的男人，在认识的时候都不会有什么。这是公理。他们在认识之后都有了什么。这是另一条公理。

我看着她想，你先生。这是戏了。你先生最好不要出现，平常情况下不要轻易出现两个先生。你不能指望每个先生都像我这样文明儒雅。

他请你先生一起去接了吗？

没有。他本来……

这就对了！我打断她，他忘了带上给你先生的礼物。我恍然大悟。

杨老师你不要再说礼物了，我真的不在乎礼物！她坚决地说。

我说的礼物不是物质的，不是那种花钱之物，东西再贵也是有价的。我说的是你在乎的特殊礼物，抽象的，感情的，也可能有一点动作，比如机场上的接吻。我做了个美式手势耸耸肩请她原谅我的无礼。如果他说你们中国人就好了，和外国人拥吻当然只是文明世界的例行公事，没别的内涵。或者反过来，你礼物带了吗？你的。你不带礼物就不要去接机。你说来说去的可是毛病出在想不好要不要给他礼物。飞机下来了，人走出来，机场上有没有礼物一目了然。你不能到了机场还想不好。

她开始喝水。沉默。

这不是我杨色自己的故事。我自己的故事还缺少一个结尾。但我忍不住要去想想明天的虹桥机场。去机场的路正在补造被那个蠢材忘记了的高架桥的 SW 匝道，高架修不好路就不好走，从上面回到地面再上去有点乍暖还寒一波三折不如归去的味道。问题不在于去机场的路好不好走，难走的路也是可以走通的。问题的问题在于礼物。有礼才能走遍天下，广告词是这样说的。时间地点已经确定了，人物也确定（只有一个先生，一对一），她拿不定的只是该收他的什么，该给他什么，给多少，分几次给。不不，不要傻了，没有给多少的问题。要么不给，给就是全部，她明白，所以踌躇。

我跟你说点过去的事情，级级知道的，我和他过去的事情都过去了。那时候我真是年轻，他也年轻。是他主动追求我，追得我走投无路。你真是想不到他追起姑娘来的样子。

我礼貌地听着。我是一个小说家，习惯编造故事，无论什么情节在我看来都是可以设想的，我不为情节吃惊。小说是一种动辄千刀万剐死去活来的艺术形式，我写上一句话杀他百十来人杀得无动于衷眼睛都不眨，而生活要脆弱得多。生活中的伤痕一道是一道的，生个偷针眼就要大书一笔。可以想见，她的故事并不出奇，但是还有悬念。

我们其实是不应该分手的。后来，我和我的先生说过，我先生也是这样认为的。我们不该分手的。

我这才看清，她和天下所有的好女人一样幼稚。我先生也这么认为，真叫人惭愧死了。当然，和所有的好女人一样，她的幼稚也是有限的，毕竟知道这种电话在家里不能打。她不和先生商量却和朋友商量，和我这样的不相干的人商量。有人爱总是可喜的。她坐在沙发上，头歪歪的，忧愁中含着优越。

要是，我明天去接他，和他在机场咖啡室坐一会儿，对他说，我们就这样见一见，见一见就可以了。我们说点自己的近况，张四新说，她转动着手里的茶杯，这样好吗？

这个主意令我非常不以为然。她以为自己和那个某人是周恩来和柯西金吗？我又闻到了肥皂剧的味道。她坐在某人的对面，歪着头，转动着手中的咖啡杯。本来是简简单单的问题，为了做成一个戏硬是拖长了。问题非常简单——

是否睡觉？

以前睡过的不算，明天，你们睡觉吗？你们飞快地逃离机场，在最近的宾馆开一个房间，刚把门关上已经睡了三分之一。你们会这样吗？这也是肥皂剧，但这是男式肥皂剧。男人容易从床出发想问题。在女人，要复杂一些。她的问题是明天以后怎么办。女人从来不为睡觉而睡觉。（也不为艺术而艺术。）要给她一个说得通的由头，就像做传媒的人写稿要一个新闻由头。那些空洞的东西，浪漫，旧情，可能不是好的由头。女人倾向于彗星一般的事物。外面是光芒四溢的彗尾，场面做得极辽阔，中间却有一颗绿卡般的彗核，实实在在的一块大石头。普通男人经常是碎砖乱瓦，不长草不发光没有尾巴躺在废墟上等死。阿Q要和吴妈困觉，吴妈没有上当。男人往往把故事结束在睡过之后，而对于女人，从床上起来，故事刚刚开始。

刚才，我的三个朋友都叫我不妨见见他。毕竟是专门为我来的，飞机，绿卡，温情，机会难得。我自己想，算了。

我在想，见一见也很好，算了也很好。我的意思说，都可称得上是条路，有路可走还不好吗？你只要别在意哪一条路是近路，天下的路，死路以外的所有的路都可以算是好路。我就这样想想，没说出来。她并不在意我说什么。她其实不是来和我讨论的。她只是想说一说，主意早已打定。她打出的电话，对朋友说一说。拥有故事的时候，我们都有说一说的心情，有故事一说的时刻是我们生活中的重要的时刻岂能错过。

我要是那样做，有点对不起我先生。我先生是个非常好的人，地位也不低，非常爱我。我也爱他，他是浪漫骑士一类的。

我完全明白了。你明天非要对不起你的骑士不可了。你们说的要是就是一定。因为他的非常的好和非常的爱，所以不妨对他不起。对浪漫骑士可以这样。人们很少朝强盗说对不起。你把所有的事情都想到了，你连对不起也想到了，对不起之后也想到了。你的脸上那少女般的红晕，两眼光芒袭人，加上一点恍惚，犹如加了一把爪哇的香料。

杨老师，我想再坐一会儿，不打搅你吧。

不打搅。我为她的茶杯续了水，将空调的温度调得低些。

她说，我何德何能，只是个平平常常的女子，却得到两个好男人的倾心，我于心不安。我朝她看看，很不骑士地看出她的一点自得。当然她有权自得，我尊重她的自得权。我不过不爱听于心不安这一类词罢了。

你和级级之间也有这样的问题吗？

我立即想到明天的机场。张女士，也许我们会在机场见面呢。但我毕竟老成一些，不想扩散就说了没有。

真的一点都没有？

真的没有。我既然说了没有就要坚持下去。

张四新的拷机响了起来。她急切地看了，垂下手，脸色转为阴沉绿肥红瘦。也好，我就走吧。我走了。

怎么啦，你有什么要我帮忙吗？我问，我的好奇心出来了。

是他从东京打来的，因为紧急公事，不来上海了，这次不能来了。她的脸上浮现出倦容。我的脸上也浮现出倦容。她弄着坤包的带子说,我想大概是命运的恶作剧。就是他真的来了我也不去的,我先生那么爱我,我家什么东西都有,我一直都说不去见他。过去了,没什么意思了。张四新的脸色由灰而红由红而白,眼睛终于水汪汪了。

是的,也许是恶作剧,现在社会上坏人很多,有一种坏人就专做这样的事。一个小偷,到居民家里偷完东西还爱留个条子,关照主人把东西放好,甚至给他画了优良防盗门的图样。你看昨天的晚报了吗?

张四新已没心情听我的废话。我还是走吧,太打搅你了杨老师。级级还没回来,她真辛苦。级级说,白天是你的睡觉时间,晚上是你的工作时间。她站了起来。她的眼圈有些红,要哭的样子。我看不下去。我于心不安。

欢迎你再来,来打电话也行,不打电话也行,欢迎再来坐坐。

她刚要走,又回身对我说,我多嘴了,杨老师,你不要让级级那么晚回来。女人晚回家很不好的。你别对级级说是我教你的,我也是为你们好。

知道了,有机会我会对她说。小张,谢谢你的好意。

我回到楼上,开始想那个远在东京的男人。这个败类!他的礼物没有准备好吗?男人一旦着了急,手边的东西,无论是什么就送出去当了礼物。他的手头没东西可当礼物吗?他对自己起了恻隐之心了吗?东京是个没有个性的城市,到了这个城市的人,也没了个性吗?东京的夜,比上海亮,在那么亮的夜里做不成夜晚的梦。我为那个男人难过。他失去了一次犯错误的机会。他没有从床出发思考问题,这就失去了男人最本质的东西。他失去了一次观赏红晕和恍惚的机会。女人的一生只有不多的些许红晕,海市蜃楼般的红晕,错过啦。

电话铃响。

是的,我是。你太太回去了,刚回去。对的,我们谈得很愉快,你太太是个很好的人很风趣,你真有福气。欢迎你和你太太一起来,有空来坐坐。我们级级

鲜花和

经常提到你们,说你比我要伟大十倍,你是浪漫骑士。她也是听张四新说的。好的,再见。再见。

接下来的一个电话是级级的,她一听我的声音一愣,我拨错了,怎么拨到你家了。我说你别挂,你的同学张四新刚来过。她人呢?我回答,坐了一会儿就走了,我问你……级级说,走了就算了,我很忙,电话进来了,再说吧。

我开启电话的录音功能,将铃声去了。必须如此,我目前害怕被打搅。

你和级级之间也有这样的问题吗?张四新的问题。

你的狐朋狗友还有哪一个好好的?级级曾奚落我。

她说得夸张了些,当然有好好的,结婚二三十年像没结婚似的。我不敢在这里写他们的名字,有次我刚写完,有一对模范夫妻就分手了,文章按时发表在杂志上像在嘲弄他们真是对不起。还有一次,为了堵堵级级的嘴正写一串模范家庭的名字,被我写到的一个老兄忽然打来电话,要我记住他老婆一旦问起来就说昨晚在我家打麻将打了通宵。我说你讲什么不好,人人知道我不会打麻将。他说,拜托你赶紧在晚报上写一篇新近终于学会麻将了谈点体会,我老婆晚报是每天必读的。见我不肯写,他责怪我不讲交情,兄弟已经水也深了火也热了还要落井下石共和国没有比你更阴险的人了。我说,你春暖花开的光景如何不来找我,好吧为了社会安定就算是在我家打吧,在我家打牌和我亲自打牌是不一样的,你文责自负。他一听高兴了,忙说欠我一次,称赞我不愧是优秀作家兼赌场老板,下次想不出理由还要来请教我的,我要是想打麻将也可以说在他家。我挂上电话后的第一件事情是赶紧将他的名字删节了,不能再给这小子立牌坊了,要立就立一块麻将牌,由下而上画上著名的一索,很形象。经过这一吓,随后我将所有的真名实姓都删节了,以后千万少写活人,活人根本不是什么可靠的东西。

以前的男人也是这样的吗？

那种侵权行为有伤风化可惜我不是风化警察。须知道，东西虽然生在自己身上，一旦结婚，本人却只有产权没有使用权，两权分离好自为之。这些家伙都不如我认识的正大，正大他是太公钓鱼愿者上钩要命一条死也不结婚的，横下一条心所以也不必偷鸡摸狗的。

每逢外出我本来要向级级请假的，现在没处请假，只要请毛阿圈阅就行了。（我已习惯了请假，没人圈一圈很难过。）要是答应带一个汉堡包回来，毛阿圈得飞快。请过假后我明天到机场，可以去见那位通信的朋友。在电话很发达的年代，我们保持古典的方式通了三年信，从不见面。当然彼此看过照片，但照片和人总是不一样。要是见面，我们要用暗号，问有卖木梳的吗或者天王盖地虎。有天毛阿拿信上来，我正洗碗她擅自拆了读给我听，她说阿爹老奇怪的，有人叫你亲爱的杨色哥哥，老奇怪的！我大吃一惊，你这小坏蛋马上把信交出来，你怎么可以私拆阿爹的私人信件，这又不是寄来的杂志简直太无法无天了！毛阿太小，她不明白，因为离得远，叫一叫没关系。就像你在演戏的时候叫一个男人外公，其实他和你外婆没关系。生活在错觉之中是美好的。我没想更多，想多了她又变成级级，不会给我写信的。我的信友她去加拿大留学飞着飞着要在上海停一下，我们卖完木梳有在机场喝杯咖啡的时间。时间非常有限，太多的礼物也用不上，既然如此这杯咖啡是不是一定要喝？

我不知级级如何看待我的这种稍嫌暧昧的关系。她要是明智些，就会想到它是无害的，总比我出去打一夜麻将要好。它释放了我的某种情绪，以错觉的形式。年轻的时候我不习惯这样的事情（要么做，要么不做），现在习惯了。读书时没感觉到的空间美现在全懂了。你在不做的时候摆出似乎要做的样子这样才美。做总是有限的，不做才是无边无际。失去高潮，要做的欲望也是无限的。问题在于你得忍着别去喝那杯咖啡。

作业和乖爹

毛阿回来带来老师批好的测验卷子,我翻到反面,丢了十二分,整整三道题! 毛阿,你居然一口气丢了十二分!

每次考试前毛阿会说,我要是一只小鸟就好了。我嫌她说得没创造性,至少应该说,是一个机器鸟就好了。女儿想的不是怎么将试卷做出来,而是怎么逃走,变成飞鸟逃走。在考试的日子里,她经常会生一些莫名其妙的病。

爸爸,我肚子疼! 我疼死了!

不会的,不会疼死的,你这个孩子比较夸张。我按了按她的肚子,很柔软。放心吧,不会死的。你多吃蔬菜肚子就不会疼了。那个老医生叫你一天吃一斤蔬菜,你记得吗? 你快把饭吃下去。还有许多功课呢,你这个不懂事的孩子!

阿爹,我的头也疼的。喉咙疼。我大概发烧了!

你没有发烧。你的扁桃体很正常。我看不见你头的里面,我看你玩电脑游戏时脑子很好,所以你的脑袋绝对没问题。

阿爹你摸一摸! 好的,我就摸一摸,没有发烧。阿爹,摸是摸不出来的,要用体温表量一下。好吧,你看,体温表正常。你还有什么花招?

我们数学老师说的,语文和英语都不重要,数学最重要了。老师说的时候,手是这样的。毛阿学老师的手势。我们老师说,你爸爸糊涂了,功课考得这样,还学什么钢琴。你的爸爸实在对你太放松了,我们老师说的。

天哪,到处有人要做我家的主,有人要做毛阿的主。你们不为她付账不管她功课不陪她游戏却要做她的主。和平共处五项原则,你们干涉我家的内政居心何在?我是毛阿的老板你们却要当我的老板,现在世界上老板太多伙计只有毛阿一个。我骂也骂过揍也揍过你们是不是要我逼死她,逼死她对你们有什么好?

你好好听着,你给我争点气。第五题第五题,小红加小亮考了193分,小亮加小军考了188分,小军加小红考了191分,问你,他们各考了多少分?

毛阿看了看题目说,我怎么知道他们考了多少分。

你算一算。

我NO知道怎么算。我算不出来。乖阿爹,你帮我算一算吧!跟你讲一声,我们老师多残忍哦,不肯放过我们!

那你给我听着。小红加小亮比小红加小军多考了2分,也就是说,小亮比小军多考了2分。小军加小红比小军加小亮多考了3分,也就是说,小红比小亮多3分。小军要是零分,小亮就是2分,小红就是5分。会做了吗?

不会。

那你再听我说。小红小军小亮……你会了吗?

不会!

再说再说我也糊涂了。我也搞不懂,为什么要这么烦琐,烦琐得像绕口令似的。学制要缩短教育要革命。要了解这三个学生的成绩,查查成绩单就是了。这种题目你活一辈子不会碰到一回,一个学期却要碰上八十回。这种题目是那些数学歪才吃饱饭拍着脑袋胡思乱想出来害人的。这是一出糟糕的数学肥皂剧害人不浅。教改的问题主要是教师问题。但我不能对孩子说,要是说了,毛阿比我更烦。这种学问她早就不耐烦啦,为此她几乎对所有有学问嫌疑的事物都不耐烦。毛阿你不会有出息了。我不要有出息,她一口回绝了现代文明。我还能当它是一种游戏,她纯粹当作中药。每天的中药是我虎着脸瞪着眼睛逼着她喝下去的。每次有新的药,我总先喝一口尝尝味道。这种中药太难吃了!毛阿说得对,确实难吃,难怪中医一万年也休想推广到全世界。做这样的数学题和喝中药如出一辙。但是,我不敢叫她不吃。

明天又要测验语文了,我们老师很凶恶的,毛阿愁眉苦脸。

测验吧。测验完了要考试考试完了可以放假放假就好啦。你们当学生除了放假没什么可盼望的。放假我们到海边去,套一个救生圈到海里洗澡。但是,你必须给我算下去小红小军小亮。我不是你的老师,你当我文盲吧你经常叫我阿呆爸的你自己去想。养不教父之过,教不严师之惰。过也过了惰也惰了接下来请你自己去做。讨债鬼啊,毛阿你真是一个小讨债鬼,爸爸前世一定欠你什么了。假如要家长天天教你,不如别上学了把学校关了你待在家我狠狠地教你。

毛阿非常为难的样子,阿爹你不教我,我们老师要骂死我的!

我真是恨铁不成钢啊,毛阿,你成了人质啦!谁抓住了你也就抓住了你的父亲。父亲,无疑是天下最贱的动物。

我们老师说,她管我也是为我好。

当然,当然啦。老师不为你好,她犯不上管你。管你这样的孩子至少要多操三倍的心。你真是个到处叫人操心的麻烦东西。你们老师辛辛苦苦,有时喉咙都哑了,校长还要打她的屁股。校长要是不打她的屁股,有人就要打校长的屁股。大家把屁股撅着一个打另一个。老师她拿的钱不多,上的课不少,回家还要烧饭还有她自己的孩子也在当别处的人质,说不定比你的成绩还差还要麻烦。老师也是恨铁不成钢,你就不能成一回钢让我们高兴高兴?你就不能痛改前非浪子回头立地成佛后发制人让你父亲觉悟到自己的狗眼看人信口雌黄女儿万岁。

阿爹你乖一点。乖阿爹耶,毛阿突然安静地说,摸摸我的胡子。

我眼泪也要下来了。我那委屈的眼泪多想一串串地滚下来。你的父亲已经很乖啦,毛阿,你的爹从来没有这样乖过。爹从来不被人改造的,现在活活被你改造了。爹从来不受人家的闲气,现在为了你学着忍气吞声打肿了脸充胖子。你的爹已经没法再乖了! 再乖下去,你爹就不是他自己了。

你不是爸爸了,我来当爸爸。毛阿快乐地说。我是我们家的总督!

鲜花和

游　　戏

我小的时候没那么多的作业。我经常在弄堂里玩,小白痴走来走去我跑来跑去。每天下午,弄堂里会走过一个没头颈的男人,人一没头颈真是器宇轩昂。我们叫他神气人。神气人一走过我们弄堂大家就行注目礼,大人拍拍他肩膀问他饭吃过吗。走过我们弄堂的还有一个瘸子,右手按在右腿膝盖上面一点,右腿画个圈走一步划船一样。他走,我们在后面跟着,学着画圈,高唱当时流行的巴拿马万岁。巴拿马——万岁——打倒——美帝国——主义。我们排成纵队甩出右腿一小节一小节地打着拍子。(过了许多年,我的腿也不好起来,这是报应。)瘸子的腿会忽然转体一百八十度,面对我们说戳那,我们呀的一声四散逃开。不过我们就是苍蝇,逃了还会再来,因为有人拍打,变得更亢奋了。

说起这些往事,死党都还记得。我们小时候各人穿各人的开裆裤,玩是一起玩的。有天喝多了酒,我们激烈地说着小时候的事情,将毛阿听得目瞪口呆。你知道吗,那条兴国路据说是伟大领袖来上海住的,他一来就要派一个排的岗哨到马路上巡逻。地下是有机关的,挖出来几座土山,里面的草皮一动不动。我们爬上堆在湖南路口的土山上开仗。我们分成两队隔着老远将土块朝对方投掷,真有那么巧的事情,我的大拇指一疼再看指甲就黑啦,以后慢慢脱落。曹大你知道吗就是曹家堰大跃进小学,曹大的小王老师瘦得像猴子却凶得像老虎,他讨不到老婆就作践学生,学生恨他恨出一个洞。各就各位预备,乓的一声,里面冲出来几个战士拎头拎脚将他抓去报官。这是何等地方容得了你打发令枪冒充真枪。小王老师穿线衫线裤,嘴里含一个哨子说话就像含着个鸟。他的腿是O形的,就是不O形民办小学老师也没有老婆。兴国路很神秘,让你走过去但你不能走回来,你要在那里学自行车就会被赶走。大门始终关着。有人进出开一个小门。有汽车来,里面的人不知怎么就知道了开门了。我们在那里走过,跟着佩着手枪的巡逻战士实在是很羡慕,谁知他走几步看看身后,后来就不耐烦地要我们走开。那时候我们不懂人权不敢和他争辩。我们拐了个弯走到湖南路上,再到武康路上。我们去抽墙篱笆,将在家做好的面筋粘在竹梢上去捉知了。我们高唱儿歌,莫激动,激动要变长方形的马桶。谁见过长方形的马桶了?

这些毛阿都闻所未闻,她想不到没有钱也可以玩,更想不到城市里还有东西好捉。知了,蟋蟀,皮虫,蚂蚱。可惜不能带她到那时的上海了。她只有机器猫了。

当年捉过蟋蟀的大人们现在收集钱币邮票,收集磁卡。比较文雅的收集火花和烟标。反正没人收集糖纸和棒冰棒头了。

毛阿有什么呢? 爹给你录了海豹安德烈。那个女孩养着一头可爱的小海豹。后来海豹回到大海,每年还回来看那女孩。海豹也会做鬼脸,你相信么?

小时候毛阿带我去逛街,上了百货公司的自动扶梯东张西望。下来的时候我下了她还在上面,我说毛阿你不要动爸爸来接你。一边的保安上前将毛阿送了下来。谢谢你帮了我,谢谢你! 你可是天下最温馨的店了,无论人家说你多少坏话,我说你好。

毛阿带着她的男同学来。那孩子比她矮一个头。

阿爹，这是我们小朋友。

你好，小朋友。

你玩这个，玩那个好了。阿爹你给他吃点东西好吗？

好的。你自己拿。

小朋友，你打个电话回去给你妈妈。放学不回家你妈妈会着急的。让她知道你在这里，你玩多久都没关系。

男孩说，我不能打电话，一打她就要我马上回去了。

我说，那么我们三个人打牌吧，打五副牌再打电话好不好？

你爸在念叨什么？

发牌时我念咒一样地念叨，好牌来，坏牌去。于是我们三个人都念上了。

毛阿一边理牌一边快乐地说，送你一束花，这花不新鲜，你也不年轻。

这么坏的话是从哪里学来的？

不是学来的，是电视里的。电视里什么都有。

男孩说，我们老师说我们班的小朋友都是垃圾。

我吃了一惊，老师如何能说这样的话。但是，我是中国人，要维护老师的权威，我说，老师可能被你们气疯了说错了，你们还是应该尊重老师。

毛阿说，老师才不会被我们气疯呢，我们被他气疯了。

你给我住嘴，老师再不好，有校长管他，你们不许多说。

毛阿和男孩不以为然地哼了一哼。毛阿说，阿爹，我们下星期出去活动，我带什么好呢？我想带个水果，看人家吃馋死了。不让带可乐的。老师说了，有颜色的水一律不准带。我明天就带雪碧。

男孩说，我也带雪碧。我还带阿姨给我的杯子。

毛阿说，我带老级级送给我的漂亮水壶，是从香港买来的，很贵的。我去拿给你看。

大　周

　　晚饭的时候大周来了,我已吃过饭,要小月去买点熟菜来我们喝酒。他脸色很坏头发胡子蓬乱,总之没了精气神。我问怎么啦你当矿工了暗无天日?他说,没什么,妈的,和老婆不过了。我一听就高兴,听到谁和老婆不过我都非常兴奋,你们真是代我出气了。来吧兄弟咱们举杯庆贺你的美妙时光,我还有半瓶五粮液半瓶汾酒今天是不是大醉一场?他说啤酒就够了,稍稍喝了一口吃一筷小月买来的鸡,长长地叹气。我说不要发愁吃鸡吃鸡,让你老婆见鬼去吧,让天下的所有的老婆都见了鬼!他说,孩子。孩子倒是个问题,不过每周见上一次也是很好的,给他买点吃的带出去玩玩他就盼着和你见面。他说,我老婆真他妈的说出来真是不好意思。我说没什么的,凡老婆都是这样的,我也深有体会,你我惺惺惜惺惺。他说,我这次已经想好了去把××割了做女人算了,至少不男不女。我说这要想一想从长计议,割了不再长割下来也没什么用。他喝着酒说,我看他妈女人看够了!我也喝酒,说我也看够了。他说,我看世界看够了。我说,我也是,宇宙也看够了。不多一会儿,他推开酒说肚子疼了,也许这几天基本没吃什么东西消受不起鸡的高蛋白以及酒精。我让他赶紧在沙发上躺

鲜花和

下,找出胃药让小月倒杯温水。小月你托着他的头,我来喂他吃药。他躺在小月的臂弯里反反复复地说这次不回去了,反反复复地说孩子。我怕小月笑话便要她将大周的头放平,小月你走吧有事我再叫你。我坐在藤椅上望着垮掉的男人无话可说。本来希望他做出个好样子来,咱们——不和女人过了,叫她们——见鬼去多么解气。她们没见鬼,大周先见鬼了。我的老兄这下病倒了,胃也不行了头也痛了面色灰白。我说送你到医院去看看吧,他说,不要看了,我躺躺就好的。我看不是头,就到亭子间打电话。喂我是老杨,你老公在我这里,他好像病了没有性命关系就是头痛加上胃疼面色不好。一个礼拜不回家算不了什么,你当他是开会去吧。好的好的,我等着你不让他走。回到上面我想瞒着大周总是不够朋友,伤了和气不算什么,坏了他的气节饿死事小。我对他说了,你老婆一会儿就来,这会儿在路上了。我原以为他会揭竿而起,谁知听完仅仅向我要了一支烟,先生不肯过了江东。我又想说不定两个人有话要辩辩清楚,我就当一个见证人吧。说时迟那时快夫人和孩子转眼就到,四岁的女儿跑过来抱着爸爸一个劲亲他的胡子,夫人执着他的手说你到底怎么样了吓死我了你就是不听我的话。我看看形势明白一切都过去了。大周的脸色奇迹般地好了,他站着抱起女儿将她一连托举了三次。孩子的笑是天使的声音。我将他们送到楼下,一家三口一个车回去了。这样好。我爱你们全家。

现在凌晨三点,我本来已经想好睡觉了。临时瞥了一眼提示行,这个文件已写到三千九百三十六行,还有六十几行就到四千了。好吧,不睡了。我要到四千行之后再睡觉,两千多字是很容易对付的。不写作的人,往往会想出很多的解释,为什么这样写和为什么不那样写。他们会想到吗,仅仅因为差六十几行到四千,这篇小说就在这个时候继续了下去。今天晚上所写的和明天所写当然是不一样的。用一个坏的比喻,思想像妓女一样从你眼前走过,你说停,叫住她，就这一个。这个时候叫停和那时候叫很不一样。这个比喻不好，要不得。要是用一个好点的比喻，你钓鱼，这时候钓起一条大鱼，下一时刻钓小鱼。要是用一个再好一些的比喻，这时候你进的是天堂，下一时刻你只好进地狱。你不能总是睁着眼睛，什么也不错过。（人每天要睡觉，人的睡觉使得生活艺术化了。）你不知道现在游过来的是大鱼还是小鱼。你想，只要多钓勤钓，许多小鱼也能积起一条大鱼的分量。

我在想自己生活中曾经钓到过的许多的小鱼，它们一条条的从我的思绪中游过。它们中，有的太小了。为了生态的平衡，按理这么小的鱼是该放了的。但我穷极无聊什么都要。我悲哀地发现，小鱼加小鱼还是小鱼，这个妓女和那个妓女总是妓女，没有质的区别。许多的地狱加起来是决不会变成天堂的。

谁预订了天堂？

等我从藤椅上站起来，天已亮了。天亮得真早。我喝了口水想睡了，突然记起还没检查毛阿的作业，没在她的小本子上签名。要是没我的签名，老师会用红笔画一个大大的问号。（我看得出老师很想教育我，但不能直接斥责，较为麻烦。）有时也在本子上写几句给我的话，没有抬头，最后署名王老师。这种格式和自称倒很新鲜。

鲜花和

第五章

开　会

　　今天周末,毛阿放学后被她母亲直接领走。她和级级都不在的日子是我的好日子。我像对待情人一样对待我的日子,不肯将它白白放过。我盼它盼了一个星期。一个星期的时间是为今天存在的。我要一次次进入我的日子。

　　我们等会儿再说毛阿或级级的事。现在我要刮刮胡子去开一个深奥的会。我带毛阿开过会,她四岁那年开一个比较严肃的会,首长坐在上首大家围着桌子做肃穆状。我怕毛阿捣蛋就给她折着纸飞机,哦你到门口去飞。忽然有个什么人放了一个响屁,大家当作没放继续发肃穆的言,谁知毛阿兴高采烈起来,放屁放屁,她大声嚷嚷。大家没办法,跟着她笑了起来,这以后会场气氛好多了。今天毛阿不在,不会出洋相了会场气氛不会好。我要去开的会讨论跨世纪的女性文学。文学跨过男人女人,不知它怎么跨过世纪。要是文学不想跨世纪是不是可以?我去开会倒不是冒充女性去学习跨的技术,而是想看一个人。二十年没见的路水从成都飞来开会。简要而具体地说,我和她之间有过一个吻。当然,这个由头也无聊,但我觉得无聊得比跨世纪要清淡些。

　　上街。叔叔,一个男孩一个女孩向我敬礼,我点头还礼。叔叔请您停一停,

鲜花和

您知道什么叫"七不"吗？

"七不"听见过，常听见的，我应该知道。我掰着手指，我试试，不偷不抢不赌不嫖不抽烟不喝酒不跳舞不卡拉OK。有七个了吧？

您错啦，已经八个了，但一个都不对！

那么，不打人不骂人不睡懒觉……

叔叔您还是错了。

那么，那么，不吃手指头，不跟陌生人走，不穿牛仔裤，不提意见，不看黄色电影，不贩卖人口，不吸毒。

全错了！叔叔，什么是黄色电影？

我想，就是，就是那种，用黄颜色的机器拍出来的电影。

什么是黄颜色的机器？

我也不很清楚，你要问你们老师，问物理老师准能知道。这可能比较深奥尖端是个学术问题，叔叔不懂不能装懂是不是？

我才走了几步，女孩追上来，朝我手里塞进一张朴素的纸条。

这是市里规定的市民"七不"，一个好叔叔您应该把它背出来的。

好的好的，我一定背出来，争取做个好叔叔。

小女孩对我敬个礼说，叔叔，下次我们还要考您的。

好的好的，下次再考我。今天真是对不起你们。我顺手将纸条塞进口袋，我已经想好了开会时候背一背。

小男孩说，不光要背出来，还要做到。最重要的是做到。

小女孩说，最重要的是背出来，不背出来怎么做到？

小男孩说，要是做不到，背出来有什么用？

他们很认真地争执起来。

你们说得都很对，最重要的是背出来再加上做到。"七不"，一不一不地背再一不一不地做。的确很重要。谢谢小朋友了！小朋友再见！

叔叔再见！

现在的孩子真是非常可爱，蹦蹦跳跳的，普通话说得真好，一口一个您的。连"七不"都一一知道了。我这一辈子，只知道三反五反四清四不清五一六分子五七指示三忠于四无限四类分子三种人三反分子二要二不要公安六条臭老九十六条八三四一部队一不怕苦二不怕死四个坚持四项基本原则四有新人搞四化三面红旗十五年赶超英国六一儿童节五个一工程一是一二是二不管三七二十一。所以我的文章用了很多的数字，《一下子十四个》《一个和另一个》《一个人死了》《一个不走运的朋友》，读诗爱读《四个四重奏》，暗示的力量无可匹敌。现在的孩子又聪明又可爱。我忍不住回身看看他们，他们又在向一个行人行礼了，行礼的时候很少年很潇洒很羞答。他们是我的孩子就好了。

会　　场

　　等我背着借来的摄影包走进会场，会已经开起来了，三四十个人在那里坐着抽烟喝茶开小会。连我只有七个男的，一下子看到这么多的会议女人真是难得风景独好。白三点正在对着话筒发言已经发到第二点。我在记者们的边上坐下，和他们打过哈哈之后，目光转着圈寻找路水。我在余下的脸上看了一遍没发现路水，接着我又倒看了一遍，还是没她。我想她不至于变得那么厉害让我身在会场当面错过吧。第三遍的时候我的不正经终于忍不住了，我在看哪个好看哪个比较一般。我发现，对我这样的近视眼来说，较远的人比较好看。远些就看不出化妆的细节了，朦胧成一片很美丽。这次花了三遍的时间当然还是没找到。于是，我开始在男性的中间寻找，我怕她时髦起来剃个男头被她蒙蔽，或者干脆变了性成了哥们儿。一张张脸都像是没睡醒，男人头发很长烟抽得很凶面相很丑。我无计可施只好去问隔座那位绰号女孩子的记者。（她一开口就是我们女孩子，我十分可恶地给她编派过一句：老娘是女孩子。）她以德报怨，用无名指提了提短裙的背带，四十岁的声音又软又糯地告诉我路水生病今天一早飞机回了成都呀。我顿时有所失落，甚至忘了谢谢女孩子。我想过请路水上我家,陪她看大上海请她吃饭。我想过千万不要提什么当年,只谈文学的跨什么世纪艺术和实践的问题,谁知她这会儿已经到了川西坝子吃上自己家的麻辣抄手。安慰自己再想,见不到也不是最坏的事情。要是她也成了女孩子,我就无话好说了,我又不能把二十年前的吻还给她。

既然路水不在,前来开会就成了怪事。正在我沮丧万分时,突然看到门外进来我的老友李伟。我哈哈一声迎上去,他一见我就要拥抱猛拍我背令我想落眼泪。你的头发真是少多了我的老兄少多了一点也没想到,我一边说一边还咳嗽。他的旁边转出来个小说好手河豚,我们见过的一起吃过饭,再见了就用力握手。握完手我还是想看李伟的脑袋,没想到这么聪明优秀的脑袋存不住几根头发,真是头发易老天难老岁岁年年。

人生就是几次相见和一撮头发。

李伟头发白了少了也细软了。我的许多朋友白了头。人的头发不像下围棋,一个黑子一个白子。人的头发也是黑子先下,先把黑子下完一头乌黑,等白子落下,黑子就没得下了。你要么去染发,不要白子了。你可能还要染胡子染眉毛染底毛。总之不要白子也是一件难事。

前年我到湘江之滨,李伟和河豚用摩托带我到橘子洲头。我们在那里大吃俗名黄鸭叫的河鱼,吃得胃肠都鲜。湘江不管不顾地流它的黄水,万山不红层林不染,四顾苍茫前后不见。吃完酒抹了嘴去那霜叶红于二月花的爱晚亭。男人一般比较下道,我的这位爱吃辣椒的老友,一路叨叨着停车做爱啦啦啦。我说既要做爱就不停车了吧。后来我们还是在亭下停了车,三个男人吃了一会儿茶,吃烟。三个男人在一起能做的最好的事情就是吃茶吃烟打屁了。那时黄鸭叫在我们的肚子里继续柔媚地发鲜,我们吃茶说话吃烟看景。我热爱自己和男人的交情,我们的交情总是很长久很放松烟火气很浓。我们不做同性恋,彼此不会要死要活。

鲜花和

我们正在会场说着话,突然听到有人在叫我大名。主持人接着说,现在请著名青年作家杨色先生发表高见,他从来不会让我们失望,他自称是女界的天然盟友,想必对跨世纪独有体会。我本来正兴致勃勃地开着小会,被打断,又被称为著名而且青年,心里就不痛快起来。著名本来倒是个好词,就像小姐是个好词,渐渐叫拧了,知书达理的人就改称自己女孩子。

在大家鼓励的目光下,我有了发言的欲望,但不清楚讨论到什么地方了。我发言,作为一个中年老作家,耳不聪目不明的,你们先告诉我讨论什么了。是的是的,这下我知道了。对于女性的作用问题我觉得自己是比较有发言权的,因为我是女人生的。女性的伟大不在于她能开飞机,而在于她能生孩子。(要是在一个麻烦些的国度,会场上立即会有一片嘘声。)这是她们无可替代的历史功绩。(那么男人是可以替代的吗?有人问。)在生育过程中,男人将是可有可无的。(克隆!会场上响起一片克隆的声音。科学就是这样的厉害,转眼就传到第三世界了,比好莱坞的作品还快。)我要说的还不是生育本身,而是照料和养育。现在的孩子好比电子动物,绝大多数是由女性照料养育的。麻烦诸位是女性的请举举手。(会场上举起一片如林的雪白手臂。)谢谢,请放下。在男人们去武斗格杀的时候,在他们梦想发财的时候,他们官迷心窍的时候,看足球读武侠喝醉酒的时候,是妇女,不是女孩子,是真正的妇女养育了中国人的下一代。在价值观混乱香臭不分人魔颠倒的年代,是她们教给孩子世世相承的民族文化,使得今天我们能坐在这里开这个会,彼此能听懂一点对方的语言。我们人类是哺乳动物,妇女喂给孩子,既是物质的,又是精神的乳汁。乳常有而乳汁不常有。我把接着的那句话咽了下去,我们的民族精神就挂在她们的奶头上。

我的发言引出一片嘲笑声,没有人鼓掌。这些人真不能对他们好好说话,你一说真的他们就笑。会场气氛活跃得很。一些女性瞪着眼睛看我,仿佛我侮辱了她们。我该死地揭发了一个真相,她们是哺乳动物,她们的奶子是用来给孩子喂奶的,她们不高兴了。我朝一个个的女胸看过去,不说话地看。会场突然静了。她们习惯将它蒙古包一样地罩起来,让人们一眼就认出她们是小姐或女孩子。她们对欲盖弥彰这个成语无师自通。我把这个世界最大的赞美之词献给她们,她们却宁可要一个迷你蒙古包,孩子与它无缘,它为成年人的目光,手,和嘴,时刻准备着。

喝　　酒

　　会议的晚饭是在一个包房里吃的。正式吃饭前，出钱的某企业老总先说了几句话，介绍了他们的干部，他们的产品和管理经验。我们桌上跨世纪的女作家在谈本世纪的服装问题。李伟问起我的毛阿，问我的级级。我说了。河豚问，你老兄如何不再结婚？我说，现在就是结婚了，虽然无证驾驶，但日日在一起，不做婚外恋，比有执照的还要结实呢。河兄说，还是要结婚，去登记领照摆喜酒吃喜糖穿婚纱拍照拍录像。俗气不俗气大不一样，你做过这些你就是真的了，名不正言不顺同居要不得。我说，真的又怎么样，本人不是真过一回吗，孩子也有了，要散还是散。李伟说，散不散在乎心，心散了形不散也是散。我们大家觉得还是他说得比较世故。

　　老总好容易讲完了，大家忙着喝酒。大家为跨他个世纪而喝酒。出版社的老毛喝了不少，他端着杯子走到我面前钩住我肩膀。老毛是个福人，生了双胞胎一龙一凤。一叫毛乾一叫毛坤。我要是他们的爹，就叫他们毛手毛脚。杨色老兄，你我是不是可以无话不谈？我说当然当然。我以为他要说什么精彩的，谁知他开始发难。那就好，我今天在这里和你喝酒，你什么时候请我喝喜酒？

我说，没有喜酒了。他顿时翻了脸，我要问问你杨色，你怎么可以对级级这样，怎么可以这样！他的声音大起来，大家的目光立即都转向我，我说我怎么啦？老毛大着舌头说，杨色你怎么可以不和她结婚，多好的小姑娘，你看她这几年变得多老真是太老了！（幸亏级级没听见，否则要伤心死了。）老毛的老婆小米是会务组的，坐在我的右手在一旁加油说，是啊，级级变得多老！穿什么衣服也不行了，还好她是会穿衣服的。我长叹了一口气，弟兄们哪，一家有一家难念的经啊，我哪里敢不和她结婚。我的多次求婚被她一句话就顶了回来，就是那句著名的你不要十三点！你们他妈的站着说话不嫌腰疼，你们是墙倒众人推哪。你们以为还是过去的行情，男人一腿跪下说嫁给我吧，女人嫣然一笑就一头跌倒在他的怀里？老毛说，总之是你不努力心不诚，女孩子怎么会不要结婚，你想骗骗我们，我们岂是好骗的。我长叹一声，你们以为男人还是男人女人非得是女人吗？你们要是那么糊涂还来谈论什么跨世纪的女性文学？你们的老婆就不老了级级不认识我就不老了，你们是一派胡言！说到动情处我有点要落泪的意思了。老毛的老婆一见之下，忙递给我餐巾纸，要我慢慢说。她说你讲我老也没关系，道理总是你没道理，不过你有什么歪理也让你讲的你慢慢说。我还没说已经没了道理，还有什么可讲？气氛正好很坏，那桌上的老总和其他首长过来敬酒，大家站起来打着哈哈说干杯而不干，唯独老毛正想把杯子里的喝干于是一饮而尽。

要是碰不上级级，我的生活将怎样展开？女人总要变成黄脸婆的，老毛你看看自己老婆的脸那还叫脸？再好看的女人也要黄脸，何况她的本钱要差些。男人能给女人的是一个家庭，而所有的家庭都由琐碎构成。家庭有一种将女人脸色变黄的秘诀，那黄被我命名为家里黄，犹如国防绿。但是，女人不要家里黄要什么呢？一个人的脸要是不能及时变黄，就会变青变紫变黑。与其青紫黑，不如黄黄倒好。

鲜花和

李伟对我说，不要独自喝酒，我们干一杯。我干。小米你不要劝我，只要不是跨世纪的喜酒我都和你们干。

询 问 者

　　大家重新坐下来后,话题转到了海鲜的层次,精于此道的人甚至知道亚得里亚海出产什么。我吃不出所以就看了看脚下,摄影包很仔细地放在脚边,我用脚的内侧感觉着它。我的谨慎被小米看出来了。她放下筷子显出可爱的好奇,问我的包里是什么东西。孩子要是对此有些好奇还情有可原,成人就不应该了,何况被问的我是男人。我问过女人的包里有什么吗? 我想,我要是把你当孩子你要说我大男子主义,就说,没什么啦,和你无关的东西,你不要问。你是什么东西啦神秘兮兮的,她表示出孩子般的执拗的劲头,有分寸地碰碰我的包。我想对她说是一架摄像机。她会接着哦你买了台新的摄像机什么牌子什么型号的? 我只好招供,不是买来是借来的,我有用处问朋友借了一个。你有用派什么用场,你想拍什么啦? 想到这里我觉得你真的不能说,你一说开就没个完了,你必须统统说出来,别人那时就来一句上海滩最刁蛮的话,像真的一样! 这仿佛是警察局的预审,也像毛阿的盘查。我好容易离开家,遇见的还是毛阿式的盘查。杨色你有什么大事情呢? 好了,到此为止,你不要问了,没什么说头的。不是艳遇不是沙林也不是侦探小说,一个包而已。

245

你包的式样很时髦的，这个包可以放不少东西。她还是没放过我。老毛的太太换了个角度再问。我低头看看脚下的摄影包，点点头。让它时髦地放很多东西并且神秘兮兮吧。我要是将所谓的秘密全都说出来，她立即会嗤之以鼻的。我不想扫她的兴。

只有真正的孩子可以来问我。男孩女孩。我对孩子会非常耐心，甚至会给他看看机器是怎么摄像的，并将他拍在画面里。你们不行。你们刚干涉了我的隐私又要来翻我的包，这非常不行。

我非常希望我的包里什么也没有。我要一个空包，放在我的脚边，放在两腿中间，让别人看到它的重要。包里什么也没有。让别人好奇或难受。有人问，也有人不问。问和不问都在好奇。他们容不得还有什么秘密。今天怪了，男人女人都来盘问我。今天的社会缺乏秘密。大家放弃自己的私人空间，展览自己的内裤，还展览被医生割下来的阑尾或结石。目的是一个，和别人交换他们的阑尾。实不相瞒，我其实没有秘密，我在一个空洞的体积里制造一个假想的秘密。就像别人问，你为什么不结婚，我应该说些宽泛的道理而不说你不要十三点！现在只有国家、军方和企业才有秘密，此外还有富翁有点秘密，当然让他的情妇都知道就不是秘密了。我不能假装自己有钱或装作间谍，也不能假装别人是我的情妇，就假装自己有一点秘密。

总　经　理

　　饭桌上的菜一道接着一道。为了十个人的一顿饭，要死一百多条性命。而且有的死是白死，大家吃不动了，就拿筷子在动物的尸体上搅一搅坏了它的贞操表示用过了。正吃着，我就担心太早结束。好容易外出，毛阿又不在家，我很想晚些回去。取出请柬看看，印得非常精美，上面说吃完饭还有音乐可听娱乐一场。那位老总又过来了，干脆和他的部下换了座，坐下要和老毛喝酒。老毛兴奋起来，拿着酒瓶比过来比过去。老总会喝酒但不是粗人，儒雅到有法国的文科硕士文凭。（也有人说是他用外汇买来的。）我本以为节目完了，谁知餐厅小姐们又来上菜。老总请我们吃蟹，清水大闸蟹，一人很大的一只，半斤以上。（外地人不知道什么叫清水大闸蟹，北方人一上来就掰腿一顿胡嚼就完了。他们看《红楼梦》，看他们吃蟹还要温酒作诗一夜北风起觉得怪累人的。）老总说他不吃这东西，费舌头，你们吃。桌上多了一个蟹，好麻烦的，好多人的目光动辄要游过去，在红红的蟹壳上转几圈，但谁也不肯拿。老总将蟹放在我的盘子里，说我写的电视剧同莎士比亚一样。我知道莎士比亚不好当这一只蟹也不是好吃的，就给了左边的李伟说远方客人要多吃。一个给一个，一圈兜下来萝卜回

247

家，又给放回了中间的大盆。眼睁睁地看着服务员要将它收走，我很想把它带回去给我的毛阿。她长那么大，只吃过一次河蟹。吃完她说阿爹这个东西真好吃哎！小米眼明手快，大喝一声截了下来，大家就为她喝彩。她善意地将螃蟹给了我，说，我家两个孩子，带回去也吃不太平，你就拿着吧不要客气。大家鼓掌通过我就谢过收了。

吃完饭，总经理请我们去那个花费一百万元建成的听音室听音乐。大家抽着烟打着饱嗝散兵游勇。我提着红红的螃蟹走在最后，一旁走着报社的那位女孩子。卖花的老阿姨盯上我要我先生买一枝玫瑰吧，送给小姐很好的，我谢绝。她跟着我走认准我就要买了。我小声对她说，阿姨，这花是买不得的，她的老公就走在前头胖的那个，我买了他要打我。旁边的女孩子似乎赌气了，说不买就不买用得着那么多的废话。她说着真的走到了前面，靠上了胖子。我朝卖花阿姨苦笑一下，阿姨乖觉又去盯别人了。拎着蟹进了一幢高级大楼再进十八楼的听音室，大家还在说话我抢了皇帝位子就坐下，听音乐不必客气。一个打着公司领带的白领男士娴熟地放进了一张 CD，他说是非常好的声音，我以为是歌剧卡拉斯萨瑟兰帕瓦洛蒂，接着就听到蒸汽火车开过来了越来越响。从左边到右边，拉响汽笛，真的火车也没这样雄伟真切。玻璃杯子摔破的声音。后来，老总摆了摆手，杯子不要摔了，命令改放一张柴可夫斯基的《1812 年》。有人在一旁低声说，《1812 序曲》。这次是 LD，有图像的，大家就将头往前伸了伸看到是些拉琴的又缩了回来。曲子放了个开头后，跳到三分之二的地方重新开始。不久，听到了尾声的大炮。

这是真的大炮！轰轰！老总骄傲地说，不是打击乐器，是真的大炮！

震耳欲聋，雷霆万钧，非常精彩。我带头鼓掌，轰轰轰，一掌掌地拍在蟹上。

三 个 男 人

在大炮声中,我去接过一个电话。我家的保姆真是机灵居然找到我,她说级级大姐回家了,要我快回去。听完电话回来大炮打完了,我在想到底是谁要我回去。万一是级级的意思不尊重就不好了,斗气归斗气凡事要适可而止。这时大家嚷着要看 LD 或 VCD。我对李伟说,你们如果不玩了,就到我家喝茶去吧,顺便看看上海的夜景。我们三人一个车看了上海的夜景外滩什么的他们说真是好看,等回到家,级级不在。我问小月,她说那电话是级级让她打的,本来级级换了拖鞋要去洗澡,有电话来叫被叫走了。我问,她晚上还回来吗? 小月说不知道。我看看衣橱,那两包衣服还在,那就好。我要小月给客人倒了茶然后去睡吧。

我从床下取出一瓶朋友送的苏格兰金雀十二年威士忌继续喝酒,也就是说,这酒是我认识李伟那年生产的。级级不在也好,免去许多寒暄也免得妨碍了男人的话题。有一包花生米还有毛阿的一包零食,我们一杯酒一杯茶还抽烟比较逍遥。

李伟是见过级级的,河豚看了照片说你老婆真他妈漂亮,上海的女人就是要漂亮一些。李伟说,你见到她人就更漂亮了。我谦虚地说,还不是老婆,很家常的,看得过去就是了。接着话题说到女人不漂亮真是不幸,河豚忠厚地说,再做也不好了,就像你眼睛近视了再矫正也是差了些,即便整了容,也是戴无形眼镜的意思。李伟说,要是瞎子就只好戴墨镜了。我接着说,白内障比较可恶,青光眼要好得多,自己不说人家倒是看不出来。男人在一起是很欢畅的,说话没有顾忌十分混账。河豚又说上海女人好看,说,真是不应该结婚的,到上海找一个就对了。我冷笑一声,好。他说,你不要冷笑,你是身在福中不知福饱汉子不知饿汉子饥。我告诉他,天下乌鸦一般黑臭氧层都烂出一个洞来你就不要做梦了。李伟说,你就让他做做梦吧春宵苦短,杨色你老兄比较残酷。最后大家一致同意我比较残酷。

李伟说,有份比较无聊的家庭杂志来约稿,稿费倒是很高,你写我画,你弄几句格言妙语出来我们玩一玩挣包烟钱。我想了一想,你记下来,第一句,男权,逗号,这是一个问题。句号。大家拍手说好。第二句,当一个男人怎么就这么难哪,感叹号。大家说,意思有点重复,不过意境出来了。那么就第三句了,男人女人,彼此彼此。大家说这句不好,有点抬高男人的味道。那就不要,再来一句。河豚说,等等,我来一句,用杨色的意思,家花野花都不香,后面用个省略号。李伟说,还是问号妥当。大家说是,问号比较有曲线美。那就为问号干杯。

说完这些话后,心里畅快多了。我拿出棋子棋盘,看他们俩喝着酒下起围棋来。

仇 女

你对女人怀有恶意。你写道，人们将花献给女人，人们将女人比喻为花。我想，花是绝对不会将自己比喻为人类中的女性的。这种绝子绝孙的话只有你这种男人才说得出来。你不把女人比喻为花不向女人献花也罢了，你这样说女人有什么可得意的呢？你这种人是要下地狱的地狱都不要你，一定让你轮回当一次女人看你还有什么话说！

这是一个朦胧诗人的责问。她是女人，走到孔庙门口死也不进去的。她以铁嘴闻名文坛。我无话可说。我没有恶意。

我说，大诗人，我现在就是女人了，不等轮回了。

你狡辩有什么用？你抵赖有什么用？你敢作不敢当有什么用？

天哪，我是女人所生女人所养自己也有女儿从小就在女人堆中厮混，所以我和女人说话没大没小没轻没重没深没浅。我对女人才敢这样。这是我在撒娇是淘气是卖弄小聪明耍一点小无赖你还看不出来？你应该知道我的虔诚我的自我定位我的扬扬得意和自暴自弃。上帝要是让我当女人我就当一个花一样的女人，袅袅婷婷亭亭玉立但不让人家把我给献了。我要学着自动插到牛粪

251

鲜花和

上,再演一出牛粪之歌。我找一堆干净些的模样俊俏些的头头是道的牛粪。我要将牛粪映照得花一样美丽。世界上从此多了一种开不败的牛粪之花。

请不要说我是仇女主义者,这怎么会呢？我的生命是女人给的我是女人抚养大的。我想到我的母亲就会心痛,想到我的姐姐也会心痛。她们谨小慎微含辛茹苦敬重男人有情有义。她们没有宣言就把事情做好了。她们不必大声男人就说是。她们总是体验到生活中的实在的愉快。谁言寸草心啊要是没有她们,没有毛阿,我也许会仇女的。女人对我恩重如山。我说过我只会为女人去死而决不为男人,刀山不上火海不闯我等一声温和的呼唤。只是,你们不要变成男人。你们变成了男人我就死无葬身的理由了。你们也不要变成不男不女的人,我害怕。

我和女人住惯了,我现在替换下过去的女人守在家中,也像女人一样想事情。别的男人不说你们我要说。仿佛是媳妇和婆婆,姑姑和嫂嫂。我能看见你们的困难是因为我在亲近你们。我是打猎的海明威,他打的最后一头动物是他自己,因此我可以放肆了可以童言无忌危言耸听。即便你我不再双双化蝶,我在心中温爱你们,有你们我就不会走失。我感激每个陪伴我走过一程的好女子,感激她们的恩惠。我不要看见你们杀我,是因为我不要看见你们杀了我心中的你们。我看着你们走远,看着你们身在曹营心在汉。我想事情就这样了就这样吧我能一口吞下。只要你们回头看我一眼,我就释然了。我并不高尚,只因为身边有你们的人质,因为毛阿。我说过,我从母亲开始,经过妻子和女朋友,走向毛阿。我感激上天的仁慈的安排,这样的圆周充满温情。

拔牙和流产

在我写作的时候,有一句自制的名言,你们当我死了。现在她们真的当我死了,没人来烦我。毛阿兴冲冲地去了她母亲家,级级气不忿地住到小雷子家。除了保姆每天来我房间走几遭,家里真是静得出鬼。虽然害牙疼,我的工作依旧由此乘上了千里马。昨晚李伟和河豚下了半副棋,河豚眼见要输嚷着肚子饿了不走了去吃夜宵,我说不陪了他们没有勉强。送他们上了车,我回到楼上打开电脑想写日记,顺便见一见其他的文件心里很愉快。

我想一下子写五篇小说,我有许多日子不写小说了。这需要五个头,五双手。我是一个多头多手的怪物,将世上的小说全写尽了,让别人没的写。

抽烟,继续喝酒。在写作的日子里我宠着自己要什么给什么,那么,杨色再不给我写点东西出来就不够朋友了。摇摇瓶子,那瓶黑方被我三喝两喝地喝掉了。级级说我,不放在重要的日子喝请朋友一起喝,一个人脸也不洗就喝,乡下人真是乡下人。真是诬蔑啊,我怎么能一早将好酒当漱口水呢?(我的酒是朋友送我的。她把开会时发来的酒当我的面送给别人了,这样的婆娘怎么有权来说我?)好酒是一种叫人高兴的东西,喝酒的日子就是重要的日子,喜欢什么时

鲜花和

候喝就什么时候喝。

我为自己冲了速溶咖啡，马克思和巴尔扎克都这样。我和他们的不同在于他们不速溶，我要放一块糖。看看咖啡瓶，还够写个中篇的。

非常想用笔写出一套房子来。我们家的居住环境需要改善。我应该有一间自己的工作室，免得听到级级和毛阿的所有动静。写作需要宁静和神秘。可惜写的是文字而不是钱。一想到钱就灵感枯竭全身浮躁。有时候想，要是一个字就是一块砖就好了，我会盖起我的大厦。既然幻想中的大厦不会出现，我就经常撇下有报酬的工作，专心地为一个文件增添长度。我在写我的毕生之作。题目叫《有色》。是一份读物，不是小说。我是小说家，我的内心不相信小说。读物是个好词，在我的有生之年，它写不完了。我不指望谁给我报酬，也不邀请谁的阅读，我为自己的内心而写。

这会儿我的脑子真是太好了，好得像自己的脑子。我已经许久不写小说，积聚了几年的坏水，一泻千里。我只觉得咖啡般的兴奋。我的身体累了，大脑还在不断地诉说诲人不倦。在炎炎夏日，我的脚冷膝盖冷。我不停地抖动着我的腿，带动我的冷冷的脚不敢停下。我怕一旦停下文思就会戛然而止。杰作就是这样难产和流产的。我的思想的龙头不由我掌握。思想力和性力是一样的，不受意志的驱使倔头倔脑。我战战兢兢地奉承着大脑，奸臣奉承昏君天经地义。

天已经亮了。

后脑有一块地方渐渐麻木，沉重得像有两个头。你该睡觉了，杨色。我希望自己睡得像一块垂死的石头。

拉上窗帘制造出我那专有的夜。睡到床上，不断地想起小说中的场景和对话。我在黑暗中用铅笔记下来。在二十岁前，写诗，经常记下黑暗中的诗句。上帝也要休息，而魔鬼孜孜不倦。我要把它们记下来。我活了许多时候才得到几句台词。我在自己变成石头之前记它下来。你应该相信我的话,历史就是由女人的皮和男人的肉构成的。如果没有夜晚,夜莺会不会变成乌鸦? 要是猴子知道自己会变人,今天还有人吗? 我在黑暗中半睡半醒中记下它来。

黑暗中我拎起电话,哪位?

杨色,我跟你说,你听好了,我,怀孕了。

什什么,我说话也结巴了。

什么什么,我有了。你还敢冷笑? 杨色,你记着,你已经,杀过一次,我的孩子!

说完她把电话挂了。

我哪里会冷笑,只傻看着面前的黑墙视若无睹。我不行了。天哪,天要塌下来了墙要倒了!

脑袋木木的,放进了冰。

这是一个超级敏感的话题。

你们要毁了我,就让我生儿子吧,你想毁了这孩子就让孩子认我这个父亲吧。这是几年前我对劝我生孩子的朋友说的话。这是我最最害怕的事情了阿弥陀佛。这辈子,我什么都不怕就怕孩子我叫你祖宗。要是没孩子,女人并不可怕,最多大家不过了谢天谢地。我拿孩子毫无办法。我苦苦地盼着毛阿长大,一天一天,原以为将要熬出头了,谁知又要再来一遍。小时候经常听到的吃二遍苦受二茬罪原来指的就是这个。孩子成长的代价是家长的生活质量。(我的母亲和外婆生了许多孩子,她们从不说自己的生活质量,现在的家长在乎这些。)社会进步了,没什么人和什么地方会饶了我,只有和孩子争夺了。

毛阿,级级阿姨给你生个小弟弟或小妹妹好不好? 级级问。

我要小妹妹!

我们给她取个名字好不好?

鲜花和

我叫毛阿，她就叫光阿吧。

我冷眼看着她们，听着对话。毛阿问，阿爹，你说好不好？我说什么？我说，你们快给我睡觉吧。

你买件衣服可以扔了，买只狗可以送人，生个孩子就是一辈子的操心。级级似乎也明白这道理，她唱唱山歌，心里却没拿稳主意将自己赔进去。要不然，孩子在她的肚子日长夜大，她要生下来我毫无办法。时间对一个广告人来说更加缺乏，她还没想好是不是要一个家庭。

我要自己从床上起来，你他妈的做下坏事你还想睡觉？站着想事情容易想清楚。但我突然站不起来了。我的骨头。亲爱的该死的骨头，你为难我了。

我的孩子，我爱你，你是我的骨肉。我想过让你骑上我的背我们到北极去。我想过节衣缩食你是我的第一。我怕你不仅仅是因为吃苦。我想，你应该有个健康的父亲，和你一起踢球一起旅游。等你大学毕业，你的父亲都过了一个花甲。我生你，我就要看着你长大由你叛逆。我自己没有父亲，希望你有一个好好的父亲。

你的母亲说，生孩子和男人无关，孩子和男人无关。

你母亲说，孩子给我妈领，我住到娘家去。保姆领。送到全托。住到他上学。非洲难民也将孩子领大了。于是她就可以说，这孩子没爹。

我有两种孩子。一种是和女人所生的小人儿，一种是我的作品。我要了这个就丢了那个。我想级级不是非洲的难民，所以到头来我还是会当孩子的爹从而当不成我作品的爹。我当孩子的爹当然是应该的，弄得不巧还要兼做他的妈。我是杂人，我是雌雄同体的人，我是爹妈并举的人，我是没有自己的人。你们怀胎十月，我喂哺十年。所有这一切，因为我爱孩子，因为我在家里。

级级看着我，你仅仅出一个眼睛都看不见的肮脏东西，就要享受平等的权利，太没道理了。我也觉得说不过去。为了避免权利，我总是避孕。级级不肯吃避孕药。吃药会生癌的，会发胖，难看，还不知道有什么更可怕的事情，我绝不吃药！好了好了，那就不吃吧息事宁人。避孕药的发明导致了性的解放，可以说，女权运动就是它催生的。如今的女权是不吃药了。女人有权不吃药。我没找到男人吃的药，就只好少做或不做。关关雎鸠，在河之洲。窈窕淑女，君子不做。我一失×成千古恨宁肯不做。谁知自有天算。做完早孕测试，级级和我面面相觑。

我舔了一下牙齿。

我的一只牙齿死了。它的尸体停在我的嘴里，在腐烂。我的嘴无法成为它最终的墓地。老天，我要求在这样的日子拔去一颗坏牙。需要流血和疼痛。要有一种从很深很深的地方抽去它的感觉。它本是你的组成，在你的最亲密的嘴里，你起了杀心，因为它渐渐成了异己，用忍无可忍的疼痛来折磨你。拔了吧，内奸一样的病牙。咬着棉花不能说话，一说话血口喷人。拔牙以后可以安装假牙，有秀气的也有粗糙的，要看你愿意投入多少钱和多少工夫。漂浮在牙床之上要你口淫似的，不再连着你的骨头。

我睡在那张苦难的椅子上，用麻木的舌头一遍遍地舔着那颗病牙。人的死就是这样开始的。我用没死的舌头舔我将死的牙，本是同根生。那个女医生叫我将嘴巴尽可能张大，铁的家伙伸进来了。我想起级级说的流产。铁的家伙，磕在健康的牙齿上。医生咳嗽一声，你不要紧张，不要紧张。你心脏怎么样，有什么高血压吗？我什么也没有，都很好我不紧张，我没心没肺的不会死在你手里，你爱怎么就怎么吧。好医生，我不是自己了，我把自己全都交给你，你爱怎样就怎样，所以你别首先紧张。噢噢，他娘的！是要从我的心里肝里将它抽出来。抽出来之前先将它和周围的软组织分离。医生用榔头和凿子在干活，修红旗渠似的一下下的震动传递到大脑，可别把我的脑子震糊了，我就剩下脑子是好的。告别的时候到了,永别了,我的牙齿。永别了,我儿时的受之父母的大牙。在医生动手之前,我的舌头已和你告别过了。舌头因为麻药已经坚硬,它笨拙地舔着你,上下左右地舔你,一遍又一遍舔你。好吧好吧。又来了一个医生,一个扶着凿子一个挥着榔头。这是一个经典作坊。孤零零的下巴要掉下来了,我将是一个没有下巴的人了。下巴不存胡子焉附。我的后脑紧紧抵在那个枕上,抵抗冲击。医生做了一个戏剧里甩水袖的动作。耳边的磁盘响起叮当。冲破大风雪牙齿响叮当。有一个巨大的空洞嵌入我的肌体,淌着血。空空洞洞。我因为这空洞的呈现而进入难以解释的欣快感。我把自己干掉了,我对自己下手了,我借医生的手对自己下了毒手。医生的手又白又长。

朋友的朋友进去看了出来告诉我,级级已经好了,手术很成功。不要担心,这种手术一般都很成功,吴医生是有经验的主治医生。和毛阿的数学题一样,只要别粗心,一般没问题。毛阿总是在没问题的地方出了问题。吴医生终于出现了,和我握手后说让她躺一会儿再出来。谢谢你了,辛苦你了吴大夫,我把级级准备好的红包很自然地递给他。吴医生刚要客气大家支吾了几句不再谈论。医生总有些矜持,难得他如此亲切,我还有点事情要忙,你有事可以电话拷我,小苏的朋友就是我的朋友不要客气。好的谢谢您吴大夫非常感谢您忙吧。我不能进去就站在门外等级级。一个女人从我身边进门。这会儿级级在另外一张床上躺着吧,她刚睡过的床上又有一个女人要受罪了。女人总是免不了受这里的罪,即便第一夫人也不能幸免。有谁说过,这是一种很有现代感的受罪形式,行为艺术。说这话的一定是男人没心没肺。走廊里等待着的男人女人都很安静,没有人在这扇门外咋呼。那些缺乏子宫的男人愧疚地赔着笑或苦着脸。尚未轮到的女人捧着肚子视死如归地满面惶恐地坐立不安。说话,轻轻的,耳语。或者不说话。我想是怕给肚子里的孩子听见。求求你们了,不要让他听见啊!不要说话。级级蹒跚着从那个房间出来,面色白了。我迎去。她朝我凄然地笑了一笑。我不要紧的,你扶我坐一坐。我让她坐下,你快坐下,让她握住我的手。她的手很冷。半个小时,她的手变得很冷。哪里来的东西又回到哪里去了。它更冷。一个酣睡的梦被打断了。我有一种想要假惺惺地难受的愿望。我要自己醒一醒,你是在杀你自己呢。我恍恍惚惚地看着级级。周围的那么多的男脸和女脸。这里没有孩子。大人不把有幸降生的孩子带到这里来。我木然地在心里数着这是自己的第几个孩子。

级级看着我。我想她真是可怜,今生应该待她再好点。我赞赏她的勇敢和坚强,正要说话,她对我斩钉截铁地说:

你,杀了我孩子!

棉门帘一次次揭起,放下。有人进出。北风也进出。我们回去吧,级级轻声说。我要她等一等,我先到医院门外去拦个车,我拦好车来接你。我不想一个人待着,我和你一起走吧,级级抓着我的手,我们走。

回家是一切不幸的终结。只要能回家,不幸便会过去。家有熟悉的又酸又甜的气味。我们的楼有清淡的甜丝丝的霉味。我们走在冬天的路上,没人看出有什么异样了。没人看出我们的孩子到哪里去了。

你杀了我的孩子!级级朝我一字一句地,重复地,冷酷地说。

我茫然地看着她的眼睛。她在用力恨我。上帝啊,我杀的是我自己的孩子。你是我的同谋。女人的不幸在于只能做男人的同谋。这样说太恶毒。什么事情都可以争辩争吵争论,这个话题不行。我不愿想到孩子什么的事情。她的目光很冷。我无言。

我的孩子,你没名没姓的,彗星一样来去,你的该死的父亲会常常想起你。他自己就是一个漏网的你。你错误地选择了他。他对谁都没起过杀心却对你下手。在他年老的时候,会想到你的曾经的存在和逝去。他会意识到创造的甜蜜和扼杀的卑鄙。我的孩子,在我即将离开这个世界时会一遍遍想到你的。好孩子！本来你会在我临终的床榻前，让你的父亲看着你闭上眼睛。你甚至还没长出黑发我就送走了你。我临死会想到我是去和你会合，向你道歉。我的孩子！既然他自愿放弃当你的父亲，你可以永远不原谅他。你从黑暗里来到黑暗里去。你有父亲但父亲不认你，你连孤儿也没当成。我的苦命的孩子，我连想也不敢想，我是畜生！虎毒不食子。你的父亲畜生不如！

那位女医生说，你可以起来了，我用舌头舔了一下那个空洞，发觉拔错了一个牙。医生要我躺下张开嘴巴，说再让我看看。在她看我嘴的时候我看着她，她轻声埋怨我没讲清楚，我一句话也没有。你是女人所以我不对你说任何不字，我今生欠着你们。拔牙拔错了再拔一个吧。医生你一个一个慢慢地拔，全都拔完就不会错了。

陪　　嫁

　　整个下午我闭着嘴在收拾东西,时不时吐了口水血迹斑斑。家需要经常的收拾好比人要洗脸。冬天的衣服被褥要在出梅后收起来。我把毛阿的衣服放在她最容易拿到的地方,因为她往往在即将迟到的那一刻翻箱倒柜地寻找。在衣橱的深处,我看到一块布包着一个圆形的东西,没想就伸过手去,它嘭的一声,我认出它了。

　　有洋人问我,这是什么? 我笑笑。他是中国通,就是不通汤婆子。怎么解释呢? 天冷了,起大风,爱惜自己,给自己冲一个汤婆子。这会儿还在室外的人惨了。空调和电热毯都比不上古典的汤婆子,它热得贴心贴肺。你解它的套子仿佛解女人的扣子,它的肌肤又热又光滑。一切在被窝里进行。我们在被子里捉迷藏。敲敲那个铜环,声音好听。被子里从来不曾有过这么好听的声音。它脱去套子死心眼地想要温暖你。直到早上你醒来它还是热乎乎的。温存的汤婆子。彻夜和它厮缠。洋人不懂这些。

　　老爹,汤婆子借我用用。

　　我用脚将汤婆子踢给级级。我的被子里空空荡荡。半夜,一声巨响,我从

261

床上蹦起来。我的汤婆子死了！汤婆子裂了个天大的口,张着大嘴,水流得一地。级级蹲着在用毛巾抹布和报纸吸水。不要漏到楼下去。我的汤婆子死了!我哭了起来。级级诧异地看我,喂你哭什么？她一说,我更要哭了。我说不明白。我说了她也不会明白。她笑着说你真是碰哭精,一碰就哭。我哭,哭得像被她摔死的汤婆子似的,滔滔的水。这是我的唯一的嫁妆。当年我走出母亲的家门,姆妈问我要什么东西,她要送儿子结婚礼物,我说不要,姆妈没什么钱,我不要东西。我要这个汤婆子好不好,铜的,摔了很多次,补了很多次。阿娘死了,姆妈送走她的婆婆只要了这个铜汤婆子。我也只要这个。这是我娘家的东西,我唯一的陪嫁。三代人用过它,到我是三代。我走出生活二十八年的家时,唯一带走的是它。有毛阿以后,用它烘过尿湿的被子。毛阿喜欢它,阿爹真暖和,我怕她摔了舍不得给她,只敢在白天给她焐焐手。我的宝贝,你给四代人以温暖。我哭。级级吸完水给我拿来毛巾,放到我脸上,关灯上床,翻个身说碰哭精我睡了。我的汤婆子在地上,翻了过来,侧面的大大的口子,底上很光滑,一条焊缝也没有。它暖过我祖母的脚。宁波的老家没有了老房子没有了阿娘没有了阿爸也没有了,只有一个铜做的圆形是所有过去的墓碑。今天晚上,它被他杀了。我知道这一来它已经不热了,户外的光照着它的底,幽幽闪着黄铜的光泽。裂口是绝望的黑。我把脸转过去,在黑暗中静静地流泪。泪水暖暖地流过面颊。

理　　发

　　我走进发廊,只有两个顾客在理发。我在镜子前坐下,小姐给我倒了茶。我问有没有火,她给我点了火。理发店真是最温馨的店了,允许抽烟气氛很好。以前俗称剃头店大名理发店后来叫美容厅现在叫蓝鸟发廊。电视机在放着一个电视连续剧,我听了一会儿,天哪是我写的,还好别人不知道。我要小姐是不是换个频道,她善解人意地说先生是想看股票行情对不对,我一看就知道。我说对啦你真聪明。我并没股票只要别看肥皂剧什么都行。今天股票全线走低,这只熊是只死熊看来永远不会活了。房间里的人们谈起了心得,我就看报。小姐倒了洗发水在我头上一挠一挠。进来一个丫头,手拿摩托车的头盔十分精神,诗人见了会写出不爱红装爱摩装的妙句,我感慨看了也白看。等一等又来了个秃顶男人,他一进店就不停地用手机打电话,人在一个空间可以享受另外的空间几多奇妙。小姐真是耐心,我的头方圆不大她搜索了每个角落,起初觉得挠不到痒处后来痒也麻木了听之任之。她忙里偷闲揉揉我的耳朵,按住什么穴位一起一落。这是奇怪的事情耶,老婆们懒得做的她们做了。她捏拿着我的胳膊(搁在她大腿上),由上而下最终在每个手指上啪了一声。她用空心拳头捶着我的背令我想起自己写的臭电视剧,女主人公在这时要说你坏死了坏死了!小姐什么也没说手也不停笑盈盈地捏着拿着按着滚过来滚过去。我闭上眼睛想象这是级级的手。级级有一双好手但她从不啪的一声。我还是睁开眼睛吧,看看股票行情。

真正的洗头用不了多大的工夫,小姐将我的耳朵眼也擦干净了,随后递给我一条深蓝色的热毛巾。发型师也就是剃头师傅问我要剪什么样子。我说短一些就行一会儿要去看我妈,她老人家喜欢我头发短短的比较像她心目中的儿子我就短短的。鬓角不要尾巴也不要剃头要剃老式的头。他说,先生是个老派绅士现在老派就是时髦。我心里一点也不想时髦嘴里说时髦也不错。那个摩装丫头仰面躺着正在领受洗头的愉快,她的双腿比较难以处理就弯成 X 形。而手机先生的手机还没闲下来,为他理发的女士将他的头发摆来摆去,想要遮住那块秃顶。秃顶的面积大了,摆放得很为难,她像拼七巧板似的乐此不疲。股市依然熊里熊气的仿佛格林的童话。生活真是活泼多汁,出门的人要记着回家。我看见正要走出蓝鸟发廊大门的人脸上有一道蓝光,再看镜子里的自己恍然大悟。蓝色的毛巾有一种化腐朽为神奇的本领。电视里接着放的是一个短片。十三个国家元首,二十二个政府首脑,几十个国家的政府代表,加利。最后一个讲话的是拉宾的孙女。

我今天不讲什么和平,只讲我的祖父。祖父啊,我愿你的灵魂在天国安息。但是不,你也要想到我们,也要思念我们。因为我们将永远永远爱着你。

巴勒斯坦人民,我们注定要在这同一个地球同一块土壤上生存。我们曾经和你们作战,但我现在要告诉你们——鲜血和泪水流淌得太多了,太多了!

这是拉宾在一九九三年巴以首次签订协议之际的发言。

一九九五年十一月四日晚上,拉宾带领全场十多万人高唱《和平之歌》。

刺客从第七级台阶的阴影处跃出。

拉宾连中三枪。

在被送往医院的途中,拉宾在凯迪拉克轿车上的最后的遗言是喃喃地说,这不可怕,这不可怕。随后就垂下头。晚上十一点十分,北京时间五日凌晨五点十分,医院宣布拉宾去世。

五日从特拉维夫运到耶路撒冷议会广场,在广场上安放了二十四小时,接受悼念。

十一月六日下午三时三十分,在赫茨尔山犹太公墓葬下了伊扎克·拉宾。

仪式开始于下午二时,持续两分钟的汽笛。灵柩上覆盖着蓝白国旗。

四日晚上,年已七十三岁的拉宾在和平集会上曾振臂高声,今天,我相信世界上存在和平的机遇,非常大的机遇,让我们为所有站在这里的人和没有来到这里的人珍惜它。

八个士兵朝天放了三枪。

特拉维夫市长米罗·友尼宣布,国王广场改名拉宾广场。

伊格尔·阿米尔搭公共汽车从市郊的赫兹利雅镇赶往特拉维夫。二十七岁,个子瘦小。特拉维夫大学法律系读书。母亲是幼儿园教师,父亲是犹太法律学家,一说是《圣经》书法家。

达姆弹。其兄哈盖帮他制造了二十颗,在标准弹头上刻下凹槽,射入人体后就会翻滚。违反国际公约。

拉宾不肯穿防弹衣。

这已是第三次想杀拉宾了。一月二十二日和九月。

我接受上帝的旨意来杀拉宾总理,这是我个人的行为,我毫无遗憾。

一切程序结束了,我付了钱走出发廊。街上涌动着欲望之潮。我设想这样的和平的生活也是拉宾给的。他争取的和平中有我的一份。我用他争取来的和平没心没肺地生活。枪声是可怕的,和平也有它的可怕,但不比枪声更可怕。

鲜花和

母　　亲

　　我背着摄影包去看母亲。她打麻将刚回来,小姐姐在家。

　　小姐姐希望妈不要每天打许多时间的麻将。她对我说,你不知道,姆妈打完牌回家脸色很不好,眼圈发红双腿发软,她一叫就走饭也不好好吃。姆妈回来了,你问她自己是不是这样?姆妈满脸的不高兴,很委屈的样子,她说不打麻将在家里就像吃官司,楼太高了关在笼子里白天一个人也没有,只有电视机里的假人。(这时我就想到外婆,她那时有一个半导体收音机,只有声音。)姐姐说,一打麻将家里都是人,抽烟抽得一屋子的烟,你的肺本来就不好。我看看姆妈,她已经老了,已经老到不耐烦爱惜自己了。她只要将眼下的时间愉快过去,不再去想遥远的事情。老人没有遥远了。她没有千秋万代的记挂。我的老妈妈,你要打就打吧,只是你要爱惜身体,少打一会儿,不要忘了吃饭。当儿子做女儿的不能天天陪着你,没法不让你玩。你自己保重自己。

　　小姐姐烧饭去。她是我们家族最能干的一个,任劳还要任怨。她和姐夫安宁地生活着,一件事来,一件事做了,自己的事和别人的事,不说花言巧语。我的小姐姐居然也退休了,退了之后又找了份工作早出晚归。姆妈说,你姐姐挣的钱都实实在在的,不像你,白相虚头。(这句话译成北方话是玩虚的。我想起毛阿每当看到我的稿费单,就说不义之财。)我无言以对。

(工人的退休。生日前的一个星期,一张表送到了你的面前。很抱歉现在不比从前,那天没人送你回家。今天还要加班,明天是你的生日,你不要来,算是退休了。站好最后一班岗你却没看到谁来接班。没人送你。你想想自己的一辈子,黯然神伤。结束了。你回家吧,可以照一照镜子。第一天上工前也照过镜子,怕自己显得太年轻。走前你把机床擦得干干净净。以后开一个欢送会,厂部召开的,车间里没人来。你谁也不认识,他们送给你一张退休证握手再见。彻底结束了。你去车间看见自己的机床前站着别人。)

姆妈看到我的头发了,说我清清爽爽的真好。她不知道,我在家不刮胡子不穿鞋子,汗衫穿到将要破了是我的最爱,薄如蝉翼一触即溃容易透气。接着她又问我什么时候结婚,再不结婚是不是想要等着复婚?我说姆妈你就别管了,反正总是要结婚的,一结婚再给你生个孙子,过年你要多付一份压岁钱。姆妈说孙子不孙子我也不想,你给我好好过日子我就放心了,我一百个不放心的就是你!我长到四十多岁了还叫母亲一百个不放心,儿子真是罪该万死!我想什么时候真的结婚算了,我又没什么悬念何必死挨硬拖,谁要我就是谁了。

小姐姐一会儿就变出许多菜来铺满桌子,我就坐下喝酒。我有姐姐真是幸福啊。正喝着姐夫和外甥女赵磊先后进来。我的姐夫刚到我们家的时候牛也打得死,现在也老了皱纹深深,他对我就同自己的兄弟我的事首先是他的事。他坐下陪我喝酒,赵磊只被允许喝点饮料。赵磊说着学校的事情有声有色,说着说着突然停下问我毛阿为什么很久不来了,没良心!我说现在打个电话去问她看她怎么说。我想起当年毛阿拿着一只小乌龟跌跌撞撞追着赵磊的情形,赵磊大叫救命大叫外婆你快救救我!

吃完晚饭姐姐姐夫到自己的房间去了,赵磊在走廊和同学商量外出嵊泗旅游的事情,姆妈去洗澡。我一个人在沙发上坐着。我抬头,看,墙上的父亲的遗像。

我对姆妈说,毛阿不在我反正不走了,晚上没事情我们出去看看上海吧。你好多时候没出去了,我带你去看上海的新排场。姆妈说,我一出去要用许多车钿,不要去了,我路也走不动了。我看看姆妈的腿细细的。我们不走路,我们就在车里看看。赵磊说,外婆我来陪你去,我是马屁鬼!姆妈笑了,小鬼头,你真是一个马屁鬼!

师傅请你走高架,从南北高架到南浦大桥你开慢一点,姆妈浦东现在是不是很热闹,这块地方都是高房子,最高要造八十八层。师傅再到外滩停在外滩陈毅广场,谢谢你就是这里。当年被陈毅赶走的外国银行现在正在回来。赵磊搀扶着外婆走下出租车,我们走上江堤。姆妈看了看黄浦江,报纸上说的,(外婆,对面这是东方明珠!)这么高的东西怎么短手短脚。赵磊说外婆你到上面去看车子就像蚂蚁人就看不到了。姆妈说,我不要上去,上面的风大。我在看外滩的伟大建筑,这些楼真是和我没关系,但我喜欢看它们,排在那里,永远要存在下去一样。当年被赶走的外国银行现在正陆续回来恢复业务。在乡下的日子我想到上海,除了想家里的晒台就是想这排建筑,要是我死最幸福的死法是一头撞死在它的花岗石上。我真愿被它一头撞死啊。姆妈说,外滩还是这个样子,我年纪轻的时候,这里有外国人的铜像。

江面风大,姆妈气喘得紧。你休息一会儿好吗,姆妈,我们不急的。

远处有外白渡桥(姆妈说,东洋人在桥上派兵走过去要朝他们鞠躬),有黄浦公园(著名的公案中国人与狗不得入内)。苏州河上另有几座石桥。我少年时代看到赤膊晒得非洲人一样的精瘦小孩站在桥的栏杆上,大叫一声瓦西里从桥上一跃而下。需要小心的是别撞到船上一命呜呼,一般总有一个孩子看着桥的另一面。当时我非常羡慕他们。

那时的水比现在干净多了，没有臭气。那时的有轨电车。

我们回到路边，又招了个车经南京路去了人民广场原来的跑马厅。我们从广场坐地铁到徐家汇。（这个徐是徐光启的徐。）在徐家汇我给姆妈拍了几张照片，你笑一笑。姆妈显得累了笑得勉强，姆妈我们下次再来看，现在马上坐车回家。她在车里显得有些漠然。我告诉她，前面是我家的老房子我童年的乐园。她看了一眼就不看了。我忽然想到姆妈已经看够了，她已经不必多愁善感了。经她的手抱大的第三代的孩子在这些路上，在房子之间争天夺地担负兴亡。她不争什么了，只有麻将桌上的小小的输赢，一圈又一圈。那是她还能把握的天地。

等我老了，连麻将也不会，我和这个世界还有什么输赢的账吗？我的毛阿也带我看看那时的外滩那排建筑，它等我去撞死所以一点也不老，我对她说苏州河上的桥，曾经有过一声瓦西里的叫喊。

鲜花和

父　亲

夜深了我关了灯。我睡在沙发上看着墙上的父亲。也就是我这个年纪照的。他比他的儿子严肃。姆妈睡着了我却睡不着了。你离开姆妈已经很久很久了。你已顾不上我的存在。你用生命的最后的精华造就了我但没留下一句话。你没有教我怎样当一个男人。你只在我的血液中暗示我。要是我能活到足够的长,我会走向你的,我会长得比你更像你,因为你丢失了你的老年。我们家没有家谱。我到孔林,见到两千年的孔睡在一块土地上,真是壮观。一粒精子变成了一大片的死尸真是壮观。精子是增值最快的股票。我的祖先在哪里呢? 祖先中难免有二流子,但一变成祖先就神圣了起来。我是你们的灰孙子。毛阿问,什么是灰孙子。就是孙子的孙子的孙子。她乐了好久,灰孙子。我们每个人都是灰孙子,祖先是他们的祖先的灰孙子。所有的灰孙子都是祖先的梦想。不肖灰孙子如我在此谢罪。我血液中流淌着你们的血但不知你们是谁。你们也许当过皇帝当过山贼绝不会当太监,一当太监连灰孙子都没有真是可怜。想到这里我为自己的祖先骄傲。我没有自己的家谱就可以凭我的想象来虚构你们。但我不写《纪实与虚构》将你们弄到古战场以壮灰孙子的志气。历史是不可靠的。你们给我的唯一的脚印是我的姓。但这姓也许是皇上赐予的也许是招女婿换的也许是被领养的代价。我哪里管得着这些我连自己都管不住。我连我的毛阿都管不住。我连故乡也没有。我要是望乡真不知该往哪里望。我的老家是一幢破房子。生我的房子,被拆得干干净净连个坑都没有。我祖母的家被批租了外婆的家成了一个桥墩我的老家也拆了连记忆都没留下。有人对着一张照片哭着叫着我连照片也没有。父亲的坟啊早就下落不明。他老人家尸骨无存,我这不肖的儿子。他只有一张泛黄的照片了,挂在墙上寂寞地看着我。他很瘦很瘦地看着我。这就是我的老家了,这就是我所有的祖先,是我见了可以哭可以叫的唯一的地方。我的姓是从这里来的,我的血也是从这里来的。我也叫某人爸爸,但我不叫他们父亲。我的父亲,我从没见过的父亲,你的儿子想念你! 他从很小的时候就知道想念你,他看到别人的父亲就想念你,他看到别的孩子当他们父亲的儿子就想念你,而你只是一张照片。你不说话也不动,在墙上看着我。我害怕地望着你。我害怕地看见母亲泪水纵横地一遍遍地看你说你。我想你要是活着你会爱我的,那我就有父母的双份的爱。我想我有父亲,父亲你会教我做一个男子汉。现在,我要爱我的女儿让她永远不缺失父亲父亲的爱。小的时候我到过你的坟上,我们找了很久才找到你,母亲叫我给你磕头我就磕头。你是一块方方正正的石碑和一抔黄土。我记忆中的父亲除了一张照片还有一块下落不明的石碑。你的坟堆早已没有了,父亲你在哪里? 幸好我在你的坟前给你重重磕过头,想起来还有一丝的慰藉。在我生活过的乡下,我当农民的乡下,有许多的石碑,高起的坟头。农民在清明去坟地除草,给坟加一个坟帽说是坟戴了帽子就像人戴帽一样精神。坟帽上树枝摇动四周春意萌动。我无所事事。我是儿孙但没有儿孙的功课。我在这该死的城市里,看着城市的破碎的天空看不到城市的土地。我的祖先想必在天上。毛阿说,我们小朋友胡说,人死了就变成天上的星星。我说,毛阿,不是胡说啊,要是

鲜花和

变成了星星有多好！我在停电的日子遥望天空。停电的日子城市的天空突然亮起许多星星。我的父亲，你是其中的一颗星吧，父亲。满天满天的星斗啊。我不知道父亲你是哪一颗星，于是我向所有的星星发出呼喊！我遥祭所有的星星！我是你们的儿孙。所有的星星，我是你们的灰孙子！你们的不肖的灰孙子！

工　人

　　回家的路上我买了一个新的电灯开关和一段铅丝,要将坏的开关换了将拖把重新扎一下。其实男人在家更加合适傻大黑粗活儿全拿得下。今天修窗明天修灯后天通马桶。到家发现房管所的工人已经来了,在修葺楼梯上脱落的粉刷。他们搭了块跳板一个人拌料送料两个人在粉。他们你一言我一语地互谑,笑声一直不断。那个瘦的指着胖的说,他是干部参加劳动当年是徐虎的师傅,你是作家要及时在报纸上表扬表扬。胖的说我是什么××干部,干部的××也不是。小月显得很青春劳军般地问大哥要不要喝茶,不喝就渴死你们。瘦的说到底当干部好,小姑娘也拍你的马屁。小月一听拿起扫帚要拍他的屁股。我没想到小月其实是这么活泼可喜的,这就像我当年在生产队干活。他们说那个当小工的绰号叫吼势(硬要翻译的话,大意是不痛快),他看什么都吼势,除了看他的儿子。吼势拎着纸筋上来听见了,说瘦子姓牛叫牛熊市,说胖子是吃螺蛳朋友。我问意思,他说你们作家这也不懂真是高雅。我说你别骂我,我虽然弄不懂也不吃你的螺蛳。胖子自己解释,吃螺蛳朋友的意思就是缩货。我已经笑了小月还是不懂。小姑娘我告诉你,你看见过吃螺蛳吗? 小月说见过。你看就是

273

这样,小姑娘螺蛳放在嘴唇皮上用力一吸吸出肉来,胖子手握泥刀做了个样子,这个动作就叫嗍,螺蛳是被人嗍的货色简称嗍货(缩货)。小月越听越糊涂,他是说你绰号叫螺蛳了?他们几个不再回答,笑完又说别的东西了。(事后我告诉小月,缩货在上海话中是骂人话,他们用了音同字不同的谐音,嗍者缩也,缩头缩脑的样子,没种。)小月问,你叫牛熊市有什么故事?他说,故事他娘的太多了,你要听什么故事?见他自己不说,缩货代他说,他一见老婆立刻从牛市落到熊市,拉出一根阴线你懂了吗?

我站在一边看工人干活,听他们说话。(级级不叫工人,称作工友,比较文雅。)他们比我快乐,几个人一起干,可以说话可以笑。我总不能对着电脑哈哈大笑。当年我也做工,干完洗澡,吃饭睡觉都香。现在沦为知识分子睡到床上还要唉声叹气。肥皂剧的女主人公明明死得好好的,导演偏要将她活过来再结一次婚,我只好给她性命还将前面的暗示改成终于是活的。清夜扪心,如何睡得安稳。

工人们说着笑着就把墙上和顶上粉完了,对我说以后要坏就坏得大点我们可以干他一个礼拜,小姑娘要是对我们有意思你就是红爷了。坐下喝杯水抽了几支烟,说了一会儿死话(装死的话),小月斜靠在楼梯的栏杆上手舞足蹈。看看时间到了就回去吃午饭,我们快走再不走要被小姑娘吃掉了,真是吓死了!小月拎着扫帚凶凶地将他们押送到楼下,顺便扫扫楼梯。

电 视 和 哭

　　我家先后换过十任保姆,她们性格习惯虽然不同,但有一点一脉相承,就是每天等着电视剧的开演,等待看着看着要落眼泪的那个美好时光。戏里那个女人的命真苦啊! 我送毛阿去小房间睡觉,要保姆将电视关了等毛阿睡着以后再看,毛阿睡着一般只要十分钟。故事实在精彩,保姆等不及了,就将声音开轻一些好瞒过我。这样一来毛阿就肆无忌惮地偷看,看了也落泪,她只为戏里的孩子落泪。落泪是女人的本能。级级也会落泪。倘若电视里有一个女人在假模假式地哭号,级级多半在真模真样地哭泣。暗暗的,要是不注意,不容易发现。她哭起来没有声音,你看见她一会儿举一下手,在脸上拂一下,举一下手拂一下,举一下手,那她一定是进入角色了。假如这个电视剧使她一连哭了三回,她就关照我将它录下来非常渴望在第二天有机会哭第四回。

　　级级有几种哭法。最常见的一种是静静地流泪,脸上的其他部位保持冷静,表情没有变化,仿佛眼泪和表情是无关的。这样的哭多半是在欣赏艺术的时候,比如看电影或看肥皂剧。她比较容易被影视作品感动。我很少看到她看着书报就哭出来,当然她也很少看书报。

275

鲜花和

级级从不号啕大哭，呼天抢地，捶胸顿足，从来没有。她的哭基本分为有鼻涕的和没有鼻涕的两种。没鼻涕的就是上面说的那种，和她的生活无关。要是为自己哭，她在眼泪之外还赔上鼻涕。在她双管齐下地哭起来时，是会说话的，说一些和引发哭泣有关的内容。

天下的肥皂剧多半是蠢头蠢脑的。愚蠢可能是一种人生的味精，定期加一撮，生活吊起了鲜头。精明使生活无趣。看电视剧的最基本的要素是相信。信不信不由你。相信是一种美德。我天生的不信，所以看不下去，所以我的生活没有鲜味。

级级说，你这种人只相信自己。

不幸的孩子们，为了该死的功课，耽误了多少好看的电视剧啊。毛阿为了早上六点半起床，只好在晚上八点半睡觉，没有通融的余地。只要她睡觉，我就令保姆将电视机关了。要是漏看了什么，我同意明天白天重播时补看。几次发现她们合伙作弊后，我在通向亭子间的电路上装了一个开关，到时候断她们的电天下太平。毛阿无计可施只好乖乖睡觉，真是好孩子。上学去的路上，毛阿要保姆给她讲述电视里的故事，这一集白娘娘怎么啦。她似懂非懂的，听，而且问，一路走一路问，一直问到学校才和白蛇告别依依不舍地进了大门。

小月扫完楼梯上来问我要不要吃饭，我说不急她去补看昨晚的电视。她把亭子间房门开着以防我有事叫她。毛阿不在家里的事情少，她做她的我做我的彼此互不相扰。级级曾设想要保姆来管我，替她看着大门防备十三点小姑娘的侵权。我心里是欢迎她的监督的，不闻不问表示爱的衰落。但是保姆如何管得了主人真是异想天开。我常常扬言要去勾搭什么人或者干脆就去嫖娼，以期引起级级的注意维持家庭的幸福。可是她自顾不暇懒得常常检查，一切都拜托给没用的小月了，小月按照保姆的名分严守中立。

有天一个女朋友来访,级级正好还没出门。她们相互问了好,级级要她多坐一会儿就去上她的班。晚上回家的级级看着我似乎感到一点问题,我想把问题扩大就拿出朋友送的男用香水。

你这种人也要用什么香水,级级说话了。

我说,也是朋友的一点心意,希望我文雅并且香飘万里。

早上,你盯着人家什么地方看?

我倒是真的记不得了,我一般就看看鼻头。

鼻头是生在胸上的吗?

呀,她的胸前的 T 恤衫上有发达二字。我在想,女性怎么可以把发达写在胸前。想过以后我就不看了。

总而言之,你居心叵测。

给她这么一说,我也认识到自己的确居心叵测。不过,话说回来,只要是居心,一般都是叵测的。

我就是叵测,也被你测出来了,我敬佩地说。

不要以为我不知道,你什么能瞒过我去? 我不过是装憨罢了。你说,女读者女编辑给你写信吗?

写过的。这是难免的。

你倒说说,上次那封很厚的信是怎么回事?

我放下心来。我急切地将信找了出来。一位老先生以为我是个女作家,你可以查看的,他称我尊敬的杨色女士。

级级不要看,说,我怎么知道,也许是哪个女士的幽默呢?

级级说得也对,那我就不知道了。

有小姑娘来找你吗?

有啊。

经常有?

是的,经常有。

级级问,她们叫你什么?

叫我杨老师。

你想,你算什么老师,明明不是她们的老师,为啥要叫得那么肉麻?

我喃喃地说,不叫老师,又不能叫先生。我不是她们的先生,更加误会。要么叫爷叔。杨爷叔总归是不大好听的。

我很想对级级说,一切在于本人的自觉。你要是在乎你的男人,就要做好女人。我想对她说,你这样的女人占着坑儿真是浪费男人。男人总归也是自然现象,也是要爱惜的。男人是女人的环境。

但我不说。

说有什么意思呢,我能把着手教一个女人怎样当女人吗?我硬要人家当女人人家还有人权和女权呢,人家还说她就是女人你懂什么。教导一个小女孩是有趣的,点拨三十多岁的女人比教大象还难。如果不是觉得有更好的人要嫁,女人总要结婚成家。她们成了家以为万事太平,岂不知人心难测。就算我这等没出息的,也会给远方的女友写写信通一个电话。我会关注某个电视广告,电视里她摇动着一头长发,有一会儿的正面镜头。正面也是头发,当她的披下的头发闪开时,我在一瞬间看到她那清秀的脸。我将广告录下来,一格一格地重放。她的脸只有十二格。我在这十二格中想起十多年前她对我说的最后的话。当然这些不是级级的错,但是她使我对这样的走神毫无内疚之感。

级级,当然我不是什么话都告诉你,我不会犯傻。本月三日是一个人的生日,一个与你无关的人,从前无关以后也无关,这个人从前和我有关以后与我也无关了,但我看着日期,一下子想到今天是她的生日。我在她的生日想起一些往事想起她的好。任何人都会过气,但我是在一个好时候认识了她。风从月亮吹来。再没有贺卡和鲜花,只有这样的偶然的想念记挂。我在文章里写过深夜经过一个火车站,我无端地醒来,没来由地想起几句我一向并不赞赏的诗,心口口莫要这么厉害地跳,灰尘呀莫把我的眼睛挡住了。我心跳着从卧铺上爬下,站到空旷的月台在夜色中抽了一支烟直到开车的铃响。事后我写道,我来过了,没人知道我的来过。这样的念头对他人没任何意义。

　　你不知道做一个男人有多难,动辄就想要没出息的。

名　　牌

　　在这个都市,起来了越来越多的宾馆饭店。它们通常站在好的地段,一副爱理不理的样子,并不讨好居民。我不喜欢从它们的墙根走过。它们并不养狗,但我不爱走过。也许是因为它们太高,招来冬天的风,也许是因为那些穿制服的仆欧,叫人想起警察。

　　这个都市的居民,也许天天走过宾馆的大门,从来没机会进去。所以,我同情那些年轻的姑娘,她们为了进去常常要付一点代价。她们太想去看一看了。有人说,看了也不过这样,但是,不看怎么会知道? 毛病在于,看了一眼之后要及时出来。那不是居家的地方,不能搞错。

　　我们家的级级,差不多天天要去星级宾馆的。门口的仆欧要恭敬地为她拉门,自动电梯高速电梯观光电梯都是随便乘的。那里白天也要存心做黑了开电灯,冬暖夏凉一年只有一季。那里的厕所里,也有人在伺候着,在你的背后无端地刷刷,递个毛巾开个龙头,完事了你最好给他一元钱客气客气。一个人到了那里,想要自暴自弃也不可能了。

　　我去过几处那些地方,去看海外来的朋友或是公家开会。我去得不多,他们不认识我,每次进门总有一个身材高大形迹可疑的人来盘问我。先生先生,他会追上来,一下子就插到了我的前头,还和我说普通话。我开始以为他是街头换黑市外汇的黄牛,谁知他不是黄牛。我被当成一只不是邮局监制的信封,还好经过我费力的解释不至于被当场撵出门去。据说有些脑子灵活的人街头找不到厕所专门到宾馆方便。我真佩服他们怎么一致地见我就盘问而不问别人,比如问问级级。级级将我推到镜子前,要我看看,你的尊容,你的服装,你的胡子。进出五星级饭店的客人,有你这样的吗?

我这样,他管得着吗? 我愤愤地说,人家女人穿着汗背心也进去了,我穿的是有领子有袖子的汗衫,新的你刚买的汗衫。

级级看我,人家是什么牌子的背心,你是什么汗衫?

我将汗衫脱下来,没找到牌子。无名无姓的杂种,私生子。我终于明白了,级级给我买的是不上星级的便宜货。要是别人不在乎,我倒也是不在乎便宜不便宜的,只要穿着舒服就行。但是,人家是在乎的。

级级去开会,发了一件盒子装的衬衫拿回来给我看。你看看,这才是名牌,正宗的名牌。她说了一个我听不懂的外文。我敬畏地用手摸摸。级级将我的手打开,要我去洗手。我洗我洗。级级,你把这个衬衫送给我吗? 我谢谢她想起送我好衬衫,让我穿着它堂而皇之地出入饭店,不再受那有礼的盘问。我摸摸衬衫。级级将我手打开。我洗过了,我摊开两手,干干净净。

你这种人,摸什么摸!

我说,你送给我,我总要摸的。我喜欢你送我东西。

级级的两眼瞪得牛眼那么大。送给你? 帮帮忙! 你,也要穿名牌了?

我讪讪地将手收回来,讪讪地说,我,不是要穿,我见识见识。

你算了!

目光和声音。级级斩钉截铁。

鲜花和

我不能再说了,再说又要引出那句旧话。鲜花和牛粪。我自己都不爱听了。我看着级级将那鲜花小心地收好,放进衣橱中她的地盘。我心里有着许多的喜悦。我的级级是宾馆的常客,还带回了名牌,让我看见。我的级级也是名牌,也是星级宾馆,也是不会受到盘问的客人。她要将那件男式衬衫送给谁呢?我不说话了。我可不能盘问她,我的级级向来不该受到盘问。我想,不给我是对的,是为我好。要是有了一件名牌衬衫,就要买裤子鞋子袜子领带西装,一身的名牌。小时候我就知道,赤膊戴领带、赤脚穿皮鞋的事情是不能做的。所以,我要名牌干什么呢?

死　党

　　下午正百无聊赖,我的死党终于来了。我俩小学和大学都是同学。他有一辆私用的公车神出鬼没,常常在我楼下用手机打我,我在就上来不在就转弯。

　　听说级级又走了我来看看你,他说你要饿死的你怎么还没死?

　　我恶狠狠地说,你他妈的知道我要死要活也不早点来,你来给我收尸的?

　　借尸还魂,你让保姆给我弄点吃的,先来瓶啤酒吧我渴得冒烟。

　　我要他注意了,酒后开车罪莫大焉。他说今天没开车,想好晚上痛快喝一顿酒,开车什么都好就是不能喝酒太残酷。小月端来剩菜和啤酒。他换了副嗓音说小月你对我最好了我一直记得你烧的栗子鸡,说得小月满面红光。他说着从包里拿出一块真丝头巾,这是开会发的送给你了。小月高兴地谢过又去给他烧菜。

　　我问,你真是会做人,你有头巾不送情人送我的保姆什么意思?他说,送女朋友她能看一眼戴一次就算给你面子了,她的头巾送你扎拖把可以扎十年,人家乡下小姑娘会戴一辈子。这叫宁赠家奴不与友邦。我心想他说得也对,我是不是也找点东西送一送。

283

鲜花和

你和级级要么结婚要么离婚,不要吵了。

先生你停一停,我怎么敢和她吵,我是明哲保身忍辱负重心有余悸到头来还落一个被遗弃。

他教导我,不是这个说法,女人离家叫出走,娜拉出走子君出走,男人离家才叫遗弃。

不管怎么说,反正日子过不成了。

死党烦了,他再不烦就说不过去了。你们不要吵了,活都来不及,吵架有什么意思呢,你跟她离婚算了。

我和她没结婚,离什么婚? 我觉得很滑稽。

不能离婚,那就结婚吧,结了再离。

已经那么多年过来了没结婚,还结什么婚。现在和结婚一样了,就差不能公开离婚。

他又开了瓶酒,你看看,还是不一样。

人大概是免不了会结婚离婚的。这不是问题。问题在于离了婚又要结婚。你剃了个光头,头发还是要长的。长了还是要剃头的,一直要到秃顶才算完事。你以为将头发剃了会长出不一样的头发,怎么会不一样呢? 你是谁就长怎样的头发。不管你如何费心,你的头发只会越来越难看。唯一的办法是少剃头。你让头发自己去长,长到不像样了,扎起来。或者每次剃头不要剃光,剃光了重起炉灶不好。我的朋友就是一个这方面的楷模,他的婚姻经常出问题但从不出大的问题。

还有一个办法你知道么?

什么办法?

很时髦的。

我听他说。我对时髦的事情有一种隐隐的激情。

你到美容院去将头发剃光,再到假发店,去买一打假头套。你要什么样子就有什么样子。你可以像换衣服一样换你的头发。假使你不指望长出自己的头发来了,会发现这是最好的办法。

有人害怕剃光头,留着自己的头发,再套假头套,不舒服,不贴肉。一定要剃光,一根毛也不剩,这时候套上去天衣无缝冬暖夏凉。假的就是假的,脏了坏了是没关系的,只要它没有当众罢工,没有被一阵落帽风吹去光天化日露出你的大秃瓢,其他都没有关系。你回到家里,把它脱下来,照照镜子,会发现很幽默。洗头也容易摘下搓一搓,省洗发膏又没哎哟哟的头皮屑。当然,不能刮大风。

我们相对而笑。我似乎看到镜子里的自己的脑袋。白生生的。脑袋一秃就贼头贼脑了。我摸摸自己的头发。我有许多白发了,生在靠前的位置。去理发店,师傅一刀一刀地剪着,头发掉在白的围布上。头发一旦从头上分离下来,看上去就很恶心。以前我学过剃头,剪过许多人的头发。对一个还没学会理发的人来说,白发和黑发一样难剪。过去的理发师兼当简单手术的外科医生,要是脱臼了落枕了手到病除。人的头发不能自己来剪,理发师的头发也是别的理发师所剪,就像外科医生不能给自己开刀。

男人的秃顶是可笑,女人秃顶是悲惨。他总结发言,然后一饮而尽。

我知道,维持一个家庭需要技巧。他是好手,里外都很光滑。他也有天赋,他对女性不分高低天然的温柔。他不会傻到公开宣称你们是我的妻子,我爱你们。除了总是显得诚恳,他的身上另有一两点使女人舍不得离开他的因素。我羡慕,但不学习。我要求真正的爱,真正的爱是不讲技巧的,只讲情感。他回答我两个字,狗屁!他对男人从来出言不逊。

我说,你是一个明明长着一头好发偏偏还要假发套的杂种。我摸了下他的头再摸自己的脑袋。我只要头是自己的,头发也就身外之物了。

老兄你不要故作潇洒,本人现在通知你,可靠情报,级级过去的男朋友要来了。你就要秃着顶上街了,还潇洒吗?

说完他看着我。我知道自己的脸上没什么表情被他看去。听了这消息,我浑身没有被震动的感觉。感谢麻木。当一个人的头发总是被人揪着时,他会情不自禁地盼望自己秃了他妈的顶。秃头秃脑地走在大街上有一种彻心彻肺的快感。清朝的皇上傻就傻在什么都能丢了,偏偏看重那条尾巴。死要面子。我肯秃,我不傻。

垃　圾　股

　　这会儿毛阿在她母亲那里，我非常放心。女儿应该享受有父有母的快乐。出门前我打了个电话，前妻告诉我，毛阿下去玩了，等会儿上来看电视，让我等会儿再打。看电视的毛阿对我很冷淡，已经不记得她还有个爹。不记得也好，记点高兴的事情才对。

　　晚上我们相约聚会在一个东正教的原教堂，现在缺乏教徒改成了餐厅倒是生意兴隆。我们一伙大多是有前科的男人，聚会庆贺大头和徐红的新婚，大头敢于过新生活表示他是个有上进心的二婚头。徐红年方三八聪明美丽而且一脸正气。夜幕降临我们陆续走向穹顶下的餐桌，我到得较早得以坐在新娘的边上体会大头的幸福感一二。从窗口望出去，上海的夜正夜得十分通俗，而这里的四周墙上有着仿宗教的壁画，气氛庄严肃穆稍带一点慈祥。大头一脸的高兴，从来没有这样嬉皮笑脸，徐红问我你和级级怎么没一起来，仿佛她们是老朋友。我此地无银地说级级嘛，可能又是很忙，她从来就是迟到大王，我们不一起活动非常正常。大头给我抽烟我说这可是喜烟，徐红照上海的规矩，你新娘要给我们点烟。徐红说我点就我点，小手一按打着火，我一边点烟一边忙说不敢当受用了。大家起哄我们也要点,一时点得乌烟瘴气。上第三个菜的时候,级级进来了,她坐在我的对面好像化了淡妆反正十分俏丽。她一进门没有道歉就说马路太堵,徐红说要罚她的酒大家说如今的新娘真是反了居然要罚客人。级级说你不要罚我我给你一点小礼物,受了贿赂徐红果然不再罚她。大家不管四周的画了,照样弄出温馨的民俗气氛。大头是我同行写小说很出名的,他写的一个红衣女人抱着一只黑猫从一口井里冉冉升起真是脍炙人口。我提议和他单独喝酒,徐红就要级级一起加入。我说你们是领了执照的我们无证经营早晚关门大吉,说话时我看看级级的脸色料想她不会发作。果然她笑盈盈地举起酒杯只字不提我们单单关照大头好好照顾徐红,大头就说她像是丈母娘。我看着十二个人里连我一共九个男人,长得歪的是歪秃的是秃还有人说自己一副愚人相。级级一边坐着,本市最精彩的先锋派恋爱二十年连个前妻都没混上,他的身边是个西洋女友一时弄不清她的国籍。北方人称作洋妞上海人叫作外国小姑娘,听不懂我们说点笑点什么就一个劲地吃面前的一盘酱鸽。我说这是鸽子还做个飞的动作,她说"恨浩斥"。你他妈洋人怎么可以吃鸽子很好吃而且又在当年的教堂里,可见近墨者黑的古训一点不错。级级提议大家举杯为新人干杯,我说再干一杯吧为我们垃圾股的升值。垃圾股们纷纷呀了一声精神得到了鼓舞。文学边缘化了边缘有美人,说话的是小刁在一张杂色小报当他的主编朝不保夕。级级说你们身在福中不知福,我猜是对我的训导。艳福深深的大头含笑将白酒一饮而尽。脸色难看的是那个被人当作我的残疾陈作家,他最著名的文字是说咱们男人都是妇女用品,他的另一句名言是说到北京开会,上次还没轮到这次已经德高望重了。酒也喝不得菜也吃不得在和旁边的外国小姑娘宣传着什么。我说老陈你懂外语,他说,外语不懂她说她的我说我的。小刁就说先锋派也不懂外语,做起事情两下一比画照样什么也没耽误。陈作家也是过来人离过一离的,级级说你的女朋友呢你说的海上名记为什么不一起来。老陈哈

着他的腰鬼鬼祟祟地三下看看(他看不到自己的身后),嗨不要说啦,我刚一提
她就说,谁跟你们这号人真是瞎了眼了。我心里怪他不识时务,喜宴上哪能说
这么丧气的话,就赶紧打了岔去。幸好徐红没听见,听见了还能不大哭一场?
于是我又看了一眼徐红心里赞赏她的纯洁和天真。倘若都是你等半老徐娘老
奸巨猾,我辈岂不是都要当了和尚。我看看一对新人想到星火燎原烈火金刚。
大家又是干杯又是抽烟又是说笑话,这是一个疯疯癫癫的晚上,不分男女一律
都很尽兴。最后大家推举陈作家说他德高望重结尾说一句话,他当仁不让略一
思索竟然对新人说祝你们活得肉麻。告别穹顶下的画夜晚的空气非常良好。
考虑到他们事实上已结合多时新房这次就不闹了。出门后大头的手一直举着
为一个个人招出租。我们说你们先走吧,徐红不肯,要看大家都走。轮到我
和级级,级级稍一迟疑和我上了一辆车,对车外摇摇手。我问你到哪里我先送
你。她爽气地说,还不是一起回家这么晚了还到哪里。我颇感意外感动地说回
家哪里用得着坐车,不过坐车也好这样有气氛。车子开了三百米气氛还没出来
就停在我的弄堂口。我们下车级级说你先等一等,我去一家亲超市买点明天早
餐的东西,可惜毛阿今天不在家。我忙说咱们一起去。我幸福地又走在级级的
身边幸福地为我们的早餐而寻觅。大头他们正在车上吧,回他们的爱巢地久天
长。先锋正在车上吧,和洋妞你说你的她说她的这不妨碍回家以后他们干他们
的。陈作家看来比较可怜,只好一个人德高望重了。我和级级出了超市,回家,
上楼。级级轻车熟路地将冷冻食品放进了冰箱,我想今天晚上真是难得垃圾股
也升值了就早点睡吧。当时我唯一拿不准的是我和级级今晚会不会像冷冻食
品一样各不相扰。

两　大

在彼此心绪比较平和的日子,家里洋溢着一股油炸臭豆腐般的味道。多好的日子。在这样的背景下,我比较容易有灵感。表现之一是我给她们起了不少诨名。(我和她都热衷于给对方命名。命名是我家的一项日常的活动。)我家的三个人各有许多的别名诨名外号绰号,一个时期一换,视情境而定,犹如鲁迅的笔名。我最新的绰号是阿呆没有几颗牙。

(在这篇小说中,杨色的女人级级被叫作级级倒不是绰号,而是因为在电脑上打起来方便。)

某天黄昏,级级提早回家在门口换鞋,我像盼来了头奖。(我等她等了一天望穿秋水。)我没说话先猛笑了一阵,然后乐不可支地称她两大你回来了。她没听懂,去镜子前换衣服。

你等会儿换,两大。你等一等,你自己照照镜子两大,我要你照照镜子。我叫你两大,你听见没有?

什么两打? 她警觉了疑惑地说,你狗嘴里吐得出什么象牙!

我看看她的嘴,也是吐不出象牙的那种嘴。她的嘴很秀气,涂上口红十分诱人。我的目光从她的嘴上移开,上下看看,真的是两大。我想想就要笑。非常愉快。好一个两大,我还是窃笑。

你还能有什么好话,你这个人思想黄色。她在镜子里用发夹指着我说。

我说的两大一点没有黄色的思想。黄色的东西果然好笑,但不会如此好笑。我是在夸她呢(我笑个不停),我是说她,集两大美女于一身,上面赵飞燕,下面杨玉环。两大美女,简称两大。

你马上给我说出来,又动什么坏脑筋! 她走过来,手点着我的鼻子。你说我什么?

我说两大。

什么两大,又要说什么下流话了!

我将她的手拍开,两大,两大就是两大美女呀,是好话。

你能有什么好话?

我是说你上身赵飞燕,下身杨玉环。环肥燕瘦,集两大美女于一身。俺老杨真是艳福不浅。

她恼火了,拉下脸,这也叫好话! 十三点! 你自己是什么?

有必要想想我是什么。

她的赵飞燕的上身摇了一摇,居然急中生智妙语惊人,说,你像你是——

根雕!

嗬嗬,真是笑死我了! 我一口把啤酒喷了出来。我的级级真不愧是级级,连根雕都想出来了。今天我要活活笑死了! 根雕! 说得真是美妙极了,她居然想得出来! 根雕! 我笑得连连咳嗽。很形象很传神很有质感。这比鲜花和牛粪的说法艺术多了,贴切。我弯着腰从床上起来,走到镜子前,我笑得站不住就扶着她。镜子中的根雕两大在放声傻笑。他们的样子很可笑也很可爱。他们像根雕应有的样子,两大应有的样子那样站着,大笑着,可笑又可爱着。

（那天我一直笑到梦里。后来我把这个比喻说给朋友们听，听的人无不拍手叫绝。）

你狗嘴吐不出象牙，上帝罚你变成这人模狗样的！

一个人生得像级级那么好看，确实也有资本摆摆架子。这时毛阿进来，见我们笑她也笑了。她笑个不停用小拳头捶着我的肚子问，阿爹级级你们在笑什么啦！级级要我不许说，毛阿缠着我阿爹阿爹你说呀！我说，我叫级级阿姨两大。你不许说！阿爹什么叫两大，你告诉我！级级扑上来堵我的嘴。我改口说，两大就是大眼睛大耳朵。毛阿看了级级半晌，你说错了，老级级的眼睛耳朵都不大。

那就是大嘴巴大鼻子。

毛阿看了看，说，也不大。你到底说什么！

级级说，毛阿，你再问他，你阿爹自己叫什么？

阿爹你叫什么？

她叫我根雕。我做了个根雕的造型。我想想就要笑。

毛阿又跟着笑了。问，根雕有什么好笑的，什么是根雕？

根雕就是树根雕出来的艺术品。我找了本画册出来。

毛阿看看画册再摸摸我的头和身体，说，阿爹很瘦的，弯弯曲曲的，是很像的。

一人动三下

我们终于动起来啦。

举起腿来!

我像电影里的突击队闪到她的身后,她的后背姿态生动,大喝一声,站住不许动,举起腿来! 我在她身后推了她一把。

级级不喜欢这样的袭击,她从来只能接受定时定点和固定的程序,循序渐进慢条斯理见好就收不肯得意忘形。我说咱们能不能来一次偷鸡摸狗贼头贼脑,我实在腻烦老生常谈最喜男女平权,你也该巾帼不让须眉令我觉得阴盛阳衰十全大补。

好吧,一人动三下,她说。

我的级级真是一表口才,连一人动三下也说出来了。她并没动的意思,说完,聚精会神地去料理她的宝贝衣裳,整烫,挂上衣架。这中间,偷空看上两眼一出浑身不讲理的肥皂剧。

我喜欢举起腿来这四个字。我想象,世世代代,波澜壮阔。一片如林的白生生的玉腿,人类从中走了过来。摇曳着。招展着。在风中沙沙作响。腿的尽

鲜花和

头是夏娃那才从肋骨造化的腿。所有的腿是这条腿的子孙。你分不清哪一条是潘金莲的短腿。你知道自己便是从那腿的林子中爬出来的,你本能地想爬回去我要我要。你觉得头晕目眩惊心动魄色胆包天。

哦哟,我知道你是不敢吻我的。

肥皂剧中的女人在说令人作呕的台词。看不见她的腿。即便不展览她的腿,是下流还在下流。腿是一种从不下流的动物,嘴才下流。级级看得无动于衷。她在烫她的裙子。穿裙子的比戴口罩的多得多。我要睡觉啦。最后一次问你,你睡不睡?

级级说她烫好衣服就来睡。好吧,你就烫下去吧。我看着衣服,她的衣服烫得整整齐齐,可是没心情来把我烫一烫。闭上眼睛,我希望今晚做一个大大的春梦。我要把春梦烫出一个溶洞水滴石穿。

后来我们终于动了。得益于一只及时出现的老鼠,级级猛地吓了一跳,老爹救命不得了了!她扑到我的身上一脸的恐怖。我顺理成章地拥抱加上亲吻还有抚摸。今天多好不洗手了不要看录像三下五除二,小别佳境水到渠成入情入理,我们因为压力而幸福。亲爱的级级我们省着一点,让快乐无限伸展路途遥远白雪皑皑。在这样的夜多少床啊多少枕席多少声音。这样的夜耕耘在自己的土地上不要收成。一切医学的名词来到口边又转入动作灰飞烟灭。级级咬住我的肩膀用齿痕表示她的激情。我嗨拉拉拉托起她的大腿她的乳房以及一切可以托起的区域心里还想托起更多。灯火通明呼声迭起,在夜最深的时刻分久必合合久必分,我们一起坠入深渊万劫不复。

电话铃声把我叫醒,我没做春梦所以也没有什么遗憾,等我睁开眼睛,级级已经在听了。打来电话的是她的老板,那个曹板。曹板辛苦了还好没有早打来坏了好事。好的,我不去买票了,我直接到火车站去,总有黄牛的。曹老师我到了安徽就给您打电话,一到就打您放心。

好了好了,我的级级又要去当乡下老鼠了。她像一名尽职的消防队员,要去乡下救火了。她去扑一个酒厂的广告又要喝出一身的疹子。我问级级现在几点了,她说还不到一点。我问你是不是要去乡下了,她说不是乡下,人家市长有时间了,明天下午要接见我们。我问谁是我们,你还有谁。级级说,就我一个。见到市长,广告就有希望了。

我真是恨他妈的市长。昨天还是县长,今天就成了市长了。一成了市长就和级级有关了,全国有那么多的县长变成了市长,级级一个一个跑过来恐怕要跑到退休。我本来想好要将电话关了的,一不小心忘了,被曹板乘虚而入。

你关了电话有什么用,我不是还有拷机手机吗? 级级说,我要赶快睡觉了,睡不了几个钟头了。

你终于想要睡觉了。

你发牢骚有什么意思。我没睡觉,我们老板不是也在工作吗?

她的老板睡不睡觉和我没任何关系。

你放了心去革命好了,我愿意把她的工作称作革命。你革命我也革命,你农村包围城市,我城市武装起义。

你不要跟我说,你想做什么就去做什么。我不管你。

你写下来。

级级说没空跟我磨嘴皮,天下只有你们这种人最空,空得像下岗职工。我原本闺中少妇不知愁现在欲说还休。我为你独守空房把栏杆拍遍,我为你勤傍妆台浓施粉黛看守门户讨你笑颜开。我没了睡意,看着她在屋里走过来走过去。我提醒她带好身份证,问她要不要钱。

我看着走动中的级级,只穿一条裤头在准备出征的铠甲。真是何苦啊! 她为找丝袜半跪在地板上。忽然,发现,她也很无奈,做了和尚就要撞钟没有法

鲜花和

子。但愿那个市长发一句话，级级就能胜利归来我的脸上也有光彩。其实我要什么光不光彩，我要的是自己的女人自己的家庭小轩窗正梳妆，我并不要你挣的钱，粗茶淡饭牵手抵足此生悠悠长长。

明天早上要不要我送送你，我问。

不要。

她打电话预定出租车。我又问要不要送送她，她说，我说过不要，你别烦我。她笨就笨在这里，没看出我的好意。也许是我笨，她看出来了，但不在乎。她响亮地告诉我，她是工作。

我他妈的烦就烦这个工作！我烦那种冠冕堂皇的理由。为了工作，老板可以将你的女人深夜一点钟放回来清晨三点钟叫走。当然，男人的老板同样会叫走你的男人。你不知道自己还有什么权利，对你的女人或男人，对自己的权利。你的女人睡到床上腿搭在你腿上还在想着明天去见市长穿什么衣服。她在梦话里说的也是乡下的事情长途班车。再也不会有春梦了。这年头，为了工作可以把自己给卖了，也把春梦卖了。餐厅的招待为工作而下跪，公关小姐为工作而烂醉，艺人为工作而裸体，教员为工作而不知所云。工作使人振振有词。我明白这是时尚。现代文明。谁不理解谁就是白痴。工作的怪兽已经侵入了家庭和眠床。它比恐龙更可怕。我不知道以后还会发生什么事情。工作叫人整日整月地陪着陌生人说莫名其妙的话，白天也是黑夜黑夜也是白天，大家一起不挪窝就玩起了时差。所有的这一切和工作者的爱好和他的情感无关，只有工作的结果和他有关，那就是钱。世界上没有比钱更无赖的东西了。钱你日夜颠倒，钱你棒打鸳鸯，钱你杀人如麻。操！一条命的多半条就画在这肮脏的钞票上。我们好软弱啊，我们是一张揉皱的钞票，是一枚磨损的小钱。

级级熟练地翻开火车时刻表，查到清晨五点的那班车。我还可以睡三个钟头，她说。她开了闹钟，关上灯，钻进她的毛巾毯。她把走路走得粗糙的脚伸过来,仅限于脚。我能感觉到她脚上的厚茧。我问她。我不必问她了,她已响起了鼾声。

第六章

袋　　鼠

预言成了事实的时候,我们是感谢预言还是敌视事实?

我感谢的是那只乌鸦嘴,级级回沪的第二天,她的情人真的从澳大利亚来了,来得正是时候。那天我听到她忘在家里的拷机在响,拿起来一看是那个好人的留言。他来自袋鼠和袋狼袋熊考拉的故乡。便于记忆就称他袋鼠吧。我看了留言明知要多事依然二话不说非常磊落地立即给级级打了电话,将拷机上的文字念了一遍,将电话号码重复了三遍。她说谢谢就要挂电话。我问,今晚上还回来吗? 她说当然要回来的。我有点感动。她说,也没这么快的呀! 我发现感动错了,赶紧告诉她,你要是想出嫁最好先回你的娘家或别的无论什么家,我不是你的父亲,你决不能从我这里出嫁。她说,你已经到这地步了,还那么小气! 我说是的,你记好了,男人从来就这么没劲。

挂上电话我想,不是小气,这是原则问题,决无通融的可能。我他妈把你嫁出去我成什么人了。刚想到这里,电话又来了,还是她。杨色你晚上等我回来,我正要问你,你在日记里写我什么了?

事情发了!

当晚据线人(不是我的死党)的情报,袋鼠这次想一袋子装她回去居心叵测。奇怪的是,我在心里倒不烦他。他说明是爱,正大光明,有所牺牲,双方都有好处。他带来了结婚戒指和结婚的费用,说明此人还是君子。这件事对我没有好处我认了。你不能指望一对情人处处想着你,你不能指望死到临头还有一个吻。线人告诉我,他们在开始的三天约会了四次,在接下来的四天约会了三次。朝三暮四一共七次,七次哪!级级当天晚上晚晚地回家,主动在桌上放几元罚款,自觉地睡到沙发上。我不问她。她讪讪地要和我说话,问毛阿的事情身体好不好,我说没什么她就问不下去了。谢天谢地,她没来问我日记的事情。她很快睡着了,我看着她的脸觉得陌生。女人的脸和这城市一样说变就变。我不理会线人(也就是我的朋友)的告诫,我看到后四天的频率在降低,这里的信息令人猜测。他们恢复年轻出入舞场,咖啡馆,音乐会,这是犹豫的表示?假如他们哪里也不去,饭也送进客房,我倒是只好瞎了眼睛。我想过我的级级要是跟着袋鼠走了会怎么样,他们育出一窝小袋鼠欢蹦乱跳,若干年以后和级级见面,见了会怎样。我听天由命。如果做出难看的样子,要走还是走,白白丢了男人的脸我又何苦。我也不敢杀人劈面一斧头,彼此相好一场却要杀人未免说不过去。有情是杀不下去的,无情则不必杀她。

我根据男人的逻辑判断这也许只是一场游戏,级级没和我摊牌也没住到小雷子的家。我没想到她是一个阴谋家,她和袋鼠的谈判已经到了尾声。我没想到女人不把脚在另一只船上踏稳是不会抽出这只脚的,她们不怕两只船会撞了,不相信撞船的时候落水的被夹扁的会是自己。(那个在激流岛上被杀的女子,就是不懂及早抽脚。我奉劝以后的女子,性命交关你要见好就抽。)

级级最终没走开。当我感激她的恩典时,后来,线人告诉我,级级之所以回到我身边缘于一个荒诞的误会。那天她和袋鼠阴差阳错地搞岔了,一个等在新锦江,一个等在波特曼。他们说好要是想明白了就在那里等,学一学等在帝国大厦的电影情节。那天倒没谁出车祸丢了一条腿,只是鬼使神差地记错了地方。那天级级早早起来吹了头发换了一身名牌内衣,袋鼠准备了鲜花和巧克力,将情人节挪了过来踌躇满志。他们差不多同时出发,却等在这个城市的两个不同的公共空间。(应该感谢城市太大有时也传达了深厚的人情味。)袋鼠先到了新锦江的旋转餐厅,级级坐在波特曼的大堂,等的时间太长,以至于有人以为她另有生意而刮目相看。追求无聊的画蛇添足的浪漫害了他们。空等一场的级级伤感地回公司,路上依然想的是还有明天明天再等他个海枯石烂。地铁里,一个女孩和她的爸爸在说绕口令。(八百标兵奔北坡。梁上吊刀刀倒吊起。)级级在这时想起了我和毛阿。一念之差。她下车又上了回头的地铁来敲我的门。阴差阳错的是,那天我以为反正没戏了不如大家玩玩,约了一个一直没顾上的女孩来教她 WINWORD。我虽不开电脑公司但教人打字真是一把好手。我们并肩坐在电脑前,手指动来动去。级级推门进来,一见之下居然说了对不起,说,我来拿我的拷机。我站起来,碍于那个女孩的存在没说任何肉麻的话,眼巴巴地看着级级拿了拷机扬长而去。女孩问我,省略号在哪里? 我没听见。她又问了一遍。我没头没脑地说,省略号,省略算了。

级级在路边拦了一个车,在车上找出记事的本子,看到新锦江三个字,才明白自己错了。此刻袋鼠也许回了澳洲,反正旅馆是退了。她很久以后才知道,那天,袋鼠等不到她却见到一位好心的餐厅经理,他们相见恨晚有失必有得,袋鼠索性搬进了新锦江。袋鼠的故事就这样过去了。

我想说的是,人和人并不是那么的牢固。我们之所以没有及时分开,并非神的意旨,而是魔鬼的伎俩。上帝也要休息而魔鬼孜孜不倦。这天要是级级不来,我和那位电脑同伴的手指可能打在了完全不同的地方,那种学习更为自然激越。叛变总是相互的。当然,级级及时出现了,也就是说,我们缘分未尽。也就是说,袋鼠过去了,以后会有鳄鱼。

女　权

　　我下楼去给小雷子开门,她一再扬言要来洗我的脑筋终于来了。她边上楼边说话,她是个不停说话的人,比讲解员说得还多,而且多是祈使句。你们级级真是非常杰出,你要珍惜!(我望着她宽广的背,说是的我非常珍惜。)你们男人口头上说珍惜心里没一个怜香惜玉的。级级对我说了,她对你很不满意,你让她失望了伤心了。我说伤心什么你应该愤怒。她说你居然把电话拔了把门关了不让她回家。

　　我坦然地说,有过一次,那是深夜两点,正经女人都不在这时候回家。拔了电话是因为怕早上有人吵我。后来是楼下的老林开的门。当年男人喝醉了半夜回家,女人也是这么对付他们的。(我们进了房间,主人和客人都坐下。)女人还要辱骂他,我修养好受气惯了没骂人。

　　你还想骂人,她喝醉了吗?

　　没有。她清醒着呢,一上来就骂我个狗血喷头。

　　她问,你把她关在门外,是想逼良为娼吗?

　　我忙说没这个意思。我在想,这样下去,良也就是娼了。

我看着她，我们说你们纯洁，说贤惠，说能干，说辛苦。你们说我什么了。说我下岗职工，说过气人物，说反正在家没事。

我们只是陈述事实。

你怎么能这么说我？

杨色我告诉你，要不是为了捍卫民主，我不会让你发表歪论的。

这种话你不能说了，我放肆地告知她，女人一旦放弃了家庭就再也没权说三道四了。她们去说社会好了，她们去自相残杀好了。这已是我辈在家男人的专利。我守着这个家，守着孩子和保姆，就取得了说话的权利。我胸前乳房也没有，却要给孩子喂食。淑女死光了所以绅士也死光啦。死他个精精光光，全是精神盲流！何况你们在家的时候是不养家的，不养家的人尚且有那么气势汹汹的道理，我就更别说了。我的冤屈不是更深了吗？

她耐心开导我，你没听说吗，用男人钱是给男人面子，你不要得了便宜还卖乖。你不是写过，男人为自己挣钱很没意思吗，时辰一到，女人什么都不要你的，你就是哭死也没用了。再说，你的毛阿又不是级级生的。

也有男人管的是他们两个人的孩子，又怎么说呢？再说，不是她，那也是你们女人生的。我管的总是女人生的孩子。

你这种没良心的男人，女人管了几千年的孩子，现在轮到你来看上一会儿，你就口出怨言。你居然还敢在文章里、在电视上说你爱孩子，你不是虚伪吗？

经她一说，我想自己果然虚伪。我不该说到孩子的。

级级在外面干什么，是勾引男人吗？

不是。她在工作。

她工作那么辛苦，堂堂正正，你非但不体贴，还到处放风欺骗舆论，做出又可怜又悲壮的样子，你想败坏她的声誉吗？你想拉着历史车轮倒退吗？

我忙说不敢。一个人的声誉是自己做出来的，我怎么败坏得了。

你当然不行！小雷子拿过我的骆驼抽了起来，我警告你杨色，只要她是在外面工作，你就必须闭嘴！

我烦的就是妈的工作！我他妈的烦的就是堂堂正正！一切都那么天衣无缝，谁要是看不懂谁就是巴子，就是乡巴佬的立方。历史的车轮走了一个圈套，大家必须俯首称臣。你们把什么都做好了，我还有家吗？我要是也不干了，家就交给灰尘了，回到家只有老鼠在等你。你们再堂堂正正，还能鲜蹦乱跳吗？

小雷子说，这是过渡时期，总要有人当铺路石。为了爱情总要做点牺牲的。何况，她提高了嗓门，她比你要辛苦多了，无论春夏秋冬严寒酷暑，为了生计也为了社会到处奔波。小雷子用温柔的声音问，你守在家里，冬暖夏凉的不好吗？

我没有话了。不是因为她的道理，而是她换用了温柔的女声。我不能对这样的声音发作，这是我的弱点。

我问你，级级打你了吗？

我想了想，没有。她打不过我。

打不过不是理由，母亲打不过儿子照样打得他嗷嗷叫。我再问你，你打她了吗？

没有。我想，怎么敢打她。不打她已经不太平了。

那就对了，她的手指在桌上敲了敲，你要是打了她，说明你信奉男子霸权主义。你要是不打她，证明你就是好男不和女斗，还是男人至上。无论是不是打人，你都不是什么好人。现在的情况是她并没有打你。你扪心自问，你说她女权她打你了吗？你们男人有权的时候，该死的还不是将我们女子往死里打的吗？

她的手指着我，我只好承认。我们男人的确该死。

她让我再想想，这会有什么下场。我想不起来。

她说，你们当然想不起来了，日本还有人说南京大屠杀是捏造的呢！你们当年胆敢性虐待,今天要敢作敢当。一个台湾的伟大女作家奋起写了不朽名作《杀夫》你看过吗?(我点点头表示拜读了,那女人最后阉了男人。)有个日本的戛纳大奖电影《官能王国》你看过吗?(我也看过,那个男人最后也被阉了。)这些只是文艺作品,曲折地反映了广大女子的愤怒情绪。有一位美国的当代女性,亲手一刀活生生地割了男人的阴茎,你对此有什么要说的?

我慌忙摸了摸自己的小祖宗,忙说没什么说了。

这就对了,不抗恶是不行的。话说回来,再看级级,她要好说话多了,简直就是上一世纪的女人,你竟然还不知足。级级对你有性虐待吗?

我讨好地说,我也是很开通的,是同意女上位的。我看了小雷子一眼,壮胆说道,不过,也要女人肯上来。我想问一问,上了床不做算不算性虐待。不了解性的构造,不学习性的技术,不营造性的气氛,干扰和破坏自家男人的性企图,算是虐待吗?

那当然不算!她十分爽气地回答我。你也算是文人,一定看过《十日谈》,里面一个女子在法官大人面前说了,女人的能力!你们是纸上谈兵叶公好龙啊,女子要是发挥起来,三个五个你捆在一起也还不是落荒而逃?管你是什么构造,你有什么技术,你造出什么气氛,统统的扯淡!

我想想也对。我等就是咋呼罢了,贼喊捉贼。但问题在于即便胃口不好,也要稍稍来一点吧,少吃多餐,总不能辟谷。

你要她每天在家吗,烧饭洗衣伺候你们?

不是。我没想过要她不上班,她每天在家我会烦的。

你要她每天很早回来,回来干什么呢?

我奇怪了,那是她自己的家怎么能不回呢?只有问出去干什么,谁问回家干什么。

回到家,毛阿看电视,你打游戏,你们都不理她,她干什么?

我要自己想想。这是问题,我也想不好。级级早回来的晚上通常在打电话。我不知道她应该在家还是出去,是早回来还是不回来。白天我的脑袋非常愚笨,我的所有的事务堆积到晚上,常常要到过了十二点一家子安静了才开始工作。夜里很冷的时候,我朝床看看,打鼾的级级,心里非常羡慕。

杨色,我不和你纠缠枝节问题了。你这种文人太强词夺理,难怪秦始皇要焚书坑儒。你给我记住一个词,几千年!高雅的孔子不把女子当人,通俗的《水浒传》也不把女人当人。只要想一想你们这些混账男人作了几千年的孽,哪里还轮得到你们来侈谈什么道理?现在完全不一样了。那个弗洛伊德居然说女子羡慕你们的阳具,放他的狗屁!我老实告诉你,你就死了心吧,无论我们女子对你们做什么、怎么做都是对的,无条件地正确。几千年了!你还有什么话说?

我想,我死心了,没有话说。只有战争了,天哪,只有打起来,我们男人才有点用处,有点道理。怎么还不打仗呢?

她换了和颜悦色。杨色,好好过日子吧。你看,这么杰出的女性!有女人要你就是你的福气了,再不要抱怨什么了。一个男人动辄抱怨是很娘娘腔的。为你自己好,当一个乖男和家男比当一个怨男更有乐趣。

听到这里,我真是有一种遇见红粉知己欲哭无泪的感觉。我想,难怪家庭妇女当年要走出家庭。我眼巴巴地看着她们也想出走。但是,都走光了,家里还有谁呢?家就交给孩子了,因为孩子走不了。想到这里,我要自己留下吧。家男就家男好了,我要留下。娜拉出走子君出走是因为她们没孩子,我哪能叛变毛阿。她叫我爹了,她叫得那么动人,我就被拴住了。我要是不能从母亲和毛阿那里得到女性的温暖,还会有谁呢?我是母亲辛苦养大的,我对女子报恩。母亲养育了我,我对所有的女子报恩。以后我的孩子是父亲养大的,她对谁报恩呢?

我抬起头,发现她睁着眼睛在看我。我恍然大悟,她在等我哭呢。她说得那么动人我却没一滴眼泪，真是对她不住。我懂了，我是一个男人就必须受女人的谴责。我是一个男人（哪怕是个家男）决不能像女人一样抱怨，否则就是娘娘腔。我被打到女人的地位，还没有女人的福利，真是太难为人了！

那么，我有什么权利呢？我问。

你还想有什么权利？她警惕地问。

我立即想到该死的现代文明对人的压迫。你即便是丈夫，也没什么特权了。我恨过，你老婆的老板可以深更半夜才放她回来，可以深夜两点把她从你身边叫走，也许过一星期或过半年才放她回来。当然是为了工作，我不说肮脏的关系。你一面在操她她一面要去接电话，说电话重要不可不听，你恨不得把电话操了。她生的儿子几乎不认识她了，因为她比圣诞老人还难得出现。女人越穿越少了，露出脸和脖子，手臂和腋窝，脚和腿，然后是背脊和肚子。还有三点式，外国还有天体运动光他妈的屁股。而异性大夫比丈夫有更多的活动领域。

你也想给级级开刀吗？她愤怒了。你想碎尸吗？

不是的，我怎么敢开刀。你听下去。在这一切都忍了之后，甚至情人也公然要求权利了，名正言顺请大家指教。你看那本洋人小说《廊桥遗梦》，母亲的性开放甚至是应该张扬的，是美丽动人的。过去这样的女人要是不被处死要是不背个红A就跟着情人远走高飞不失为浪漫，现在却赖在丈夫的家里想着另外的男人，还要丈夫对她温柔体贴侧翼保护没事一样。

你说说清楚，不是什么丈夫的家，是她自己的家。

好吧，是他们的家。连这样都是合理的，至于找一个男人谈谈心就更加正常了。从外到里，从心理到生理，丈夫没任何特权，你说，他为什么要有特别的义务？

她气得脸都青了。杨色啊你他妈的杨色，没想到你居然这么封建呢！我以为你们都认了,谁知人还在心不死在暗中隐藏了那么多的肮脏心思,时刻想复辟啊！你们要女子怎么样呢,你们要太监吗？她说到这里很得意,又重复了一遍,你要太监吗,给你阄一个太监好不好,管着你家的女人寸步不离。再给她拴一条贞节带好不好,生铁做的结结实实,这下你睡得着了。你这点小阴谋我还不知道,你不就是在想三妻四妾三宫六院七十二妃满街都是窑子是女人就是婊子?

我刚才还很有理的,转眼被她的气势镇住了。你知道我不是这个意思,我是说现代文明冷酷地压迫家庭,这样的进化不如不进了。我们都是受害者啊。

那是你的想法,我强烈认为我们女性得益于历史的进程。螳臂挡车。过去女人在床上挣饭和挣住所,现在不必了。过去女人生孩子取悦男人,现在不必了。从前,你们不是也不要家么,那时你们为什么不抗议?

从前,男人这样生活,你们并没说好啊。你们也是不满意的。为什么你们能不满意我就不能?

因为你们是男人！我刚才说过了,谁还会羡慕你们的阳具,告诉你,那个臭蛋就是你们的原罪！

话说到这里,我就彻底服了。我摸摸自己的那个原罪,罪证确凿,心服口服×服。从今往后,要是我还有不恭不敬的念头,只要摸它一下就彻底服了。听说,男人的精子已经少了许多,这就是男人服罪的证据。他们在努力改悔,请你们多担待。

忧　郁

　　我走在炎热的街上忘了自己出来干什么。反正要走走。大概是想买盗版的唱片,大概是去吃点心,大概找一个朋友。(我的死党和活党,你们在哪里?)或者,是想去哪里找死。这些不矛盾,我还是先进了一家唱片行。

　　没有任何一种艺术比音乐更能打动我。我从爱听的曲子中一一听出了忧伤。或者说,只要是我一个人在听,那旋律就忧伤了。谁能想到在贝多芬的《命运》里也听出了忧伤,一种故作镇定的忧伤。该死的民歌,多半是不快活的。人类将他们的不快活写到了歌里传唱,也就写到了后代人的心里。不快活。说得好一些是忧愁,忧郁。平时我是不敢忧郁的,因为有了音乐,可以公然忧郁了。我靠着唱片架子,听忧郁盘旋在室内的空气里。柴可夫斯基是个忧郁的男人。莫扎特也忧郁也是男人。女人不常忧郁不爱抽象所以没有女的作曲家,只有数不尽的男人写出数不尽的忧郁。女人的忧郁是实际的,她们不抽象所以做不成音乐。级级最常唱的是乘着歌声的翅膀,还会唱当我想你的时候,这就是她的忧郁了。她有段时间总唱希望你能爱我到海角天涯,希望你能爱我到海枯石烂。她将忧郁物化了,要流出眼泪了。我不愿这样。这会使我难堪的。我不要

鲜花和

眼泪也没有眼泪,因此不能释怀。

家中的音响很好,听它的时候我老是忘了它,这就很好。我常常手拿一本古诗词听它。这种听法是不对的,就像臭豆腐是不对的但我喜爱吃它。我爱落花人独立,微雨燕双飞。我爱记得小苹初见,两重心字罗衣,琵琶弦上说相思。当时明月在,曾照彩云归。我爱至今思项羽,不肯过江东。我在西洋的音乐里读着中国的古诗朗朗上口,不伦不类地读诗。诗人和曲人们,你们都死光了,只留下你们的痕迹来毒害我。我不是楚狂人,我不能花间一壶酒酒入愁肠愁更愁。一个孩子问,草是什么?我只有让那些洋人来陪着华人,让音乐家陪着诗人。他们自足,在中间,我是多余的。我以自己的多余来显示我的存活。大师们,你们统统死了,只有我还活着。只有活人才有忧郁的幸运。

级级说过,我没工夫搞什么忧郁,你要忧郁你自己去忧郁好了。你忧郁得要死要活也没一个人来欣赏你,你把自己忧郁死了也是白死。我不明白,你活得好好的,有什么可忧郁的!

我突然激动起来,我为什么要死?我不过很想忧郁忧郁罢了,为什么要死?级级说得对。我把音乐关了把诗词给扔了,我要起来看足球赛了。我要看射门和进球后的忘乎所以。有个球员在同伴进球以后抱住他又颠又跳当众将手伸到了他的三级片的地方。我在这个不成体统的动作里看到了生活的欲望。是人,人的强健和无耻。生活就是这样的不成体统但生气勃勃。音乐里没这样的成分古诗里也没有。我在这不成体统的动作里忘记了忧郁也忘记了艺术。

营业员过来,站在我的旁边。现在的营业员经常站在顾客的旁边,守卫商品。她随着我移动。我退开一步,远远地看着各位大家小家。你们的能量在那个圆碟中存放着,存放你们的东西是一模一样的塑料片子。精华和糟粕一个待遇。但是,一旦释放泾渭分明。我设想我死之后,躺在书的中间,有人翻我的书我就活了回来。或者在网络上漫游,灵魂不灭。

扭 动 者

　　这天余下的时间我在读严复译的《天演论》,此书有趣。小月叫我吃饭我说不舒服,你和你丈夫自己吃吧别客气。我死抱着旧书不放,在他们啧啧啧的吃饭声里,赫胥黎独处一室之中。在英伦之南。背山而面野。槛外诸境。历历如在几下。(我给你添饭,饭要吃饱的。)道每下而逾况。虽在至微。尽其性而万物之性尽。劳其理而万物之理穷。(不客气,我不抽烟,我今天不舒服。)人之先远矣。其始禽兽也。不知更几何世。而为山都木客。又不知更几何年。而为毛民猱獠。经数万年之天演。而渐有今日。此不必深讳者也。自禽兽以至为人。其间物竞天择之用。

　　要不是牛小姐的来访打断我,我会一直读下去。她给自己起了个笔名波儿,我还是叫她牛小姐。我见过这段年龄的高手,文章真是漂亮到闪闪发光,可惜她不是。她来总是有事的。小月倒了茶,夫妇去了亭子间。牛小姐东张西望了一会儿,语无伦次了一会儿,她不是我的直接朋友所以需要过程。在走过场的寒暄之后,我等她说出来意。

　　求求你将我这个本子交给导演吧他肯定会喜欢的。我拿来一翻,扉页上写

鲜花和

着财经爱情故事片。杨老师,这类题材现在很走俏的,其实我学一位著名香港作家。

她这话真是说错了,我说,那人不是作家。

她吃惊地看看我说,你真是吓死我了,我觉得谁是谁就是。人家那么有名,我看你才不是作家!

我说,我当然不是,我只是个写手。有这么多财经作家纯情作家主流作家,我还当什么作家。

我知道了,她恍然大悟,又显出可爱的样子,你是一个黄色作家!

她这么一说,我悲哀起来。我算什么黄色作家呢!我的作品中,奶黄色的地方都很少,奶也不黄是不入黄流的。

杨老师,你就给我介绍一个嘛,她倚小卖小猴上来又推又搡。你没空陪我去找人就帮我打个电话,我自己去见导演好了。你如果同意可以在我的剧本上署名而且署在我的前面。我只要出名人不出名活着多没意思你就帮帮我吧,稿费一半归你剩下的一半分成两半我和导演一人一份。

等到她的手摸着我的脸,我认准她是祸水不想再看到财经新秀就一口回绝。

我不认识几个导演,我和他们只是一顿饭的关系,饭桌上打个哈哈,怎么能求他们办事呢?

不是让你求他们办事,我这本子很好的,他们一定如获至宝。我求你介绍一下,也给他们一个机会。你可以在他们聚会的时候带我到沙龙去,我衣着得体,不会丢你的脸。

我告诉她,他们不聚会。他们聚会就是吃饭一人一个位子我怎么带得了你去。有的导演客厅也没有如何会有沙龙,沙龙是欧洲的事情别以为这里仿佛好莱坞。你有晚礼服就自己在家穿一穿,这城市没什么高尚的聚会。她趴在我的肩膀上朗声说,其实我的身材也很好的,当演员也不输给别人。我知道演戏是要付本钱的,现在小姐们开放了,男人相比差了不止一个档次。她说着脱下外面的薄衫将裙子提到大腿的危险处还轻轻一扇,你看你看我的身材。我犹抱琵琶看了一看,她的身材确实过得去,但过得去又怎样呢?我看着她想到下流的地步,有些东西是书上画着电影里拍着一半人都有的,不要神秘兮兮欲盖弥彰。还请小姐自重自爱,话说透了,你要是献出你的肉我告诉你现在竞争激烈肉很便宜生意难做。做娼的没有魂所以她们卖得便宜,你要是没魂你就更便宜因为你手艺不行。

没容我再想,她摇摆着朝我怀里钻来,又笑又扭动笑得不太自然扭动得十分在行,所以终究不像我的毛阿。她的双臂既像要圈住我又像自己练舞蹈,接着做成一个圈套朝我套来。她说,你是有色心没色胆这样的男人我见得多了。要是有场庞贝地震,后人一定以为挖到了一对情侣。我有点心烦也有点恶意,上次有过表演被毛阿打断了,毛阿立刻坐到我腿上打消了任何人霸占她父亲的念头。今天毛阿不在还要再来,她啄米般地在我脸上一吻,我想要是再不做点硬的你就把我当阉人了以为真的性无能。我做一个抱她的动作说,你他妈想抱就来抱一抱吧,你还想做什么都说了做了吧。讨厌!她一甩手朝我打来,你欺负我啦也不给我做事,我是处女我被你欺负了我偏要打你!我将她的手挡掉,狼狈地坐远一些她又追了过来,你吃我豆腐啦我要打死你打死你,她挺起乳房朝我挥手打来毫不手软。我用手臂去挡,她乘虚而入一个耳光。我举起双手握了握拳头两手都要硬,好吧他娘的我先礼后兵你再敢打我我必定揍你。你是男人一点绅士风度也没有你算什么男士,男士要有风度从来不可以打女人的是不是啊?她奶声奶气地说,男士打女士名声很不好的,你是绅士又是名人你要注意形象。我说你弄错啦小姐,我是标准的乡下人都市巴子今天你算秀才撞见了兵,我宁可不算男人也要打你,我不打女人是因为女人太弱,如果你先动手那我宁可不当男人不当他妈的绅士更不当狗屁名人也要打你,打得你从此把狗日的绅士忘了。她假意哭了几声,从指缝里看我在干什么。这样的女人没见过。我什么也不在干就想抽烟,她一抬手又朝我打来,我头一歪打落了嘴上的烟卷。老天,真是没法子想了,她认准我是什么绅士了,要么她从来遇到的都是讨她打的货色,反正我是一不做二不休。小姐,你必须知道男人从来不是什么观赏动物或役畜。我的混账在于我又要发布宣言,你不爱我我不爱你何苦这样你来我去。我恶狠狠地对她说,我告诉你了,要是再敢打人我不仅打你还要操你了!我本来是不必这样无赖这样不绅士的,但我的劣根性由不得我沐猴而冠。我说,喂你想好了再打,不要后悔性质一转换改回来也难了。她将手缩回去,在自己脸上捂了一会儿呜呜着,我找了一支烟心想总算天下太平。谁知道打着火刚一低头对面一巴掌就打了过来。脸上火辣辣地疼,想必被指甲划破了。她两手放到膝盖上,我们休战大家坐好不玩了。小姐,你想到坐好是晚了一点,你玩够了轮到我了。我扬起左手她朝右脸一挡,我用了三分力气的右手重重地打在她左脸上兵贵神速。我手一震。你还想试试吗,你要是觉得这样刺激我可以劳驾自己继续打你。她显然没挨打的心理准备,吃惊又委屈地又真又假地哭了一会儿,声音含混地说,你居然真的打女人真打啊。是的小姐我真的打女人。本来我人模狗样地学了文明混进沙龙,文明到女人首先动起手来那么文明就去他娘的。我没想到打起来味道这样好。我用了三分力气味道已经这样好了。我的《圣经》上说,你打我的左脸我就打你的右脸。那个被泰森咬了耳朵的拳王霍利菲尔德说得好,这个世界上,只有我母亲可以打我我不还手。

看来牛小姐弄明白形势了就收回手爪开始淑女的微笑,左边的脸偏红。她从包里拿出梳子,梳完头收起剧本仓促地说杨老师告辞了。我礼貌地将她送到门口,听她下楼,回到屋里长出了一口气。

已经到了这种地步!

我朝自己的脑袋狠狠揍了一拳。我真是没出息的男人。既不能挨女人的打又不能横下一条心操她真是个废物。除了这两样我想不出更好的对付她的办法了。她本来不该找我,我也不该接待她,阴差阳错地走到一起,连个游戏都没做好,就只好各自对自己生气。她也许是个不错的姑娘,一头扎到我的怀里只是有点好奇,看看我是否坐怀不乱正人君子。我连装都没装就乱了起来,将好端端的一场游戏弄得非常没趣。我说话下流举止轻浮动辄生气。我一玩就急一急就动粗和女人用拳头说话。这样一想我对牛小姐全然没有了敌意。天可怜见的,她即便有点做作有点下贱有点不合常规毕竟还是女人。要是没有点特权怎么还是女人。我竟然扬言什么操她真是太流氓太恶心了。因为我的太流氓,她要打我真是打对了,一点都不冤枉。打得真是太好了!

我负疚地走到窗口,看到她正从我的窗下走过。她走得非常青春美妙,引得路人频频回首。这是某些姑娘应得的礼遇。我希望人们知道她是从我家走出来的,她叫波儿呢。她有很优美的小腿很张狂的体形以及很优雅的头发,提裙子的时候也比较有分寸。刚才被我忽略的优点现在全都发现了。这样的姑娘说要打你并且真的扬起小手打了你真是你的福气。这绝对是艳福之一种。她走着,入时的,性感的,天真的,猫一样的。是的,我现在都看见了。我看看自己的手,那只想打人的手。我对手说,你居然打得下去。手张扬着五指,倔强地对我说,下次还要打!真是气死我了!我看着自己的手恨恨地不知怎么办才好,我又不能将手废黜。再看楼下,那个波儿已经不见踪影。从此永远不见了。而我的肮脏的手至今还在。

欢　乐

　　凌晨,天黑黑地从睡梦中被人叫醒。我要走了,先生,先生。灯光刺眼。我男人要我和他一起回乡去,我们去赶早班车,钥匙在这里。我吓了一跳,小月站在离我床边一米的距离,再看,门口是一个男人的身影。让我定定神。好的,你等一等,我把工资给你。她对门口说,你把东西先拿下去,在下面等我。她用土话跟他说。土话终于出笼了,很好听。

　　先生,你给我的钱多了。你拿着吧,也就是意思意思。我通常在最后一次多给保姆一些钱,这是必要的虚伪。我是很想在这里做下去的,你们待我也是很好的。我男人说得很可笑的,他说你们家的女人不喜欢回家的,你是男人我是女人住长了不好的,城市里的人很危险的。他是乡下人,你不要和他一般见识。

　　没什么。你也劝劝他不要和城市里的人一般见识。她的男人又回了上来。你走好,我不送你了。

　　你查查我的包。先生请你起来看一看。

　　我说,用不着的,我家从没这个规矩。你下楼后把灯关了。我不送你们了。

谢谢你帮了我这么久。

她走了。传来关门的声音。门缝里的灯光也灭了。我再也睡不着,找了把老虎钳,到亭子间去拆保姆睡的钢丝床。当初绑得很牢,四蹄稳稳的。在它上面睡过十个陌生的人。今后再也不要什么陌生人住到家里了。我愿意包揽家里的一切。

是的,不要和城里的男人一般见识。我知道女人是你的宝贝,你心疼你的宝贝心疼对了。把你的女人领回家吧,好好收藏着。城里的男人未必是什么好东西。他们要么糟蹋了你的宝贝,要么将她当作没有性别的人。无论如何,他们是畜生啊。他们看着她的奶子没有感觉像在看动物的奶,你说不是畜生是什么?他们畜生不如。好好看待你的女人吧。热爱她的声音热爱她的奶子和她的×。你要好好爱你女人,因为她还愿意跟你回家。我的这个家真是没什么可留恋的,对你好对你不好全都一样。你一走我就拆了床,明天我将这钢丝床扔到垃圾箱里。我将十个保姆的气味一概给扔了。我可以在家里赤着膊走动甚至不穿任何裤子。我可以免去半夜被灯光惊醒看见床边站着个炒我鱿鱼的人。你们走。我愿意自己动手做饭洗衣拖地板接送毛阿,将她送过两条马路后买菜回家。我愿意一个人看着天边的云发呆。我愿意。

钢丝床的那只瘸了的脚怪模怪样地扭着,我将辛苦绑上的铅丝毫不留情地剪断。我不要你们了。将床对折,明天一早送进垃圾箱。世上的事情,简单起来也真是非常简单。你们有权走开。亭子间顿时变得很空阔。我在想可以放进一个书桌让毛阿写字。现在真正成了她的闺房,她不必听保姆的鼾声不必担心谁会吃她的糖。是哪里的回到哪里。是自己的都要自己应承。这很公平。

我站着,想不出接着干什么。后来想到可以把买来的一张盗版光盘找出来,上面有不少游戏。

我对着黑黑的屏幕打了一条命令,游戏名 Strip Poker Three(脱衣扑克三)出来了,一个美女坐在画面上,胸高腿健脸色暧昧。接着是主菜单,我要第一组,接着要我在列出的五个女人中挑选,可以挑一个也可以全要了。你们好,向你们致敬!她们排列成一行做出性感的姿势。我全选了,一视同仁一个不剩。现在扑克出现了,五张牌,想赢要靠智慧,还要一点运气。我开始打牌下注,打的是沙蟹。我注意到右下角还有一个小男人,斜坐在地上,我的第一副牌就使他脱去了上衣。这下我明白他就是代表我哪。我要是打出臭牌,他就要脱衣服。他脱一次衣服,电脑奏响一次幸灾乐祸的音乐。好吧我认下他了,我要自己为他争气。那个白种女郎斜着眼睛在看我,金发碧眼。我喜欢你,陌生的女郎,你不责备我,不问你是不是好看,不需要钢丝床,不要我讲故事还洗什么东西,你一不怕苦二不怕累随叫随到。(这一点很重要,我只要动一动手指你就灭了,再动一动你又出来了。)我们没什么可多说的,无须揣摩你的好恶,只要我的牌好,你就脱了。我现在看到你的一双好腿。我们隔着屏幕,很无耻很放肆很安全。没有淋病梅毒艾滋也不生儿育女。我看你的腿也就是看看而已。我就看一看仿佛在夏日的沙滩上你不能说我欠你。你没有上装很好,我和屏幕右下角的那位先生觉得这样比较对头。我们再玩下去,该你们下注,你们要加油了。但是不管你们怎样加油结果总是一个,脱不了你们的衣服我是小狗。当然脱不脱也一样本人全无骚动但游戏就要像真的一样。我们玩得慢一点,玩到一丝不挂游戏就到头了,游戏一到头大家要散伙。散了伙还可以重新再来,万一我花了心不选你们对大家都是损失。

画面呆板色彩失真,总不像真的人那么有温度。我想,这也是最后的色彩了,很快就有虚拟现实,可以将梦露也可以将麦当娜招来互动,比真实更真实所以也就更刺激更无忌。那时可以要来任何一个女子,凭借电脑做虚拟的任何的事情。当然你不会找她来谈天,大家不免运动运动。我会找到级级,要她举起腿来或者举起我的腿。那时候，我们都不要真实的人了，真实的人拍好照片就能死了。反正他会活在电脑里的，夜夜当新郎或者新娘。想到这里身上寒冷，强打精神要自己继续观赏屏幕上的美女。我离目标越来越近，三个女郎已经摆出最后的姿势。我就要听到得胜的音乐和劳军的画面。我要带点得意也带点恶意地看着那些陌生女人，隔一道屏幕可以目不转睛人就更无耻了。欢乐啊！那是多好的腿耶，古往今来多少英雄栽在你们腿上，他们没有隔离物只好死给你们看。欢乐啊，现在我来了，我用一种无害的方式欣赏你们，你们做一次姿势就永恒了，你们对于目光的侵犯毫无感觉所以可以在屏幕外继续过你们的日常的生活。我不爱你们，既然做不成和尚我们就这样吧。让我们欢乐啊，你我彼此两不相欠两不相仇两不相思两不相爱两不相关两不相做。我们手也不握吻也不接畜生也不做大家斯斯文文色情兮兮非常滑稽。但是，滑稽就是欢乐。我们人类向来很聪明的。让音乐奏起来吧，欢乐哦，我为找到这样的接触方式而无比欢乐！

鲜　花

经过许多的折腾,杨色终于走过一个花房,门口的水桶里放着各色鲜花。它们在商业上叫切花。五彩缤纷,白色的百合花最为安静。

家里的花瓶空着,是不是买一束鲜花回去。这样的事情我在去年的秋天做过,我把鲜花送给鲜花一样的级级。那一阵,她喜欢买花,买了送给自己。家里有花和没花就是不一样。有鲜花和有假花很不一样。一次有人送我一捧漂亮的干花,我即刻转送他人。花一旦零落应该成泥,留一具花的尸体不好。一次走进花店,老板看了我一眼,继续扎他的花篮。他看我不像买花的人,以为我走错了门,在等我出去。这是什么花? 印尼兰花,很贵的。这花不错,我喃喃地说。突然一转头,看到金黄金黄的菊花。我喜欢金黄的菊花,比什么印尼兰花更喜欢。我挑了起来。外国人不要菊花,我要。待到秋来九月八,那个陶渊明爱的是菊花。它的颜色和凡·高的向日葵一模一样。鲁迅为了讽刺什么拟过两句打油诗,菊花的生殖器下面,蟋蟀在吊膀子。要是送级级,我该买兰花的,她一定喜爱。送给女人最好买那种水淋淋的花,弱不胜衣的花。菊花的色泽饱和,浓得化它不开。我挑了十来枝,老板给我绑好,问我要不要包装。不要了。菊花一包装就不是菊花了,蟋蟀就不来吊膀子了。以前那种野菊花也是很诱人的,开在田野里,貌不惊人的,但没有风尘相。

那个晚上级级回来,走来走去似乎没看到菊花。我的菊花就放在桌子的中间。背后是窗帘的暖灰色,很显眼的。我看她走来走去,希望她注视,提到菊花。后来我实在等得没趣了,就说,级级,今年的菊花很不错。她说,不错?菊花不错又怎么样呢,不还是菊花吗?她走了出去。我恨不得将那金黄金黄的菊花一口吞吃下去。在我买花的日子,我的心像花一样柔弱。我看菊花,它黄得是有点俗艳、粗蠢。但我愿意它黄成如此。级级进来了,和气地问,这花是谁送的?我有气无力地说,是我买的。嗬,你也会买花了,买几枝低档花卉,有谁要来我们家?我说没有人来,为什么要有人来才买花,我买花是给自己看的,谁爱来不来。级级说,菊花会生虫。

买花的心情被蹂躏了。买花是要一点特殊的心情的,它不同于买水果买糕点,只要有胃口就行。花和胃口无关。级级见我神经又开始混乱,便不再睬我。我坐起来,坐到花的跟前,和花坐一会儿。你生虫才好呢,表示你是活的。菊花没有香味,可以近近地坐在它身边,看那些黄色的花瓣,一直看到它们融和成一摊金灿灿的色块无比耀眼。

我买了一枝百合,握在手里继续走着。走在我的城市我的街道。也不知是哪个糊涂虫想出来的,把人行道的大树伐了改种没有树荫的东西。马路上很多车很多声音。朝前面开的车可以一直开到民航机场,机场是通向任何城市的跳板只需要一枚签证。后面是家没人等我,现在家中保姆也走了家就像花要谢了。许多人走向机场许多人走向娱乐场剩下的回家。我在他们的中间,累了,席地坐下。我在一个台阶上坐着看车流还有人流。那么多的心肺那么多的生殖器在路上飘行。我的手上是一枝素衣素裙的百合,鲁迅说花是植物的生殖机关。我坐在路边等着奇迹的发生，不管黑夜还是白天，我等待在路的中央出现一堆粗犷的牛粪。牛粪说起来也是一种营养物质热能物质。如果有人愿意将花瓶或汽水瓶放到那里也是可以的。我的百合需要归宿，我需要观赏。一千个人走过去了，我和百合在看你们。我的城市啊，你那么庞大又那么丰富，废气盎然人声鼎沸广告林立，我的城市请你网开一面，我是你四十多年的居民这是我第一次求你，我求你了你就行行好吧千万拜托！

1995 年 6 月 16 日始

1997 年 8 月 8 日终

后　记

　　在长达两年的《鲜花和》写作中,我想到一些话,比如我写我城,比如男人也是自然现象,总归是要爱惜的。但逐渐清晰起来的是这样一句话:

　　纪念我们的日常生活。

　　时间拖得那么久,小说就变了味道。由于找到了这一句纪念,拖长还是值得的。和平的岁月,没有传奇,仅仅日常的生活就把我们的一生打发。假如它是不值得纪念的,我们的一生就此报废了,水漂也没一个。

　　那就权当我打了个水漂吧。

1997 年 11 月 3 日夜

"中国当代作家长篇小说/中短篇小说典藏"

—— 丛 书 ——

（按出版时间先后排序）

图书在版编目（CIP）数据

鲜花和/陈村著. —郑州:河南文艺出版社,2019.5
（中国当代作家长篇小说典藏）
ISBN 978-7-5559-0769-5

Ⅰ.①鲜…　Ⅱ.①陈…　Ⅲ.①长篇小说-中国-当代　Ⅳ.
①I247.5

中国版本图书馆CIP数据核字（2018）第277196号

选题策划　　陈　静
责任编辑　　陈　静　张恩丽
装帧设计　　Ⅲ　刘运来工作室
　　　　　　　　刘运来 + 辛利文
责任校对　　丁淑芳
责任印制　　陈少强

出版发行　　河南文艺出版社
本社地址　　郑州市郑东新区祥盛街27号C座5楼
邮政编码　　450018
承印单位　　河南瑞之光印刷股份有限公司
经销单位　　新华书店
纸张规格　　700毫米×1000毫米　1/16
印　　张　　21.5
字　　数　　276 000
版　　次　　2019年5月第1版
印　　次　　2019年5月第1次印刷
定　　价　　45.00元

印厂地址　河南省武陟县产业集聚区东区（詹店镇）泰安路
邮政编码　454950　　电话　0391-2527860